小小说
名家精品
文库

杨晓敏 主编

老街故事

LAOJIE GUSHI

刘建超 著

沈阳出版发行集团
沈阳出版社

图书在版编目（CIP）数据

老街故事 / 刘建超著 . -- 沈阳：沈阳出版社，2022.12

（小小说名家精品文库 / 杨晓敏主编）

ISBN 978-7-5716-2754-6

Ⅰ. ①老… Ⅱ. ①刘… Ⅲ. ①小小说－小说集－中国－当代 Ⅳ. ① I247.82

中国版本图书馆 CIP 数据核字（2022）第 184339 号

出版发行：沈阳出版发行集团|沈阳出版社
（地址：沈阳市沈河区南翰林路10号 邮编：110011）
网　　址：http://www.sycbs.com
印　　刷：辽宁泰阳广告彩色印刷有限公司
幅面尺寸：145mm × 210mm
印　　张：10.625
字　　数：215千字
出版时间：2022年12月第1版
印刷时间：2022年12月第1次印刷
责任编辑：沈晓辉　郑　丽
装帧设计：杨　雪
责任校对：张　晶
责任监印：杨　旭

书　　号：ISBN 978-7-5716-2754-6
定　　价：62.00 元

联系电话：024-24112447　024-62564922
E - mail：sy24112447@163.com

《小小说名家精品文库》

序

杨晓敏

当代小小说于20世纪80年代兴盛至今，从参与读写人数、生存时间长度和独具的艺术魅力上，已成为当代文学读写的重要组成部分。小小说简约通脱，雅俗共赏，注重思想内涵的深刻和艺术品质的锻造，小中见大、纸短情长，自有其相对规范的字数限定、审美态势、结构特征以及艺术规律上的界定，在写作和阅读上从者甚众。平民艺术的质朴与单纯，简洁与明朗，加上理性思维与艺术趣味的有机融合，极其本色和看得见、摸得着的亲和力，无不加速全民阅读、书香社会的形成。小小说文体成熟的标志是，有琳琅满目的经典作品，有数以百计的代表作家，有从创作实践中不断完善的文体理论体系以及两代以上读者的阅读认可。小小说作为一种时代文体，与源远流长的《诗经》、《楚辞》、汉赋、唐诗、宋词、元曲、明清小说文脉相承，是与时代进步合拍的文化建设成果。

在当下的文学大家族里，小小说作为一种新的文学样式，从多方面调动了大众对文学的参与、理解和认同，为提升全民族的审美鉴赏能力，为传播文化、传承文明提供了一种行之有效的“另一种可能”。小小说成功地在精英文化和通俗文化之间打开了大众文化的通道，对于文化市场的介入与渗透，悄然构建了多元的文学读写格局，对于潜移默化地提升国民综合素质，全面提高全民族的文化水平和健康的审美情趣，树立正确的价值观念，应属一项首推的系统工程。小小说让文学回归民间，大众参与阅读，大众参与创作，本身就形成了自觉的文化选择。参与读写的过程，亦是致力于进步的文化行动。让普通人在读写中增长智慧或者得以心灵愉悦，为时代进步提供大面积的“大众智力资本”的支持，无论如何都是文学和社会的幸事。

《小小说名家精品文库》的编选与出版，旨在为广大读者提供有较高艺术水准、值得珍藏与阅读鉴赏的优质读本。以作家为经，以作品为纬，遴选精品佳构，推介名家新秀，致力于为文化市场提供大众的读写需求。入选作家的六部小小说作品集互为观照，组合出一处千姿百态的文化景区，在遵循文学艺术创作规律的前提下，兼容和尊重作家在选材、形式、立意上进行的探索和创新性劳动，从中可以窥见作家们对于题材选择、创作个性和艺术趣味的审美追求以及反映生活、观察世界的认知能力。

津子围以写中长篇小说为主，获誉甚多，这部小小说集《星星之城》的创作显得驾轻就熟，得心应手，既秉承了《左氏春秋》《阅微草堂笔记》《聊斋志异》深厚传统，又充分借鉴了欧亨利、博尔赫斯、鲁尔福、科塔萨尔的叙述技巧，所选小说集中刻画了现实生活中的小人物，选材自由，写法多变，人物个性鲜明，文气充沛通达，全方位呈现了小小说世界的丰富性与各种文学品质抵达的可能性。作品富有想象力，情节诡异，立意深远，结局常常出人意料而发人深思。作品能够在小小说“螺蛳壳中的道场”里营造出场景、色彩、气味和温度，追求大境界，对人性有深入的探索和挖掘。作品的内在逻辑连贯无隙，语言有弹性有节奏，自然流畅，妙趣横生，阅读起来读者的参与感强。

赵新是年逾八秩的老作家，毕生致力于乡土文学创作，已形成鲜明的艺术风格，《乡里乡亲》所描述的农村生活丰富多彩，生动新鲜。作者关注社会现实，尤其是关注农村变迁中农民的切身感受，在有限的篇幅里，通过活生生的人和事，像一位乡村歌者吟唱他们的喜怒哀欢，所思所想，他们的生存状态、处世态度、心灵渴望以及爱憎。他的小说人物是从村子里那些茅屋瓦舍中走出来的，是从阡陌纵横的田间走出来的，那些人物的身上散发着泥土的味道，散发着小麦或高粱的清香。他们一个个鲜活真实，栩栩如生，参差错落地生活在那片大平原上，把那块土地装点得生机勃勃。身边的故事，熟悉的场景，加上深邃的思考，写活了各色人物，成为一种简洁明了、呈现动态状的叙述艺术，令人赏心悦目。

在聂鑫森的《小人儿书店》里，可以感受到作家深厚的国学素养，在塑造人物时所倾注的人类尊严、达观自信以及对国家民族、传统文化的忧患意识，表现出地道的中国传统小说的艺术功力，散发着浓郁的民族气派和古典主义的人文情怀。另有一种专业的、新鲜的、流畅的相关物事的常识性描写，愈发引人入胜。作品切入当下的现实生活，塑造了长街小巷、工厂、农村、学校的能工巧匠、高人雅士、普通劳动者，他们各有各的精彩故事，各有各的胸襟气度。在"故事"之外，作者努力营造浓郁的文化氛围，透现人物的文化品格，擅长描写那些被传统文化深度浸染的人物。讲究小说的谋篇布局、语言的精致隽永，在艺术表达中通过高雅审美，折射出理性的光芒。让读者品啜之中，余味愈浓。

刘建超的《老街故事》在对"古城老街"民俗风情的系列描写中，以当代人的视角呈现豫西百年的民间传说、人物故事。作者用充盈的笔墨渲染展现丰富的历史文化积淀，在对人情世故的体察中，揭示民族的文化心态和处世态度。通过对市井生活的体贴感知和深沉濡染，勾画出一幅富有生命力的老街风情图，各色人物在画卷演绎着生活的悲欢离合、喜怒哀乐，形成众声喧哗之势。在繁杂喧闹的世俗图景背后，隐藏了作者对平凡人物人事命运的关注和体察。作品具有英雄主义精神和理想主义底色，塑造的人物对社会、家庭和责任勇于担当，即使是市井人物，也多是嫉恶如仇、有侠肝义胆的角色，形象饱满生动，故事构思巧妙，素材剪裁自如。这种挟带着人性、尊严、道义的永恒题材所营造出来的艺术氛围，本身就契合读者的阅读期待。

范子平的《都市沙漠》是对历史的回顾和当下生活的再现，反映了广阔的社会背景和时代的变迁。这些小小说把焦点对准人物的心理层面加以透视，以反映生命与生存，通过对底层生活的入微观察与体验感悟，尤其对大众生存状态的复杂性进行形而上的探索思考，引发对某些现存价值观的反思，把对人性拷问的探索，对故事深层的文化思考渗入小小说情节之中，呈现出独特的艺术张力。在构思上机智善辩，从形式到内容，从生活现象到生活本质上展现矛盾，集中体现在抓住生活中内容与形式的反差、现象与本质的矛盾来提炼故事情节，使这些小小说拥有了幽默、讽刺、隐喻以及抒情的力量。作品注重思想内涵、艺术品位和智慧含量的综合考量，让人读起来能粘住眼球，读后津津乐道。

佟继萍生长在蒲河岸边，把蒲河视为灵魂栖息地和精神家园，《蒲河之约》以细腻的叙事和独具民俗风情的描写，在熟悉的蒲河两岸构筑着自己的小小说王国。尤其对小镇人物的关切及艺术性还原，摇曳着古典美的情感，散发着泥土芬芳和迷人的幽香。作者洞悉普通人的兴衰际遇，深层次揭示了职场人物的复杂环境和微妙心理，扎实灵动的文字，展现了作者艺术表现力、心理描写和气氛营造相得益彰，产生出良好的艺术效果，作品耐人寻味。笔下的人物刻画细腻，形象生动饱满，性格鲜明，语言清丽脱俗，舒缓有致，浓郁的地域风情迎面扑来，给人一种美的享受。

好的小小说应是思想内涵、艺术品位和智慧含量的综合体现。

所谓思想内涵，是指作者赋予作品的“立意”，它反映着作者提出（观察）问题的角度、视野、深度以及批判意识、质疑姿态等，深刻或者平庸，一眼可判高下。艺术品位，是指作品在塑造人物性格、设置故事情节、营造特定环境中所折射出来的创意、情怀和境界等。而智慧含量，则属于精密判断后的“临门一脚”，是简洁明晰的“临床一刀”，解决问题的方法、手段和质量，见此一斑。

《诗经》作为文学之源，来自民间，应属“平民艺术”，自楚辞之后文学进入了士大夫即精英阶层，一直以“主流”的生存姿态渐成少数人的事，至 20 世纪 80 年代经济崛起带动文化教育普及，加上网络等现代媒介的便利，当代文学读写开始在民间复苏并勃兴，文体流变数千年后，小小说作为一种新兴的大众读写文体，终于又与民间的《诗经》在艺术精神上悄然接续，营造出一种由大多数人参与读写的文学生态。

一茬茬优秀的小小说作家浮出水面，一批批堪称佳构的小小说作品炫人眼目，在赢得作家的文学地位的同时，也为社会大众提供了量、质兼具的优秀精神食粮。因为这些创作精短作品的作家们知道，在同样具有思想内涵、艺术品位和智慧含量的前提下，节省阅读时间就是对读者的最大尊重，给自己和别人带来一次哪怕是简单的快乐，也令读写者们乐此不疲，而一次次的快乐叠加，会为我们的伟大时代和人生旅途平添缤纷的色彩。

目　录
contents

老街 第四辑 爷们儿

老街说事
第五辑

老街本事
第六辑

| 第一辑 |

老 街 戏 事

LAO JIE XI SHI

戏霸洛半城

老街的戏园子不在老街的繁华处。

沿着老街往东走，出了丽京门，走上两里地，有一搭桃园，桃园对面就是老街的戏园子。

老街是商贾之地，三教九流，人物繁杂。听戏是个清静事儿，在嘈杂喧闹的地界里是不能安心听戏的。老街的戏园子在丽京门外，去戏园子听戏，就成了老街人闲散怡情的乐趣。有戏班子来，站在丽京门城墙上，就能听到戏班子人咿咿呀呀地喊嗓子，影影绰绰地看到戏班子人练功跑圆场。

老街人爱听戏，对在老街发生的梨园趣事，过去了多少年，也能如数家珍地念叨个细细致致。最让老街人津津乐道的是“戏霸”洛半城。

说起洛半城，大凡上点年纪的老街人都记忆犹新。洛半城原是开乐器铺子的，卖锣鼓铜镲古琴竹笛，也是半路出家喜欢上唱戏。玩儿票也玩儿出了精彩，嗓音亮丽，粗犷豪放，唱花脸能声穿半个洛阳城。洛半城进老街戏班子已是二十多岁。跟着戏班子，开始只是唱唱折子戏，后来就排全本的《铡美案》《霸王别姬》《西厢记》。洛半城既可以扮花脸演唱他最拿手的包拯爷，也能来悲愤颓唐的《卖马》里的老生秦琼，还能变身《西厢记》里尖音假嗓的小生张君瑞，更绝的是他反串大破天门阵的穆桂英，老街人把十八般武艺集于一身的洛半城称为“戏霸”。

洛半城读过几年书，识字不多，但脑子特别好使，尤其是听戏有过目不忘的本事。那年，河北来了戏班子，唱的是连本的评剧《穆桂英大破洪州》。

老街人听着过瘾，洛半城也想把戏给留下来。

他买了厚礼去见了戏班子的老板，人家把礼收了，就是不给剧本，说的话也不中听。同行是冤家不说，也根本没有把老街的小戏班子放在眼里，连个正儿八经的角儿都没有，别说不给你，就是给了你本子怕也是糟蹋了。

洛半城也不计较，连看了三个晚上的戏，把《穆桂英大破洪州》从头到尾一字不差地背了下来。河北的戏班子到附近几个地点唱了半个来月的戏，再回到老街，竟然看到洛半城带着老街的戏班子在演出《穆桂英大破洪州》，惊得戏班老板连声叹道，霸道，太霸道了。

戏霸洛半城在他最红火的时候，忽然就不再登台唱戏了。

谁也不知道啥原因，传得最广的一个版本说是因为看上了他的小师妹梨花白，住在怡心胡同的梨花白却又不知何原因要独守其身终身不嫁，洛半城因情所困，便不再登台。老街人都摇头不解，感叹不已。

洛半城不登台唱戏，在老街八角楼旁开了一家小店——半城水席园。门面不大，生意却是不闲。老街的人怀旧，来此吃饭多半是看看洛半城，谈谈往昔，期望着洛半城能再出江湖。洛半城只是热情地招呼顾客，从不提唱戏之事。老街人就说，谁要是能让洛半城给唱出戏，那真是得有天大的面子。

岁月把“戏霸”演化成了一个美丽的传说。

老街经过改造，八角楼焕然一新。半城水席园也发展成了古典风格的二层小楼，生意依然火爆。

九月天，秋高气爽。半城水席园来了一桌客人，点的是最贵的菜，喝的是最好的酒，五六个光头健壮的小伙子，要见老板洛半城，非要洛半城来给哥儿几个唱上一段，否则就砸了这店的招牌，满嘴酒气的几个年轻人把服务员吓得不敢靠近。

还没有听说过，有人在洛半城的店里闹过事儿的。洛半城不但有当年戏霸的声誉，而且为人处世也是极其厚道。洛半城每年都要出资，奖励老街考上大学的孩子，七十岁以上的老街人，来店里办寿宴的一律免费，深得老街人的赞誉。听说有人在半城水席园闹事儿，围观看热闹的人就把楼上楼下挤满了。

有人说，洛半城不在店里，别闹了。

“不在店里我们哥儿几个可以等，等多长时间都行，反正我们这酒也还没有喝够哪。”

有人说，别闹了，再闹就报警。

“报警，报吧。哥儿几个天天来这里吃饭，你就天天报，哥儿几个奉陪。”

“就是，前些日子，家里办事，出钱请这个当年的戏霸给走个场子，嘿，还不给面子。今天，也别怪我们哥儿几个不给面子啊。”

明眼人知道，这是被街上的小混混儿给缠上了。老街不怕别的，就怕难缠的小混混儿。别的事情是可以用钱来摆平的，小混混儿要的是面子。

正僵持着哪，忽然听到一声吆喝：圣旨到——

众人诧异，却见洛半城身着朝服，手持一方锦缎，大步走来。身后跟着个小厮，抱着一罐杜康贡酒。

洛半城走到年轻人的桌前，展开锦缎，朗声念道：“奉天承运皇帝，诏曰：时乃国泰民安，秋风送爽之日，朕闻众位爱卿在此雅聚，甚感欣慰。望众位爱卿爱国守法，体恤民情，共建老街和谐之城。特赐美酒一坛，佳肴埋单。钦此。”

片刻的沉默，接着便是暴雨般的掌声、叫好声。几个脸红脖子粗的年轻人也不好再说什么，接过酒坛，结了饭钱，抱拳说，戏霸，哥儿几个服了。走人。

安静下来，洛半城坐在二楼窗前，望着远处怡心胡同出神。

戏迷程裁缝

老街人爱听戏，老街人也懂戏。街角旮旯，花园广场，只要支起家什，拉起弦子，就会有人聚在一起开心不开心地唱上一段。老街人懂戏，一般的戏班子不敢来老街演出。

你的名气不大没关系，只要卖力精心，老街人就会叫好；你的名气再大，敷衍了事，老街人会把你懒散奸猾不尽力之处宣扬得人人皆知，任你满大街敲锣打鼓浓墨重彩地宣传，老街人就是不买账。据说，当年最红火的香玉剧团和杨兰春剧团来老街演出，也是格外地小心和卖劲儿。

丽京门下有一个裁缝店，名字特别，“贵妃醉裁缝店”。裁缝店的主家，是个双腿不能行走，坐着轮椅的男子，大家都喊他程裁缝。

程裁缝爱听戏，才把铺子安在并不热闹的丽京门下。这里能看到老街的戏园子，能听到来的戏班子啊咿呀的喊练声，能看到桃林里人压腿、拧旋子、踢腿、练小翻。

程裁缝剪裁做服饰，还修鞋擦鞋。活儿做得细致，价钱公道，生意也不错。程裁缝有个规矩，凡是戏服剧装到他这里来剪裁修整，免费。一些让程裁缝办过事的戏班子，会给程裁缝送上戏票，邀他去听戏。

程裁缝听戏听得认真。

那日程裁缝听相思古镇的戏班子演《古城会》，散了戏，程裁缝却不走，要见见扮演马童的演员。

戏班子有人诧异，这《古城会》演的是关公关二爷，戏迷追的都是演关二爷的名角，还没有见到有戏迷要见饰演个马童的翻扑武生的。演马童的武生叫孙成，长得剑眉高扬，举手投足间英气勃发。听说有戏迷等他，装也没有卸净，一声“俺马童来也——”一个跟头从台上翻下，来到程裁缝面前，双拳一抱，敢问这位大人有何见教啊？

程裁缝笑了，说我看你给关老爷牵马那一串跟头翻得不得劲儿啊。

孙成吃了一惊，自己在这串跟头上是打了折扣。老街人不得了啊。

程裁缝又说：“我知道不是你不用心，而是你的服装不得劲儿，你那裤子兜裆，不舒服。拿来，我给你改一下就中了。”

孙成更是吃惊，确是新做的裤子不太合体。小戏班子，手头紧，服装布料也是将就，负责服装的是个姑娘，孙成也没好意思提出来。被程裁缝修改过的服装可身舒坦，孙成的跟头翻得又飘又稳，台下掌声一片。孙成携了重礼去拜访程裁缝，两人成为至交。

程裁缝在闲暇时，一个人便闭上眼睛，嘴里轻轻地哼起《贵妃醉酒》的曲调，手指在膝盖上有节奏地打着拍子，沉浸在一个自己臆想的情景中。

老街当年的名伶，被称作梨花白的女人，会常来裁缝店里看望程裁缝，总是给他带些自己亲手做的松软香酥的洛阳饼。

老街人说，程裁缝和梨花白有故事，程裁缝年轻时就给梨花白拉过车，梨花白最经典的戏就是《贵妃醉酒》。

故事的具体内容，谁也说不清楚。

二十世纪九十年代末，有一家剧团来老街唱戏。戏园子正被老街的戏班子占着演出《花木兰》。

要说同行不攮行，没有了台口，你先到别处转悠，等人家演罢转场子了你再来。可是这家戏班子的老板很是势张，根本不把老街的戏班子放在眼里，声称要唱对台戏。

按老街的规矩，攻擂者只能在新戏楼的对面，那个土戏台子上唱，如果吸引的观众多，那新戏楼演戏的戏班子就得让位走人。敢与当地的戏班子叫板打擂台，可见人家也是有功夫的。

后半晌，那家戏班子的一个红角儿，拿着一双厚底靴找到程裁缝修理。

程裁缝认真地看看，细致地修补。

那红角儿也是闲来无事，就哼起了一段戏。

埋头走针的程裁缝，抬起头支棱着耳朵听了听，一笑说：“您这位先生唱得不得劲儿，少了霸气。”

那红角儿斜睨着眼，不屑地说：“你老也懂戏啊。你倒是给我来段有霸气的听听。”

程裁缝也不瓤，说：“我只是个戏迷。来一段也中，你给个调。”

那红角儿就嘀个隆咚给了个《铡美案》的快板。

但见方才还木讷低沉的程裁缝瞬间腰板挺直，双目圆睁，双手扎起架势，一脸正气，开口唱道：

驸马爷近前看端详，
上写着秦香莲她三十二岁状告当朝驸马郎，
欺君王，瞒皇上，悔婚男儿招东床，
杀妻灭子良心丧，逼死韩琪在庙堂。
将状纸押至了爷的大堂上，咬定了牙关你为哪桩？

字正腔圆，声如鸟鸣，颇有裘派风范，引来围观的人一片叫好。

那红角儿也是颇感震撼，接过程裁缝修好的厚底靴，给程裁缝鞠了一躬，说，老街戏迷了不得。

戏班子撤走了，那场对台戏也没有斗起来。

梨花白

梨花白在老街唱红时，年方十六岁。

梨花白六岁开始跟着师傅学艺，拜在梅派名师门下。在老街首次登台时，正值梨花满天，一院春色，师傅便给她起了个艺名“梨花白”。

梨花白登台唱的是梅派经典剧目《贵妃醉酒》。

梨花白扮相俊秀，嗓音甜润，念白、唱腔、舞蹈、水袖，一招一式，举手投足都深谙梅派风韵，老街人听得如醉如痴。

梨花白走出戏楼已是午夜，一轮圆月苍白地挂在丽京门的檐角，青石板路泛着幽幽的冷光。一辆车轻轻地来到她的面前，拉车的是一个和她年纪差不多的小伙子。

老街人歇息得早，天黑收店，吃饭睡觉。半夜里是不会有啥生意的，尤其是个拉车的。

“这么晚了，还没有收工？”

小伙子憨憨地笑：“我是在等你，天黑，路上怕不安生。”

梨花白好生感动，说："去怡心胡同。"

车子在青石板路上轻快地颠簸起来。

老街的戏园子在城外两里地。从丽京门到戏园子，一色的青石板路，为了听戏能够清净，这一段路只能是步行，唯有拉车的才能上路。青石板路在戏班子唱戏时才热闹一下，沿街两边卖各种小营生的摊贩忙碌着，多半是些小吃水果。在这里可以吃到纯正的不翻汤、浆面条、绿豆丸子汤。戏散人静，青石板路便又恢复了没了活力的冷清。

车子在青石板路上微微颠簸，却很是舒适。许是太累了，梨花白在轻微的颠簸中闭上眼睛睡了。拉车的小伙子放慢了脚步，双手攥紧车把，让车子走得更平稳些。怡心胡同到了，小伙子不忍心叫醒梨花白，车子拐过头又跑回去。梨花白醒来，看见小伙子气喘吁吁，后背已经被汗水浸湿。

梨花白连忙表示歉意，小伙子乐呵呵地说："没事儿，我爱听你唱戏。只要你有戏，多晚我都等你。我姓程，你叫我程子就中。"

程子真的每次都等着拉梨花白，并且说啥都不收钱。梨花白说急了，程子就呵呵笑，说："那中，啥时候你给我唱出戏就中了，我爱听《贵妃醉酒》。"

一个雨夜，程子送梨花白回家，发现胡同门口有几个不安生的身影。程子也就没走，躲在一个屋檐下。

梨花白住的二层木楼上果然传出了动静。程子飞一般蹿过

去，跑上二楼，推开了门。几个痞子满嘴酒气，梨花白单薄的身子缩在床角发抖

痞子对程子来搅和他们的好事极其恼怒，三五下就把程子打翻在地。程子满脸是血，依然倔强地站起来。

痞子头儿说：“看来你真是想逞能了。那我成全你，我问你，你是干啥的？”

“拉车的。”

“靠腿脚吃饭啊。那好吧，今天我废了你的腿，就放过这个小妞儿。”

“咋都中，你们别欺负女娃。不然，就是打死我，我也拽个垫背的。”

痞子掏出了刮刀，程子的一双脚筋被他们生生挑断。

虽然那几个痞子后来被法办了，但是，程子只能坐轮椅了。

程子学了剪裁手艺，在丽京门下开了“贵妃醉裁缝店”。

每天接送梨花白的是她师兄洛半城。老街人都说梨花白和她师兄是天造的一对儿，可就是等不到他们结合的消息。

动乱的年月，梨花白被当成资产阶级的黑苗子遭受批斗，发配到街道去扫大街。

程子转着轮椅，找到“靠边站”的团长洛半城，说：“我听着剧团里演李铁梅的那主儿嗓子不中，不洪亮。英雄李铁梅声音不洪亮咋能鼓舞咱老街人们。你和剧团头头儿说说，可以让梨花白伴唱，这也是接受改造，接受教育嘛。”

洛半城找到剧团头头儿汇报，头头儿觉得革命群众说得有理，就把梨花白抽回团里，在幕后为演李铁梅的演员伴唱。

老街人知道后，都去听梨花白唱戏，听戏的人多了，革命阵地牢固了，剧团头头儿挺高兴。

中秋时节，梨花白发烧，嗓子不佳，她和剧团头头儿请假。

头头儿瞪着三角眼不允许，说中秋节快到了，要过革命化的中秋节，死了都要唱。

结果梨花白在唱《打不尽豺狼决不下战场》时，倒了嗓子。

剧团头头儿说梨花白故意破坏，还是想着演那些才子佳人。在戏园子的土台子上，不但批斗打骂梨花白，还要她把《打不尽豺狼决不下战场》唱一百遍。

梨花白唱得嘴角渗血，气若游丝，昏死过去。

从医院出来，梨花白彻底失音，别说唱戏，说话都如蚊子嗡嗡。

洛半城气愤难平，把剧团头头儿狠狠揍了一通，从此不再唱戏。

一个艺人，不能唱戏，活着还有什么意义？梨花白来到了洛河边。

月圆皓洁，秋水依依。梨花白的脚刚刚踏进河水，就听到洛河桥上传来《贵妃醉酒》：“海岛冰轮初转腾，见玉兔，玉兔又早东升。那冰轮离海岛，乾坤分外明。”竟然是程子。

梨花白哭倒在程子怀中。

动乱过后，梨花白又回到剧团，担任艺术指导。

梨花白常常和洛半城推着程子去王城广场聚会听大家唱戏，三人真的是发如梨花。

又是一个中秋夜。老街戏园子那座土台子上，梨花白和洛半城油妆重彩，在冰冷的月光下，倾心上演《贵妃醉酒》。

台下没有观众，静静的场子里，只有一辆空空的轮椅。

戏混子

戏混没爹没妈，确切地说是不知道爹妈是谁。那年，老街来了个戏班，在老街戏园子驻扎了两个来月。

戏班撤走后，在戏园子底楼发现了用戏服包裹着的孩子。

老街剧团的洛半城收留了他。

孩子趔趔趄趄刚会走路时，谁闲谁抱走。被青衣抱走，便跟着咿咿呀呀地学，女人还会给他勾脸贴片子，化成个小青蛇；被花脸抱走，便跟着哇呀呀地喊，吃饭时，孩子就变成了小张飞，孩子也给戏班带来了快乐。不知谁先叫了一声："你这个小戏混混儿啊！"

洛半城听到说："好！这娃他生在戏楼，长在戏班子，姓戏再妥帖不过了。"

戏混第一次登台才五岁，在《铡美案》里饰演秦香莲的孩子馨儿，小家伙演得还有模有样，伤心之处，他竟然真的哇哇痛哭，眼泪鼻涕都出来了，引得台下一片叫好，抢了秦香莲的戏。

戏班子里缺少花脸，洛半城有意让混子学净，混子也拜了师，但学了一年半载就不干了，又要去学青衣。

谁都知道他不当真，想跟谁学跟谁学，也没有人当真地教他。戏混脑瓜儿好使，学东西快，会了点皮毛就转兴趣。

洛半城总是摇着头说：“混子啊，我看你这一辈就只能跑龙套了。”

戏混不在乎只能跑龙套，他图的是高兴。

只要有戏演，他就特开心。跑龙套他也是最忙活的一个，不但会反串青衣、花旦、刀马旦，也能老生、武生、红净、文武小生多种行当。临时救个场啥的，他换了装就上，居然也能舞弄得像模像样。

后来，传统戏不让唱了，要唱现代样板戏。

戏混一会儿匪兵甲，一会儿共军乙，死了爬起来，爬起来再死，忙活得整台戏就跟他一个人似的。

散了戏，别人都紧忙活卸装吃夜宵休息，戏混还在帮着管服装的奶妈叠烫衣物，装箱倒柜。

剧团到外地演出，戏混也被派去看门收票。收票的戏混早早就换好了戏装，该自己上场了，便忙跑上舞台，一枪被八路给毙了，又跑到门口看门。有人看到就说，这剧团厉害，怎么有“小鬼子”把门啊？

戏混长到十八岁，谈了个女孩儿。女孩儿秀气水灵，知道混子是唱戏的很高兴，问都唱过啥戏，戏混说，《沙家浜》《智取威虎山》《红灯记》，样板戏都演过，还要请女孩儿去看戏。

女孩儿去了，从头到尾也没见到混子。

戏混说，就是被英雄郭建光一枪撂倒的那个匪兵啊！

女孩儿还是茫然地摇摇头。

戏混第一次感觉到跑龙套的悲哀了。

第二天，戏混又请女孩儿看戏。

洛半城饰演的郭建光挥手一枪，扮匪兵的戏混没有像往常应声倒下，而是一个跟头又站起来，踉踉跄跄晃到戏台子前，瞪眼看着台下，就是不倒。

郭建光急了，抬手又是一枪，偏偏剧务没有准备第二枪，哑火。

郭建光也机灵，把枪插到腰间，上前就把戏混踢倒了。

剧务反应过来，砸响第二枪，可怜郭建光把自己给废了。

女孩儿倒是看清楚混子了，戏混子被洛半城骂得狗血喷头。

戏混一点儿也不生气，因为那女孩儿真的和混子好上了。

每年春节前，是剧团最忙碌的日子。要到外地去找台口，唱戏赚钱准备过年。

不分昼夜，只要联系到了台口，立马装箱，雇车先运到地点，人员随后跟上。戏混总是第一批跟车搬箱，为团里人先打前站，张罗着装台，再上街张贴海报，卖戏票。再累，戏混也高兴，有戏唱就有收入，有收入就能把喜爱的姑娘娶进门啊。

这次，当戏混他们打前站急急忙忙赶到时，才觉得有些傻眼了。

前一个剧团是正规的地区剧团，连演了五场《沙家浜》，刚刚离开。偏巧老街剧团带来的也是《沙家浜》，一天没卖出十张票，全团人马随后就要到了。一向不知愁的戏混也急得嘴上起泡。

第二天，天刚蒙蒙亮，县城有人就发现了情况，说有日本鬼子进城了。

果然，见戏混一身日本鬼子军服，扛着枪挑着膏药旗在街上转悠，还满嘴“开路开路，死啦死啦的有”。

有人报告了派出所，来了几个公安，把戏混给带走了。

消息立马传遍了县城，好奇的人们打听缘由，弄清楚后，纷纷涌向剧院排队买票。老街剧团的人唱得格外起劲儿，竟然场场爆满。

老街剧团要答谢观众，公演一场。第二天就是腊月二十三，过小年了。

公演的地点在城北街口，正对着看守所。

搭起的戏台子灯火通明，老街剧团的人把拿手的戏活都亮出来了，戏混的奶奶多年不唱戏，只是管理服装，也非要登台唱一段李铁梅的《都有一颗红亮的心》。

谢幕时全团人都在台上，一起喊着：“混子——过年好！”

蹲在看守所里的戏混，知道大家在为他唱戏，听到大家的拜年祝福时，从没流过泪的戏混，跪在地上爹啊娘啊号啕大哭，砰砰地磕着响头。

戏　神

常河在老街唱戏，常河唱的戏是地方戏，叫曲子。

曲子戏起源的时间并不长，清朝末年间，从老街民间踩高跷曲演变而来，不过百十年的光景。老街是曲子戏的发源地，老街人爱听曲子戏，被称为“曲子窝”。曲子戏的调门也都是几代的曲子艺人从老街各行各业的叫卖声、读书声、吵骂声、哭诉声中提炼出来的。曲子一响，忘了爹娘。可见老街人对曲子的痴迷。

常河最擅长的是哭戏，在曲子代表戏《卷席筒》里，常河饰演小仓娃，小仓娃在大堂上诉冤那一大段八十五句的“哭诗调”，最让老街戏迷魂魄出窍。

哎——嗨——我的大老爷呀——

你稳坐在察院，

我把这前前后后，

左左右右曲曲弯弯，

星星点点一点不留一齐往外端……

常河嗓音洪亮，吐字清晰，就是戏园子里没有扩音设备，常河照样能让剧场里坐在每个角落里的戏迷听得清清亮亮，舒舒坦坦。尤其是最后一句的甩高腔：我的大老爷呀，你看我浑身上下，上下浑身都是冤哪——更是伴着叫好声、掌声和泪水飞舞。

有人说常河唱得好，是因为常河敬拜戏神。

有人看见常河在唱戏前总是要恭恭敬敬地对着戏神的画像作揖敬拜，十分虔诚。常河拜的戏神是谁？有人说是汤显祖，有人说是曲子戏的创始人朱天水，谁也没有见过。

老街有个传说，一个富商的女儿貌美如仙，却患上了忧郁症。茶饭不思，寝食难安，闭门不出，家人多方求医不见好转。

有人建议富商带着女儿去听常河的戏。富商虽然觉得是个玩笑，无奈之下也只好试试，便让家人硬把女儿带到了老街戏园子。谁知，常河的戏一开场，女儿就随着常河戏中人物的喜怒哀乐如醉如痴。戏散场，女儿竟然在老街“不翻汤”小店里喝了两碗“不翻汤”，到家一觉睡到天亮。富商的女儿相中了常河，非要以身相许。这个传说没有经过考证，不过富商连包了十场戏却是真的。

常河唱曲子是卖了命的，每次唱完“哭诗调”汗水都会溻透戏服。管理服装的云袖姑娘，不管戏啥时候散场，她都要把常河换下的戏服洗过熨烫晾干，收拾停当。一来二去，常河和云袖有了交往，几年后两人结婚成亲。

常河和云袖的儿子常小河八岁那年，老街的剧团解散了，剧团的人各找门路。常河和云袖在老街开了个馄饨铺，生意不好不坏，勉强维持生计。

有人建议常河在铺子里唱戏，可以招揽客户。

常河不允，说："曲子是艺术，我又不是个卖唱的。"

日子清贫，常河两口子却很踏实。闲暇，常河就教儿子常小河唱曲子，儿子极聪颖，一招一式有模有样。参加电视台的戏曲大奖赛，获得了少年组的第一名。

常小河考入京城的一所戏剧学院，常河的媳妇云袖得了重病，卧床不起。家里的负担一下子沉重起来。

一天傍晚，常河当年的同门师弟登门拜访，言左右而顾其他，心不在焉。

常河说："师弟，有话直说吧。"

师弟磕磕巴巴地说："汝州有个老板父亲去世了，正办丧事。去世的老人是个曲子迷，当年听过常河的戏。老板想请常河去唱一场，给两万报酬。"

搁在往日，常河非摔了杯子和师弟翻脸不成。看着重病在床的妻子，常河应允了，说："只要不在老街唱，我去。"

灵棚搭在街口人车过往的热闹地界，排场很大。

戏台子搭建在灵棚的对面。看热闹的人不少，乱哄哄嘈杂杂。

"哎——嗨——我的大老爷呀——"

常河一亮腔儿，人群立刻安静下来。有懂戏的人立马就认出了常河，消息一出，街里的男女老少都跑出来看热闹。

常河的“哭诗调”唱得看热闹的人泪流满面，更是让出丧的人愈加悲痛。办丧事的老板长足了面子，多给常河塞了一万元。

常河回到家里，把钱拿给妻子看，咱有钱看病，有钱供儿子读书，你安心养病，咱这个家塌不了。

常河漱洗过后，对着戏神的画像默默不语，泪水直下。

有了开头就收不住了，来请常河去唱红白喜事的人也来越多，价码也越给越高。常河来者不拒，只是有一条，绝不在老街唱。

常小河在京城举起全国戏剧梅花奖奖杯的时候，他的父亲常河在老街訇然倒下。

“哎——嗨——我的大老爷呀——”

常小河在父亲的葬礼上，唱起了催人泪下的“哭诗调”。

送走了父亲，常小河在父亲常常敬拜的戏神像前深深地鞠躬，那戏神的画像上是父亲常河的照片。

| 咿　呀 |

夏花十三岁考上了老街戏校。

夏花的模样好看，身段漂亮，在一群孩子当中格外显眼。几年过去，唱念做打四门功课孩子们都基本掌握了，成绩好的还去老街剧团参加演出了，唯有夏花的唱功总是上不去。老师说夏花的嗓音先天不足，无亮点，出不了宽音。老师让夏花离开学校改行算了。

那晚，一轮圆月挂在丽京门的檐角。学员们都跟着老师去剧场看名角梨花白的《红娘》，夏花没心思去，独自一人在梨树园里徘徊，听着远处剧场隐约传来的叫好声，想着自己多年的努力要付之东流，泪水朦胧了月光，情不自禁地喊出一声：“咿——呀——”

夏花的这一声“咿——呀——”透过梨园在丽京门上回荡，惊到了正在丽京门上品茶赏月的老街戏霸洛半城。

洛半城是老街剧团的团长，有名的铜锤花脸，唱功了得，嗓音亮丽，粗犷豪放，唱花脸能声穿半个洛阳城，故而被称作洛半城。洛半城下得丽京门，来到梨园，看到了月光下发呆的夏花。

“小姑娘，刚才可是你在练声？”

夏花认得眼前的洛半城，怯生生地点点头。

“来，你再喊一嗓子。”

“咿——呀——”

洛半城兴奋地拉起夏花的手说：“走，去剧场。”

剧场里的《红娘》已经接近尾声，懂戏的人都知道，最后一场戏已没什么高潮，不少观众往往起身早退，剧场里就有些嘈杂凌乱。饰演崔夫人的演员最怕这个时段上场。

洛半城让夏花在内台喊，夏花也不怯场，放开嗓子：“咿——呀——”

嘈杂的场子立刻被这一声给镇住了，这本是戏里没有的啊！而这一嗓子清脆悠扬，韵味十足，戏迷们虽然一头雾水却也齐声叫好，掌声雷动。

演出结束，演员几次谢幕，戏迷依然不走，叫好声不断。洛半城急忙把发愣的夏花推到台前，夏花头一次面对老街这么热情的戏迷，不知所措，只得又喊了声：“咿——呀——”

夏花就这样进了老街剧团。

在剧团里，夏花几乎是个跑龙套的。但是，只要戏开场，必有夏花的一声“咿——呀——”乱糟糟的剧场里顿时安静下来。

洛半城对夏花说：“一个演员，除了唱就是念，观众认可你的一声咿呀，这也是最高赞赏了。有人唱一辈子戏，观众也记不住他一句，你这一嗓子，值了！”

夏花就凭着一嗓子在剧团里待了十年。夏花出落得更加俊俏了，团里团外追求夏花的人不少。团里唱武生的祥子模样一般，是洛半城的徒弟，死缠烂打把夏花追到了手，洛半城是他们的证婚人。

老街的生意场越来越红火，老街剧团的景色却一年不如一年。祥子在外地演出时出了意外，翻跟头掉下了舞台，两条腿失去了知觉，坐在了轮椅上。几年后，剧团解散，夏花也没啥失落，报了个中医按摩班，每天都要给祥子泡脚按摩。

洛半城来看望祥子，夏花正给祥子按摩腿脚。洛半城看着夏花娴熟的手法，建议夏花开个足浴店，反正每天都要给祥子按摩，开个店还能维持生计。祥子虽说不情愿，可眼下也没什么能做的事情。

夏花的足浴小店还真的开起来了，店名更有特色：咿呀足浴。

小店生意挺好，许多都是夏花和祥子的戏迷。也有来想歪使坏的人，泡脚时，说些挑逗的话，讲些让人脸红的段子。夏花只管做活儿，不搭理。有人做足疗时，故意抬脚往夏花的身上蹭，夏花就加重手法，疼得那人嗷嗷叫。夏花说：“这儿是心脏反映区，先生你的心可是有毛病哩。”

送走了客人，夏花打水给祥子泡脚，祥子气呼呼地大喘气，怪夏花对刺毛客人太迁就。夏花给祥子捏着脚，说：“来的都是客，他们有他们的想法，我不当真就行了。客人们的脚哪能都一个尺码？”

祥子掀翻了水盆，水溅了夏花一脸一身。夏花没生气，她知道祥子心疼女人，心里憋屈。待夏花收拾停当，已是午夜。

夜色静谧，秋风习习，弯月如钩。夏花揉揉酸胀的臂膀，扭扭僵硬的腰身，望着无际的星空，轻轻叹了一声：“咿——呀——”

夏花第二天就关闭了小店，夏花说，她不能让祥子心里不痛快。

有人帮忙，夏花在车站的候车室里摆弄了个书报摊，虽然赚钱不多，夏花却是干得蛮带劲儿。

春节前，车站人格外多。一个抢劫犯被警察追着，躲进了人多嘈杂的候车室。

夏花听说了事情，一起身站到了报刊的书柜上，亮亮地吆喝一声：“咿——呀——”极具穿透力的声音，立即让杂乱的候车室安静下来，旅客还以为又是什么快闪活动呢。警察也逮住了正躲在柱子后面喘粗气的抢劫犯。

旅客知道了事情的缘由，用掌声鼓励夏花，候车室里响起了咿呀——咿呀——的赞扬声。

圆　场

团长洛半城让马串去带学员，马串噘着嘴很不情愿。

马串在剧团饰演丑角，常言说，无丑不成戏。马串饰演丑角，文武兼备，很受老街人的喜爱。

马串从小跟着戏班子，基本功扎实，圆场、云步、蹉步落脚稳健利落，从不拖泥带水，踺子小翻又高又飘，一口气翻出十几个，落地也如脚下生根。

这角儿正红着，却要转身去带学员，搁谁心里都别扭。

洛半城也是很喜爱这个弟子，要求得也格外严厉。

洛半城说，个人勤奋成角儿容易，能带出大批的徒弟，培养出众多的角儿，那才是大本事。这帮孩子底子不错，带不出来你就别在老街剧团混了。

洛半城撂下噘着嘴的马串径直走了。其实，洛半城还有个心思，新收的学员中有几个模样俊俏的姑娘，洛半城也是想让马串多接触，马串也是老大不小的了。

马串在舞台上扮的丑角，长得可是一表人才。方脸剑眉，见人面带微笑，露出整齐洁白的牙齿。马串为人随和，无论他与谁搭戏，散场后马串都会给人家伸出大拇指，夸上一句：“今天唱得好。”他那分称赞是真诚的，没有敷衍应酬的意思。

马串带领的学员里，最出色的就是祝素素。

祝素素细高挑的个头，浓眉杏眼，诱人的小酒窝儿能把魂给旋进去。小姑娘嗓音条件也好，音色亮丽圆润，行腔舒展自然，这肯定是能成为角儿的好苗子。平日里素素对着马串师父师父地叫，其实两人年龄也相差不了几岁，马串对祝素素也是格外关照。

老街戏园前有一片梨园，是马串带着学员平日练功的场所。三月，正是梨花满枝头，老街人喜欢来梨园赏花，看剧团的人影影绰绰的身段，听咿咿呀呀的吊嗓子声。

园林里忽然一阵骚乱，老街的几个小混混儿，缠住了正在练功的祝素素，下流的言语挑逗着祝素素，非要和她交个朋友。素素左躲右闪，俊俏的脸上挂着委屈的泪水。

马串闻声赶来，拨开混混儿伸向素素的手掌，把素素挡在身后。几个混混儿见到马串是一个人，吹着口哨就动起了拳脚，马串护着素素后退，也还以拳脚，怎奈好虎架不住群狼，也是顾及这祝素素，施展不开手脚，马串被几个混混儿打倒在地，鼻梁骨折，血流满面。

剧团几个老人劝马串忍忍气，给那几个混混儿赔个不是，小事化了算了。

老街人都知道，最难缠的就是这些小混混儿，大乱不做，小乱不断，气煞公安，难死法院。

祝素素拉着马串的手，也劝他别去招惹那几个混混儿。

马串说："他们欺负素素，我凭什么给他们赔不是？今天忍了，明天后天还来捣乱怎么办？"

马串鼻子上贴一块膏药，满大街地找那几个混混儿。熟悉的人看到马串，说："这要是上戏，粉都不用扑了。"傍晚，马串在东关的胖子涮锅地摊上，见到了那几个混混儿，正在涮毛肚、喝啤酒呢。

马串一声吆喝："毛贼，爷找到你们了！"几个混混儿没有想到，白天被打趴下的马串，不但不找人来说和，居然敢找上门算账。

马串的拳脚可不是吃素的，几个来回便把混混儿放倒在地，爷啊爷啊地求饶。

剧团的人都明白，马串是对祝素素上心了。

祝素素也是喜欢和马串在一起，总是借故讨教，待在马串的屋里不想走。

洛半城一面板着脸告诫马串注意影响，一面背着手心里喜滋滋地乐。

剧团的人说，马串千不该万不该，就是不该带祝素素去相思镇看花戏楼。

相思古镇距老街二十多里，有一座花戏楼，花戏楼坐北朝南，年代久远。当年的花戏楼可是风光无限，城里的角儿们以能在这里唱戏为荣。

马串和祝素素来到花戏楼时，相思镇的剧团正在排练《古城会》。

祝素素的眼神没有盯着主角儿看，却对扮演马童的演员入了神。

演马童的武生叫孙成，长得剑眉高扬，举手投足间英气勃发。马童出场为关老爷牵马那一串跟头，惊得祝素素拍手叫好。

没有什么原因经过，祝素素恋上孙成了。

一有空闲的时间，祝素素就往相思镇跑，回到老街已经是黑灯瞎火，祝素素不知道，马串默默地跟随在她的身后。在丽京门上的洛半城看得真切，无奈地摇摇头。

祝素素即将出师的时候，居然不辞而别，去了相思镇剧团。

老街剧团人那个恨啊！这不是白眼狼是什么？老街白白为相思镇培养了个角儿啊。马串拦住了要去相思镇讨说法的人，说："只要能唱出名堂来，在哪里唱不是唱？"

话是这么说，可老街剧团的人心里却是憋着火。

豫西戏剧汇演在老街戏园子举办，相思镇剧团也带着《贵妃醉酒》参赛，饰演杨贵妃的就是祝素素。

老街剧团的人商量好了似的，全部离场。

祝素素在台上，掩饰着内心的苦闷，把美酒入愁肠愁更愁的杨贵妃从初醉到醺醺醉意细致入微地表现出来，赢得观众喝彩。

谢幕时，祝素素看到观众席上站起一个人，缓缓地伸出手，冲着她伸出了大拇指。

师父——祝素素跪在台上。

对台戏

老街戏园子还真的来了一个敢唱对台戏的戏班子。

老街的戏园子据说建于明初，是一个雕梁画栋的木质二层楼。

在古戏楼的对面，还有个土石搭建的小楼，专门用来唱对台戏。

动荡的年代，古戏楼被砸毁，那土戏台被当作群众聚会的场所给保留了下来。后来，在古戏楼的遗址上又重建了新戏楼，虽然赏心悦目，却少了古朴厚重，令人扼腕。老街戏迷之间经常是打擂唱个对台戏取乐，但是在戏园子里真的鸣锣打鼓唱对台戏的事情还没有发生过。

敢来老街唱对台戏的是豫北的赵家戏班。

老街的戏班子不说在豫西，在周边的几个近邻省份都是享有名声的。想来老街找台口的，一般都是乘着老街剧团去外地演出，来打个时间差。老街人好戏，票房好，可是只要地头蛇在盘卧，外地的戏班子是不会来缠事的，老街剧团也就生出些傲慢来。

赵家戏班子的班主赵大大中等身材，精明干练，唱武生出身，也是年少出名，在豫东也是叫得响的角儿。

赵大大带着戏班子走南闯北，唯独没有来老街风光过。这次要在老街硬碰硬地唱个对台戏，争个台口，也是硬了腰板咬了牙的。

在老街唱对台戏也是有讲究的。

唱对台戏的班子只能在老街戏园子的土戏台上演出，而且出演的剧目也必须同在戏楼里上演的曲目一样，两个台子唱同一出戏，一周时间，谁赢下的观众多谁获胜。土台子获胜进戏楼演出，土台子失败卷铺盖走人。两者的演出环境优劣分明，在土台子上演出本身就先败了一节。

赵家班也是探听到了，老街剧团正在上演《武松打虎》，这也正是赵大大的拿手戏，所以才敢来老街叫板。

支撑起戏台，赵家班开演。赵家班唱了两天，上座的人不足两成。

赵大大开始上火，嘴上起泡。一大家子人，支起摊子吃喝拉撒的开销不说，如果就此收场，那赵家班的名声也就如撒到地上的浆面条，拾掇不起来了。

赵大大茶饭不思，唉声叹气。

管事的来找躺在铺上愣神的赵大大，说是来了个打炮的，自称能帮咱赢下台口。

豫西一带把没有在戏班子里挂名，靠去别的戏班子客串一把，混口饭吃的艺人称作打炮，意思是放一炮就走，这种人往往会有某个方面的绝活儿，所以戏班子也都是好吃好喝地待着。

进来的是个中年人，看着也不是很精神，低着头，垂着脸。

赵大大上下打量着来人，问："有绝活儿？"

中年人声音慢慢地应着："到时候看呗。"

赵大大对管事的人说："吩咐伙上，中午小酥肉。"

中年人在戏班里吃了两天，也不提登台的事儿，总是说别急，别急，不到时候。

第六天里，赵大大找到中年人说："你这一炮也该放了吧？明天再争不下台口，我也没有闲钱伺候你这位爷了。"

中年人点点头说："中，中，今晚就上场。"

赵大大问："那你唱哪出啊？"

中年人说："《武松打虎》。"

赵大大眉毛一挑说："《武松打虎》？你演啥？"

中年人闷着声音："老虎。"

赵大大差点气歪了鼻子。"你就会演个虎型？靠！"

赵家戏班子人听说来打炮的人好吃好喝两天了，就会演个虎型，便骂骂咧咧的。

中年人也不计较，早早地扮好了装束，等候在台后。

台上的武松美酒微醺，踉踉跄跄来到景阳冈，醉卧山石旁。

老虎上场，看到武松并不急于攻击，而是左扑右跳挑逗武松，完全没有按着套路出牌。饰演武松的赵大大那个气啊！原来这打炮的还是个棒槌啊。

武松抓住了老虎，挥拳朝着虎头打了三下，这三下可不是以往的假打，赵大大把这些天的闷气都发泄在了这三拳上，打得结实。

赵大大刚摆出个亮相，老虎竟然又活过来了，武松吃了一惊，追赶过来，飞起一脚，不料，老虎一转身躲过，顺势屁股一撅，竟然把武松撞下了台。

老虎来到台边，晃着脑袋，伸出虎爪招呼武松上来。

台下哄笑成一锅粥。

武松一个筋斗翻上台，骑上虎背又是三拳，老虎终于消停。

台下掌声叫好声响成一片。

第七天，土台子看戏的观众爆满，老虎把武松翻下台的创意戏份得到了老街人的认可，赵家戏班子赢了，挪进了戏楼，连演二十场，场场爆满。

赵家班在老街打赢擂台也成为一段佳话。

在赵家戏班子打炮的中年人，谢绝了挽留，一分份子钱都没拿就走人了。

看管戏园子的老师傅眼尖，说："那不是退了位的老街剧团的团长洛半城吗？"

洛半城为何帮着外地戏班子赢了戏，谁也说不清楚。从那以后，老街剧团排练得更认真更讲究了。

赵家戏班子再也没有来老街戏园子演过戏，但是每次赵家戏班子路过老街，都会在土台子上公演一场，以谢洛半城当年相救之恩。

洛半城从来就不提有这么回事儿。

角　儿

戏混子是老街戏班子班主洛半城捡回来的。当年一家戏班子在老街唱戏，戏班子撤走后，在戏楼里的底层发现了用戏服包裹着的孩子。洛半城留下孩子，孩子就跟着戏班子混搭长大，大家就叫他戏混子。

戏混子在戏班子里吃百家饭，乖巧可爱，谁喜欢谁就教他两手，戏混子倒是练成了全面手，哪里需要哪里去，生旦净末丑都能像模像样地模仿两下，成了个全能型的跑龙套演员。

戏混子跑龙套跑得兴高采烈，有戏演有饭吃就无忧无虑。负责管理服装道具的雪姨是戏混子的奶娘，看着长成棒小伙子的戏混子就发愁，说："戏混子啊，你能不能好好地攻一门子行当，成个角儿，总跑龙套也不是个事儿啊？"

戏混子就痛痛快快地答应着："好好，没问题。过两年我就上个主角儿，演个铁面包公给您长长脸。"说完就拉开架势，哇呀呀叫板，刚唱了一句："驸马爷今请看端详……"就有人喊：

“混子，来帮助搭台了。”

“得令！”混子就没了踪影，奶娘也只能叹气。

戏混子真想当主角儿是因为爱上了一个姑娘。

戏混子爱上的姑娘叫佩佩，也是个戏迷，爱去戏楼听戏。戏混子经常在戏楼把门验票，一来二去就和佩佩熟了，后来佩佩看戏就连票也省了。戏混子请佩佩吃饭逛街，佩佩也不拒绝，大大方方的。戏混子就给佩佩讲剧团的人和事，常常乐得佩佩笑脸飞扬，戏混子都看入迷了。

戏混子和佩佩交往着，渐渐看出点端倪，佩佩每次来看戏都是有常小河挑大梁的戏，而且只要常小河上场，佩佩就两眼放光，一脸的痴迷。

原来佩佩喜欢的是常小河啊。

戏混子心里觉得憋屈，找到洛半城，说：“叔，我也要练成个角儿。”

洛半城是铜锤花脸出身，拍着戏混子的头说：“那你和我攻花脸吧。”

戏混子想成为个角儿，专心跟着洛半城学戏，剧团却是越来越难经营了。戏混子还没练成个角儿，剧团就解散了。

剧团解散，剧团的角儿不会闲着，商场开业，公司庆典，百姓家里的红白喜事角儿们都被邀请去演唱，似乎比在剧团时还自在。

戏混子这样的龙套演员就彻底地歇菜了，戏混子后悔自己跟着晃荡，十几年了也没能去熬个角儿，关键是女友佩佩还和自己恋着哪。

戏混子开了个小饭馆，每天吃饭的人不多，戏混子是每天都把自己给灌个半醉，佩佩理解戏混子是心里憋屈，饭馆的生意多半时间都是佩佩帮着打理。

佩佩的朋友要结婚办酒席，找到戏混子说，他父亲是个老戏迷，看看能不能给招呼个有戏曲元素的宴席。

戏混子立马来了精神，说："没问题，咱这酒席就叫'百戏宴'。"

戏混子找来了在家游散的剧团闲人，聚在一起策划张罗。

婚宴开场，一对新人身着龙袍凤袍在礼乐声中登场，传令官大声宣道："皇上口谕，开宴——"

锣鼓声中，打着令旗的士兵疾步开道，随后是化装成丑角的小二儿们端着托盘开始上菜，在紧张诙谐的气氛中，凤还巢、野猪林、花木兰、连理枝、美人鱼、黑松林、闹花灯、天仙配八个凉菜上齐。

凉菜用的都是戏名，内容都是新瓶装旧酒。凤还巢就是白切鸡，连理枝是醋拌藕片，美人鱼是干炸小黄鱼，野猪林就是酱猪脚，那豹子头林冲和花和尚鲁智深若知道了野猪林被忙乎成了一盘酱肉，估计也得气疯了。

八个热菜的名字也是八部戏：霸王别姬 、八仙过海、秉烛达旦、碧波仙子 、才子佳人、独占花魁、凤凰二乔、百鸟朝凤。

霸王别姬是甲鱼炖乌鸡，可怜了项羽也委屈了虞姬；碧波仙子就是焦炸丸子，独占花魁也就是牡丹燕菜。主食是素包子、黄面窝头、烙煎饼、蒸山药一个大拼盘，名字也是一部戏，曰：鼎盛春秋。最后一道汤：白衣渡江，听着花哨，做着简单，就是蛋清汤。

每上一道菜，便有装扮成公公模样的宣旨官，扯着公鸭嗓子喊："皇上有旨，上大菜喽！"锣鼓家什一响，慢长锤：匡七台七匡七台七……把整个宴席烘托得抒情、热烈、悠闲，席间再加上老街的几个名角儿演唱，真是吃得痛快，看得酣畅。

宴席完毕，客人也不走，拍照合影发微博，热热闹闹。

戏混子的百戏宴一炮打响，订单不断。

戏混子注册公司，租赁场地，成立百戏宴文化餐饮公司，经营得红红火火。

戏混子有钱了，他上门请退休在家的洛半城出山，把老街剧团重新拉起来，洛半城答应了。

老街剧团复排的头一场戏是行当齐全、场面宏大、情节生动、生旦净丑文唱武打都非常精彩的《龙凤呈祥》。

戏混子和佩佩坐在台下的前排。

扮演周瑜的常小河出场，戏混子胳膊肘碰碰佩佩说："你的角儿出场了。"

佩佩把头靠在戏混子的肩膀上，一脸的幸福相。

苦　哇

胡巴在老街读高中时就喜欢冰清，胡巴知道自己配不上冰清，也只能是暗自欣赏。

胡巴家在乡村，每周背干粮到学校，就着咸菜过日子。

冰清的父母都是高干，在老街平时走路抬头挺胸目不斜视，巴结冰清的男生多了，哪轮到他胡巴一个乡巴佬啊？

冰清爱好戏剧，是学校文艺队的台柱子。每次学校汇演，胡巴都要挤在头一排，眼睛直勾勾地盯着冰清不眨眼。

胡巴想尽办法接近冰清，无奈冰清根本就没正眼瞧过他，这让胡巴悲恸不已。胡巴想到了学校的文艺队，只要自己能进文艺队就能接近冰清，机会都是人创造的，天底下任何事情都可能发生。

胡巴把家里的小米、咸鸭蛋不间断地往负责文艺队的颜老师家送，胡巴就进了文艺队。

胡巴在文艺队什么也不会，只好给大家打水，整理场地。

颜老师让胡巴去学习敲锣，胡巴哪有心思学，有机会就去看冰清的排练。

老街组织戏曲汇演，冰清演的是出小戏《审椅子》。

当冰清唱完“乘风破浪向前方”后打开亮相，应该有一锣跟上闭幕。可胡巴光顾着看冰清，竟忘了手中的家什，旁人提醒，胡巴才醒过来，抬手就是一锣，大幕都合上了。

冰清气得杏眼怒瞪，走到胡巴跟前理论，随口说道：“你真是个胡八擦！”

胡巴可一点儿都不生气，还兴奋得不得了，这是冰清离他最近的一次，他甚至清晰地看到了冰清长长的眼睫毛，冰清口中兰花般的香气让他云里雾里回味了好几天。

高中毕业，同学们大部分都上山下乡接受再教育了，冰清却考进了老街剧团，主攻旦角，尤其擅长老旦。

几年的工夫，冰清嗓音甘醇甜美，韵味纯正，演唱细腻，高低自如，扮相端庄大方，很快就在老街风靡一时。尤其是她的那一声叫板：“苦——哇——”台下总是喝声迭起，老街的戏迷就是冲着她这一句叫板去的。

冰清饰演《四郎探母》的佘太君，《徐母骂曹》的徐老太太，更是让老街戏迷津津乐道。

胡巴也是忠实的捧场者，拿着学校毕业的合照，到处显摆，我和冰清是同学，在学校一起演过戏。还编出自己和冰清的青涩故事，哄着戏迷给他买票看戏。

胡巴知道自己这个德行是靠不近冰清的，胡巴开始倒卖原油，还建了个土炼油厂，一夜之间就发了。腰包鼓起来的胡巴去剧场给冰清送鲜花，冰清从来就没个回应。

胡巴想到了出资组织同学会，他让颜老师出面把高中同学都请到一家高级酒店聚会。

冰清也到场了。冰清依然高雅卓群，只和几个同学攀谈，压根儿没看胡巴一眼。

舞会开始了，胡巴犹豫了几次，想去邀请冰清跳舞，都被冰清冷漠的高傲吓回来了。

直到最后一曲，连班里被叫成“矬子将军”的同学都敢邀冰清跳舞，示威般地在冰清的肩膀下面左摇右晃，胡巴后悔不已，气得直想扇自己。

不知哪位同学带来了京胡，说：“冰清，给大家来一段吧。”

冰清一声叫板：“苦——哇——”

胡巴在同学会之后，很快就完成了恋爱、结婚、生子三级跳，生意也做得越来越大，身边经常带着年轻美貌的女秘书。说来奇怪，胡巴以前是巴结女人，自从有了钱，是女人巴结胡巴，胡巴身边的女人来来往往，他却还是放不下冰清。

老街剧团解散后，冰清也赋闲在家，相夫教子。

胡巴听说后，托人请冰清来自己公司上班，岗位和工资由她自己定。

冰清回话说，他自己就会唱戏，他的公司又不是剧团，她去那里干吗？还问，胡巴是谁？高中同学？她怎么不记得？

老街剧团原来的剧务在家闲不住，拉起了一伙人去商演，店铺开业、企业庆典，红白喜事只要给钱就唱。他找到冰清，问她去不去？

冰清说："只要能唱戏，去哪唱都行。"

有人说冰清是拔了毛的凤凰不如鸡，落魄到去给人家唱堂会了。

冰清依然高雅地昂着头，登上台就全神贯注，卸了妆就起身走人。

胡巴的父亲病故，胡巴点名要冰清的戏班子来唱戏。

戏台搭在灵台的对面，胡巴点的都是《打龙袍》《朱痕记》《战太平》之类的苦戏，唱了三天三夜。

胡巴几次暗示，冰清跟着自己能赚大钱，还在冰清的包里塞了十万元钱。

唱完戏，已近午夜，冰清头也不回地走了，台上放着胡巴塞给冰清的一摞子钱。

胡巴一脚把钱踢得上下翻飞，雪片般落下。

胡巴流着泪可着嗓门大声吆喝着："苦哇——苦哇——"

秋祭花戏楼

作家红酒在老街写小说，她笔下的故事都是以相思镇为背景的。“小贱妃”是她一篇小说里的人物。

当年，相思古镇有个唱青衣的女演员，饰演皇姑爱由着自己的性子来，她忘了自己是身穿日月龙凤衫的金枝玉叶，只要一出场，手端玉带侧身站定，就冲观众频频地丢媚眼儿，师姐给她起了个绰号“小贱妃”。“小贱妃”的戏格外出彩，观众喜爱，也惹得县里的一个头头儿春心荡漾。想对“小贱妃”非礼，岂料“小贱妃”戏里戏外两样人，义正词严地拒绝，全没了往日的妖媚惑人。

朋友赞叹红酒笔下的人物形象，也很想见识一下“小贱妃”的原型。

红酒认为朋友的想法可笑，说：“那小贱妃是把舅舅讲的故事加工后虚拟出的人物，怎么能让你去与现实中的人对号入座？”

朋友说："难道不可以吗？你还去拜访过小说里的人物二功子呢？"

红酒不再作声。

前年冬天，海外一个朋友看了红酒的小说《二功子》，专程从美国赶来要见见这个说书人。那天，忽地飘起鹅毛大雪，去乡下的路很难走，红酒乘坐的车轱辘打滑，惊出一身冷汗。

二功子听说是外国客人来访，高兴坏了，叫了几个朋友，就在土坯屋里拉开了场子，连说带唱了两个多小时，恨不得把自己的绝活儿都使出来，引得海外的朋友直竖大拇指。

回到城里，红酒和朋友全感冒了。红酒说只当是为申报非物质文化遗产做了点贡献，这个贡献的代价是她咳嗽了俩月，挂了十多天吊瓶。

周末，朋友相约去相思古镇寻访一座明末清初的古戏楼。时至晚秋，天已渐凉，道旁的白杨树在秋风中抖颤着，枯黄的落叶在瑟风中飘零。垂暮泛黄的野草却显得精神饱满，摇曳着坚韧婀娜的身姿，不卑不亢地凄凉着。

古戏楼孤零零出现在村口，尽显沧桑。戏楼是二层土木结构硬山式建筑，下面的一层据说是演员起居和放置道具的场所，二层就是演出用的戏台了。台子上的楼板已经破裂，围栏也腐朽不堪，两根柱子上有楹联一副，字迹依旧遒劲飘逸：是虚是实当须着眼好排场，非幻非真只要留心大结局。

村里人见有陌生的面孔来访，便三三两两地聚过来，好像也是第一次看到古戏楼子，与朋友一起转悠着看。

“这里唱过大戏吗？”朋友觉得这不过是民间艺人的杂耍地方。

“唱过！全本的《穆桂英挂帅》《西厢记》《铡美案》都唱过，你们不知道，听老人说，起先这戏楼子对面是东大庙和昭帝寺，再往前两里地就是清代商铺一条街，繁华得很。每逢大集这儿都唱大戏，一唱就是七八天，热闹着哩。”

“噢，那你们听没听说过，当年剧团里有个绰号叫小贱妃的在这里唱过戏？”

村人摇摇头，说：“这是明清的戏楼，几十年前被当作学校，后来成了危房，学校早搬走了。”

朋友走到二层的戏台前，凭栏眺望，想象着当年的繁茂风华，禁不住唱了一段《梅妃》：

下亭来只觉得清香阵阵，整衣袂我这厢按节徐行。

初则似戏秋千花间弄影，继则似捉迷藏月下寻声。

朋友喜欢戏曲，大学里曾修过此类课程，程派的韵味还是有的。

村民都是在豫剧曲剧窝子里泡大的，对京剧没有多少概念。唯独一个背着柴草的老婆婆似乎听得很专注，还轻轻地点着头合着节拍。

“婆婆，一看就知道您懂戏啊，唱得怎么样？”朋友问。

婆婆说：“程派，唱得还中，就是神态不像。”

“哈，真遇到行家了。婆婆，您给指点指点。”

婆婆环顾四周，犹豫着。

“婆婆，我们从老街来，专门来访古戏楼。看这戏楼子多年没有琴鼓声了，它寂寞着哪！看您老懂戏，也来一段吧，也不枉这戏楼子在咱村口矗立了几百年。”

婆婆让朋友说动了心，放下柴草，掸掸褂子上的浮尘，伸手捋了捋头发，蹒跚着走上戏楼。就在她往台中央一站的那个瞬间，朋友都惊呆了，只见她全无了不安和拘谨，一个亮相，开口唱的是《西厢记》里的红娘：

> 怨只怨你一念差，乱猜诗谜学偷花。
> 果然是色胆比天大，夤夜深入闺阁家。
> 若打官司当贼拿，板子打、夹棍夹、游街示众还戴枷。
> 姑念无知初犯法，看奴的薄面就饶恕了他。

一曲唱罢，竟然往台下丢了个飞眼。我们大声叫好。

村民说，还不知道怡萍她娘会唱戏哩。她闺女怡萍在剧团唱戏，多少年也没唱出个啥样法。听说傍了个大款，立马就出名了。在城里买了房子买了车，要接她娘进城享福，她娘死活不去还把闺女给骂走了。

婆婆走下台，朝朋友笑笑，又佝偻着身子，背起柴草踽踽而去。

品咖啡时，朋友把经过告诉了红酒，说那婆婆肯定就是当年的小贱妃，假如她当初能灵活些，别得罪了权贵，现在也不至于落到这种地步，没准儿还在舞台上风光哪。

人，总要活个气节吧。

红酒不再搭话，凝神望着窗外，轻轻地唱了两句。什么词没听清，只是觉得那曲调除了低回婉转外还有些许惆怅忧伤……

诗 意

母亲说，父亲是个诗人，诗写得可美了。

我那时不懂诗，长大以后我也以为只有裴多菲的“生命诚可贵，爱情价更高，若为自由故，两者皆可抛”才是诗。

我喜欢上文学创作后，问父亲：“你写的诗在哪啊，让我也拜读拜读呗？”

父亲抽着烟，望着远方，说：“我写的诗都给你妈了，你哪有资格看？”

后来，我写的小说在晚报发表了，父亲拿着报纸说：“故事还行，语言韵律差了些，比我的诗差远了。”

我家里有一张母亲年轻时的照片，短辫子齐肩，弯眉皓齿，长长的眼睫毛下有双会说话的眼睛，水汪汪得晶莹透彻，微微的笑意，浅浅的酒窝儿，比电影明星还漂亮。看过我母亲照片的叔叔阿姨，问我父亲的几乎都是一个问题：“你是怎样把漂亮媳妇骗到手的？”我父亲一脸得意，自豪地说：“我是诗人，她追我呗！”

我问母亲：“真是父亲的诗征服了你？”母亲笑着不言语。

母亲当年是戏剧团的演员，嗓音清亮，扮相俊美，身边有许多仰慕的追随者。剧团里英俊潇洒的年轻小生不少，对母亲死缠烂打的主儿也不少，谁也没有想到母亲会看上我父亲。

母亲的闺蜜苦着脸说：“你要嫁的人跟怪石一般，皱、透、瘦、漏、丑啊！”母亲说：“那些怪石为啥越看越有味道？因为他们透着灵气啊！”闺蜜不屑地说：“什么灵气，不就是能写几句肉麻麻的诗吗？”

父亲和母亲的相识还真有点儿戏剧性。

那是深秋的一个上午，在苏州参加培训的父亲，来到西子湖畔。父亲还没有顾及山水秀色，就被一阵优美的戏曲声吸引了。

在湖边的绿荫下，一个身材匀称，俊俏明媚的姑娘对着一汪湖水在练声。就是在那一刹那，父亲在心里说：“这就是我要找的姑娘，这就是我的金玉良缘。”

父亲就这样，静静地痴呆呆地看着母亲练声。

母亲遇到这样的事情是很平常的了，看到父亲，她礼貌地对父亲点点头。

父亲说：“你母亲的回眸一笑，可是不得了，我如同被咒语禁锢了，整个人都不会动了。”

忽然有人喊：“孩子落水了，孩子落水了！”

父亲痴迷地看着母亲，都没有听到呼救声。

还是母亲大声说：“快去救人啊！”

父亲这才梦醒一般，一转身扑通跳入水中。父亲根本就不会游泳，折腾了几下呛了几口水，好在水不是太深，父亲把落水的儿童举出了水面。

母亲把湿漉漉的父亲带到了宿舍，找了一身戏装给父亲换上。

母亲说：“你不会游泳啊？那你还往水里跳！”

父亲说：“你让我去救人啊，你的命令刀山火海我也要上啊！”

母亲说：“我得替孩子的家长谢谢你啊！”

父亲说：“要谢你就把刚才在湖边唱的歌再唱唱。”母亲也不扭捏，说：“好，我唱一段。”

父母就这样相爱了，气得剧团里的后生直拍桌子。

父亲家在豫西一个小县城，学习结束后父亲就回到了河洛老街。

那时的生活条件还很拮据，父亲家的状况更糟。远在苏州的母亲总是寄来一些干鱼、腊肉、糍粑。那个时期调动工作是件很费周折的事情，况且还是跨省调动，父亲忙乎一年多也没有见到进展。

看到父亲焦虑的情绪，母亲居然辞去了工作，只身来到了老街，在百货公司做了临时工。

父亲激动得热泪盈眶，说见到母亲后，他朗诵了三十多首写给母亲的诗。父亲带着母亲去见奶奶，奶奶可是无动于衷。奶奶说，找媳妇要腰粗腚大，能干活生娃。说母亲娇小纤弱，不是个能吃苦过日子的人。

母亲很能吃苦。母亲在大百货做售货员，卖的是锅碗瓢盆。每天清晨上班，天黑归来。公司去批发站进货，母亲总是抢在前边，肩扛手提一车一车的货。工作一天回到家，再累，母亲也要打盆热水，给奶奶泡泡脚。奶奶是小脚，自己看着都丑。母亲却认认真真地给奶奶洗脚，还把奶奶的脚抱在怀里，轻轻地按揉。这样的日子不是一天，是整整二十年。奶奶去世时，拉着我的手说："娃啊，找媳妇就找你妈这样的。"

母亲是在一次事故中伤残的。那年冬天，临近过年，天干物燥。小孩子放烟火点燃了公司的仓库。已经下班走在半道上的母亲，闻听失火，又返回了公司仓库抢运货物。母亲搬运一件货物时，大火蔓延过来，把母亲围住了。母亲烧残了一只手，烧伤了半边脸。

母亲没有颓废失落，依然阳光灿烂地生活着，闲暇时就和父亲一起唱戏。

我相处了几年的女朋友，经不住大款同学的诱惑与我分手了，我伤心至极。

母亲说："生活不止眼前的苟且，还有远方的田野和诗歌。"

望着母亲安静且自信的眼神，我明白了，母亲就是父亲的一首诗，一首一辈子也写不完的诗。

第二辑

老街闲事

LAO JIE XIAN SHI

老街汉子

老街盛于明清，兴于何时已无人记得。老街不宽，三丈有余，却蜿蜒十里。逢集过节，街道上人群拥挤，远远望去，整条街就像一条扭动的蛇。

老街两旁店铺挨着店铺，老街的人历代以经营店铺为生计，家家户户日子殷实。老街人固守着小富即安的传统，自古宁愿捐款捐物也不放男人外出当兵做官，因此当地流传一句俗语：老街有男人无汉子。

牛五出现了。

牛五每天清晨在薄雾中踩着青石板从老街南头的葫芦大院向街中的钟鼓楼走来。钟鼓楼下“马一鲜羊肉汤馆”刚好肉烂汤肥，牛五是第一个顾客。

一碗肥汤，两个火烧馍泡进去，碗面上漂着一层红红的辣椒油。牛五一边摇头晃脑地吹着一边顺着碗沿儿呼噜呼噜地喝着，喝下多半碗汤，再让老板把碗添满，碗中的馍正好泡透。肥汤下肚，热气便往脸上蹿，额头便渗出细汗。牛五惬意地抹抹嘴，伸伸双臂。

牛五踩着青石板回到院中。嫂子说：“五子，你退伍回来三个月了，该出去找点事做啊。”牛五晃着脑袋说：“那哪行啊，我是大军区给司令员做过警卫的，不能给首长丢脸。我就不信没人来请我。”

还真有人来请牛五。宏发公司金老板是做电料生意发家的，专程到葫芦大院找牛五。

“你真是给军区首长干过警卫？”

“那还用说！”

“擒拿格斗、少林、太极都会？”

“那还用说！”

“酒量咋样？”

“那还用说！”

“好，跟我干，月薪两千。”

金老板的生意也不忙，平日零打碎敲，主要靠揽大宗生意。

周末，金老板急匆匆叫上牛五，说揽了笔大买卖。这次一定要把宋处长打发好，他就爱喝酒，喝痛快了，单就签了。三百万啊，够咱吃一年了。

牛五拍拍胸脯，说：“那还用说！”

老街水席远近闻名，大凡来开会旅游观光的都会慕名到老街品尝水席。

老街水席始于唐朝，因上菜是一道一道往桌上端，吃完一盘撤下去再上另一盘，行云流水一般，而且几乎道道菜都带汤，干稀有致汤随菜走，故此得名。

一张八仙桌，四人各居一端；一瓶杜康酒分成四杯。

金老板微微笑着说：“宋处长远道而来给我带来了财运。去年到贵府被你灌得找不到北，告别时没找到门却拉开了你家的立柜门，哈哈哈。今天我可是来还愿的。”

宋处长兴致勃勃地说：“怎么，带着保镖壮胆啊？不就是四杯杜康嘛，来！”

金老板对牛五说：“五子，喝！”

牛五说：“老板，那不行，我不能空着肚子喝酒。”

金老板说：“好，先上盘蒸馍和韭黄炒肉丝，让我这小兄弟垫补垫补。”

牛五说：“再加五块儿豆腐乳。”

馍、菜端上。牛五拿起一个蒸馍从中间掰开，熟练地夹起一块儿豆腐乳放上，用筷子一捻，便将整块儿豆腐乳薄薄地均匀地摊在馍面，再加进韭黄肉丝，大口大口地吞嚼。很快五个馍就没了踪迹。客人看得眼都直了，好胃口，好胃口。

“五子，饱了没？”

“老板，饱了。”

“好，把酒干了。”

“那不行啊，我吃饱了是不喝酒的。”

金老板嘴都气歪了，说："饿了你不喝，饱了你也不喝，你啥时候喝？"

牛五说："部队不准喝酒的，要关禁闭的。"

金老板火了："你滚，你给我滚！"

"老板，我不能走。你干，醉了我背你回家。"

金老板喝得醉成一堆烂泥，还真是牛五把他背上五楼的家。

丢了一宗买卖，金老板气得躺了两天。找了个借口，派牛五去公司门岗做警卫，做了警卫的牛五每天也神气得雄赳赳气昂昂。

一天凌晨，一个打扮妖艳的女人从金老板的屋里出来，唤牛五开门。

牛五说："公司有规定，为保安全，每晚十一点到次日早晨六点三十分，没有特殊情况不得开门。请你再等九十分钟。"

女人讥讽地说："不至于我叫你的老板来为我开门吧？"

牛五说："规定是公司定的，老板也要执行。"

女人沉不住气，对牛五大声吵嚷，牛五就是坐着不动。公司的人惊动了，有的跑来看热闹。金老板的夫人也听说了此事，到公司指着金老板的鼻子臭骂了一通。

金老板对牛五也没说什么，但态度是大不如从前了，后来就拖欠工资。

三个月后，金老板愁眉苦脸地对牛五说："公司经营不景气，外欠款也讨不回来。明市K公司讹了咱的五十万元货，两年了一分也没给。一帮子无赖，没人敢去。你若能讨回来，百分之二十提成；讨不回来你也就另攀高就吧。”

牛五说：“那还用说，我明天就去。”

K 公司的办公楼气派豪华。K 公司的老板听说牛五是来讨账的就呵呵地笑：“你还来讨账啊？你们给我们的货是次品，我还没找你们包赔损失呢！看你大老远来的，也挺辛苦，到财务支五百块回去吧。”

牛五说：“我不要五百块，我要五十万呢。”

老板收敛了笑脸说：“你恐怕还不知道我 K 公司在本市的影响吧？走吧，我手下的弟兄脾气有些不好。别惹不高兴啊。”这时从门外就进来两个高出牛五一头的彪形大汉，牛五啥也没说扭头就走。

下午，牛五背了个编织袋又来到 K 公司。牛五从袋中倒出一堆红砖，老板吓了一跳，立即叫来两个保镖。保镖正要上前，就见牛五蹲下身，拿起一块砖一掌劈下，砖便断为两截。保镖怔住了，不敢靠前。牛五连劈五块砖，脸不红气不喘。随即左手拿起半块砖，右手中指尖顶在砖面，红色的粉尘纷纷扬扬，顷刻间红砖就被手指钻透。牛五连钻五块砖，还是脸不变色心不跳。

牛五抽出一截铁丝，将钻透了的砖块穿成一串儿，这才缓缓站起身，拍拍手掌，说：“我初来乍到也没啥送老板的，这串儿项链算是见面礼。”说罢，脚尖挑起铁丝，小腿一抖，一串儿砖便挂到墙角的衣架上。

五十万元的汇票放在金老板的面前，金老板张大了嘴。

牛五说："我知道老板对我好，可我不适合在这儿干。没帮你做啥事儿又不好意思离开，今天我可以告辞了。"

汉子身手

牛五帮着金老板讨回了被拖欠的巨款，还分文报酬不要。

金老板的夫人觉得牛五老实憨厚心眼实，就张罗着给牛五介绍对象，想来想去，想起了自己的一个堂妹花花。

花花在老街杂货市场，租了个摊位，卖儿童服装。虽然说家是农村的，可来城里面也混了好几年，生意还做得不错。

花花听说牛五刚退伍回来，还没有个正式工作，又比自己小，心里有些不愿意。

金夫人劝她说："女大三，抱金砖啊。牛五家那所大宅院，可是块风水宝地，老街就要进行旧城改造了，改造后的老街是仿明清建筑，牛五家的那所宅院正好临街，光出租收的租金就够吃喝一辈子了。牛五没爹没妈，没啥牵挂，你嫁了他，他不得上赶子巴结你，对你好！"

花花就和牛五处上了。

周末，牛五把花花带回家，嫂子张罗着做了一桌的饭菜。

吃完饭，花花要帮着收拾，被嫂子拦住了。

嫂子说："你俩去说话吧，等过了门，有你忙活的时候。"

花花便和牛五钻到屋里，牛五给花花讲在部队的事。牛五说起在部队的事，就像换个人似的，绘声绘色，滔滔不绝，花花也听着新鲜，不时地被逗得咯咯直笑。牛五讲完部队的事，就像个闷瓜一般坐着傻笑。

花花问牛五："听我姐说你的功夫好，你来两套给我看看呗。"

牛五说："练武是用来健身的，在部队是用来执行任务的，我练武可不是用来显摆的。"

花花撇撇嘴说："可能是绣花枕头中看不中用吧，你能用一只胳膊把我撸起来？"

牛五说："那还不容易。"说着就走到花花跟前，一只手圈住花花的腰把花花抱了起来，花花故意惊叫着，两手搂住牛五的脖子，脸紧紧贴在牛五厚实的胸脯上。

屋外，哗哗啦啦下起雨来。

牛五说："花花，我送你回去吧。"

花花说："这么大的雨你也赶我走，把我淋感冒了，你就美了，你心里根本就没有我。"

牛五没了脾气，说："我不是那个意思。"

花花扑到牛五的身上，说："傻瓜啊，我今晚不走了。"说着把嘴唇贴在牛五厚厚的嘴唇上，牛五笨拙地拱来拱去竟好一会儿啃不着正经位置。

牛五浑身一激灵，一把推开花花，结结巴巴地说：“不能，我是给首长当过警卫员的，不能干这种事情。”

牛五光着膀子跳到院子中，任凭雨水劈头盖脸地浇下。花花在屋里委屈得嘤嘤地哭。

嫂子听到动静，把院子里的牛五拉进上房，用毛巾给他擦着身上的雨水，边埋怨他不爱惜身体，边找了件牛五哥哥的褂子让他穿上，说：“你就睡这屋吧，我去陪花花。”

嫂子进屋安慰花花，给花花讲了五子小时候的经历，嫂子说：“花花啊，五子从小没了爹妈，你是他亲密接触的第一位女性，你要慢慢地先给他女人的柔情，再给他女人的激情。别吓着他。”

牛五还没有享受到花花给的柔情，两人的缘分就到了尽头。

那日，牛五接到电话，花花在市场因摊位的事和邻家打起来了，邻家人多势众，花花吃了亏。牛五急急忙忙赶到时，邻家的几个女人还揪着花花的头发，花花的衣领也被扯开了。牛五一个箭步蹿上去，把缠在花花身上的两个女子推到了一边。

花花扑到牛五怀里哇哇大哭，说：“揍他们，揍他们啊！”

牛五攥紧的拳头慢慢松开，搂着花花说：“走，咱去找派出所和工商局说理。”

花花挣脱出牛五的怀抱，指着牛五的鼻子大声嘶喊：“牛五，你个窝囊废！”花花哭着走了。

邻家几个大男人看着矮小的牛五，还嘟囔着，以为找了个变形金刚哪。

金夫人找到牛五也奚落了他一通，说：“五子，你还算个男人吗？你还是条汉子吗？”

牛五低着头，搓着手说：“让我动手打人，我，我下不了手。首长知道会生气的。”

牛五和花花分手的场面很是壮观。正是老街生意繁忙的当口，牛五来到了花花的摊位前。

牛五说：“花花，你不是想看我的武功吗？我这就练给你看。”

牛五左扑右闪打了一通螳螂拳，围观的人大声叫好。

牛五拿起一块砖，一掌断开；抡起一截铁棍砸向自己的脑门儿，头安然无恙，铁棍已经弯曲。

牛五大声说：“花花是我姐，以后谁要是敢欺负花花，我牛五就跟他过不去！”

牛五说完扭头就走出店门，花花在后面的呼唤声也没能让牛五回头。

屋外，阳光很暖。牛五觉得浑身轻松。

牛五心事

牛五在老街钟鼓楼下喝完马一鲜家的羊肉汤，踩着青石板路回到院中，嫂子正在牛五的屋里收拾东西。

嫂子说：“刚才金昌公司的金老板来了，说外地一家公司拖欠他三十多万的货款，想让你去帮着讨回来，你去不？”

“不去！”牛五站在沙袋跟前，挥拳猛击。

牛五六岁时就失去了双亲，是跟着哥哥屁股后面长大的。

哥哥在剧团里唱戏，惹得剧团里的年轻姑娘魂不守舍。牛五常跟着哥哥去剧团看排戏，有时看着看着就睡着了。排戏的场子是几间废旧的仓库，冬天也没个取暖设备，玩儿累的牛五就在锵锵的锣鼓声和咿咿呀呀的戏曲声中酣酣睡去。

牛五醒来时就会发现自己身上盖着一件绿色军大衣，身边坐着个长得甜甜的姐姐。姐姐端着一个大大的掉了瓷的白缸子，缸子里是热气腾腾的红枣冰糖水。

牛五就认识了后来成为自己嫂子的这位姐姐。

牛五不喜欢看文戏，听到大段大段的戏词就犯困。牛五爱看武打戏，尤其是看着演员翻出让人眼花缭乱的筋斗，他就按捺不住，也学着人家在地上打滚，弄得一身土灰。嫂子就在炉子上烧了水，把牛五脱个精光，按在白铁皮打成的大盆子里，舒舒服服地泡一阵子。

牛五十岁看了电影《少林寺》，缠着哥哥要去少林上武术学校。哥不同意，得花钱，哥正筹钱准备和嫂子结婚。

嫂子支持牛五去武术学校，嫂子说："咱俩人常年在外奔波演出，把五子总托付给邻居也不是个常事，他喜欢学武术就让他学。"

嫂子推迟了婚期，把牛五送到了武术学校。学校的条件也不是太好，没有室内的训练场，也是为了招惹游人的眼球，训练都是在门前的操场上，摸爬滚打，学员身上常常青一块儿紫一块儿。

嫂子只要从外地演出回到老街，都要驱车两个多小时赶到武校看望牛五，带上几样好吃的，鞋、衣服。嫂子把牛五浸着汗渍的衣物统统洗干净，晾晒好。陪着牛五待上一天，赶着最后一班车回到老街。

冬天，嫂子带着新买的羽绒衣赶到武校，看到牛五的一双小手已经冻裂，布满了口子，嫂子心疼，泪像断了线的珠子刷啦刷啦往下流，嫂子也不顾屋里还有别的学员，抓住牛五的一双手就塞进自己的怀里。牛五咬着嘴唇，眼泪大颗大颗地洒在嫂子的手臂上。

牛五感觉到哥嫂的关系不如从前了。

剧团承包后，负责管理服装的嫂子就下岗回家了。哥还在跟着剧团出去唱，听说和承包人小艳整天混在一起。牛五退伍回来好几个月，哥也就回家过几次。尤其是到了晚上，哥嫂的屋里静悄悄的。

牛五大清早把哥堵在屋里，瓮声瓮气地说："哥，你可不能做对不起嫂子的事。"

哥收拾着东西，说："干好你自己的事吧，我的事还轮不到你管。"哥提着箱子往门外走，用手推了一下堵在门口的牛五，竟然没有推动。

牛五双手箍住哥的两只胳膊，一转身，哥就由屋里站到了门外。

牛五说："哥，你要是对不住嫂子，我可不客气！"

哥怔了怔，伸伸脖子说："还反了你了！"虎着脸走了。

牛五出去找工作半个多月，回到家才发现，哥已经把自己的东西收拾过了，搬到剧团小艳那去了。嫂子和哥平平静静没吵没闹地分开了。

"嫂子，你别拦我，我要去教训这个忘恩负义的哥哥。"

嫂子知道牛五的脾气，赶忙拉住了牛五。牛五被嫂子按在院子里的石凳上，牛五呼哧呼哧喘粗气。

嫂子把毛巾在冷水中涮了涮递给牛五，平静地说："五子，我和你哥有缘分走到一起，在一起生活了十年，这十年嫂子过得很舒坦。今天和你哥分开，也是缘分到了尽头。你哥没错，我也没错。分开了，对你哥好，对我也好。五子，你要过好自己的生活，别操心我们的事情。”

牛五忍不住抱住嫂子呜呜哭泣。

嫂子静静地站在牛五的跟前，任牛五扎着头在自己的怀里哭泣。牛五哭了一通，心情也慢慢平静下来。

牛五问：“嫂子，你今后打算怎么办？我不让你离开这个家。”

嫂子说：“你哥也是这样说，说这个葫芦院留给我了。可这是你们牛家的祖业，嫂子是不会要的，嫂子先给你照看着，等你娶了媳妇，安了家，嫂子就搬走。”

牛五倔着脾气说：“我不要媳妇，就陪嫂子在这住一辈子。”

嫂子说：“净说赌气的话，你打一辈子光棍儿，嫂子还不愿意呢。再说，嫂子也没说以后不再嫁人了啊。”

牛五说：“我不要别人，我要嫂子。”

嫂子一点儿也没有吃惊，抚着牛五粗黑的头发说：“五子，嫂子把你一半儿当弟弟一半儿当孩子，你还是长不大啊。嫂子有做服装的手艺，已经看中了一个门面。过些天就可以开张了。放心吧，嫂子不会亏待自己的。”

牛五找到金老板说：“你那货款我去帮你讨。”

金老板说："五子，货款讨回来，提你十万元。"

牛五摇摇头，说："老板，我不要。我嫂子的服装店过几天要开张，你到我嫂子的服装店给咱公司的人做套服装就行了。我谢谢您了。"

牛五的嫂子服装店开张，金老板带着订单前去祝贺。

牛五的嫂子告诉金老板，牛五去了南方打工。

金老板感慨地说："咱老街少了条汉子。"

牛五的嫂子霎时泪如雨珠。

老街汤王

老街最明显的建筑就是钟鼓楼。

钟鼓楼是用以报时和报更之楼，晨钟暮鼓。钟鼓楼所悬挂的大钟与距其三十里外的名寺白马寺所悬挂的大钟同时铸造，因铸造参数相同而产生共鸣，有了“东边撞钟西边响，西边撞钟东边鸣”的奇特景观。

在老街，与钟鼓楼齐名的是距钟鼓楼百米开外的“马一鲜羊肉汤馆”。汤馆的主人叫马善明，长得脸宽口阔，慈眉善目，犹如一尊活佛。

据说马家羊肉汤馆的创始人就是明朝万历年间，在钟鼓楼打更的一个马姓更夫。老街的冬季干冷，马更夫便架起锅台，煮些肉汤填肚子驱寒。慢慢地，煮汤煮出了功夫。南来北往的人也常到他的锅台边讨碗汤喝，有的就告诉他一些煮汤的配料。马更夫索性辞去公差，开了家羊肉汤馆。马更夫的汤鲜香味美，名声传遍豫西，被赞为“马一鲜”。

老街人爱喝汤，早上以喝羊肉汤、牛肉汤、驴肉汤、臭杂干汤为主，晚上多喝丸子汤、不翻汤、豆腐汤。老街人每天要是不喝汤，就同犯了烟瘾一样没着没落的。在各种各样的鲜汤中，老街人大多还是喜欢喝羊肉汤，而羊肉汤馆里马一鲜又是汤中一绝。马一鲜的羊肉汤馆，每天五点准时开张，一百五十碗汤卖完就打烊，一天也就个把钟点的生意。马一鲜羊肉馆每天的生意有限，因此，老街人要喝马一鲜的汤，也得起早不能贪睡。外地人只是知晓马一鲜的名气，能喝上一碗马一鲜羊肉汤的极少。

马一鲜的羊肉馆每天只做一只羊的生意，一只羊，一百五十碗汤。马一鲜羊肉汤讲究炖功，还有独家的汤料配方，出锅的羊汤浓郁鲜香，不带膻味，色白如玉，稠似乳汁。

站在钟鼓楼上能闻到羊汤的鲜香，这羊汤才算炖出了锅。

马家几代单传，到马善明，一气养下三个儿子：马老大、马老二、马老三。老街扩建，生意多了，各式各样的汤馆也开得多了，竞争也来临了。三个儿子都长大成人，老祖宗的这点玩意儿传给谁，让马善明有些为难。

老祖宗的东西总得传下去。马善明把三个儿子带到钟鼓楼上，用手指着远处自己家铺子的招牌，说："你们哥仨我谁也不向。明天开始，你们每人轮流掌勺一天，三天后看结果。谁中，谁就接手我马家的生意。"

马善明把生意交给儿子，和老伴每天都到钟鼓楼上喝茶养神。

三天过去，马善明坐在堂屋里，三个儿子把各自经营所得全放在案桌上。马老二和马老三的收入明显比马老大的多。

马善明摇着蒲扇，说："这三天的生意我和你妈都有数。要说汤炖到了工夫，还数老大，只有老大炖的汤我们在钟鼓楼上嗅到了香味。老二、老三，你们哥俩炖的汤都还没有炖出咱老马家的味道，你俩的收成却比老大的好。你哥俩给我说道说道？"

老二吭哧说："汤没有炖到工夫，可是省了一些煤钱。快收火的时候，又来了一拨客人，汤不够了，我就又对了两瓢水。人家客人也没有说啥。"

老三侃侃而谈："我看了看咱这街上的几家汤馆，他们给碗里配的肉都比咱的少。我就把每碗的料都减少了几片肉。咱这也是公平竞争嘛。"

马善明也没再说啥，摇摇扇子，大家就散了。

马善明给三个儿子分家，其实就是分那一缸老汤。

三个儿子每人抱着一只瓦罐，站在那只大瓦缸前。

马善明神情严肃，面对着一缸老汤，好似面对着列祖列宗的神灵。

马家的这缸老汤不知流传了多少代。反正在马善明接过大勺时，就遵循着煲汤的家训。每天煤火上锅里的汤煮到火候了，要舀起第一瓢汤倒入这瓦缸里，再从这瓦缸里盛出一瓢老汤对入锅里，锅里的汤立马鲜香四溢。而这缸老汤如何养煨，只有马善明自己清楚，自己操作。

马善明用一只大瓢轮流给三个儿子的瓦罐里分汤，剩下最后半瓢汤，马善明脸上挂出了几丝凄惨，说："祖宗流传下来的家业我都分给你们了。是生是灭，你们自己闯荡吧。"说罢，将半瓢汤倒入了老大的瓦罐里。

老大留在原处，老二、老三在西关、涧西开了新生意，一时间，马家羊汤红遍了洛城。

老街人的嘴叼，只要是老辈留下的东西，都能品出个名堂。对汤的品赏更是刁钻到了极致。你的啥子汤少放了什么作料，熬得不够火候或者煨过了头都能品出，对店家说一道二。马家三兄弟的羊汤红了几年，老街人的口味又开始找感觉，还是喝马老大的汤感觉更适口更有回味。

渐渐地，老街人就只喝马老大的汤，每天喝汤的人排成长队，马老二、马老三的生意只能勉强维持。

马家兄弟闲时聚在一起谈论生意，马老大总是要教导两个弟弟做生意要诚信，要周到，要对得起过世的父亲。两兄弟便垂着头，闷劲吸烟。

马老太太临终前，把老大叫到跟前，说："老大，你厚道，为人诚实，你的汤好还因为你爹在分家的时候，多给了你半瓢老汤根啊。把祖宗留下的生意打点好，不难。把弟弟带好，不给马家丢份儿也是正理啊。"

马老大把两个弟弟带到钟鼓楼上，用手指着远处自己家铺子的招牌，说："明天开始，你们每人轮流掌勺一天，看咱有没有本事扬名马家的生意。”

马老大在钟鼓楼上喝茶，每天都能闻到自家铺子里飘来的馨香。

一个月后，马老大把老二、老三叫到一起，重新分自己的那一罐老汤。

老街寡妇

闲来转老街，一半看寡妇。

在老街上闲逛的人，有一半是为了看寡妇，足见老街寡妇的名气和美貌了。

老街的寡妇其实也就一家，街东头的狮子楼旁，一栋二层灰砖蓝瓦的小楼。小楼从上到下，垂直挂着一幅八米长一米宽的米黄色幌子，上面写着“美寡妇杂货店”。杂货店的老板，自然就是大家谈论最多的寡妇黄花。

寡妇开店，在老街还是头一家。

老街人大都以开店经营小买卖为生，大大小小的老板满大街都是，唯独没有女人家开店当老板的。

黄花嫁到美家不到一个月，丈夫就在外出进货的途中遇难身亡。

看着年迈多病的公婆，黄花决定不再嫁人，自己开店。

女人开店不吉利，满大街都是议论声。

有好事的主儿还找到黄花的公婆，让他们阻止黄花的荒唐行为，别在咱老街上丢人现眼。

黄花丢给来说事的人一句话：“如果谁能给我的公婆养老送终，我立马走人。要是没有本事给二老伺候善终，就不用来放闲屁。”

黄花的店开张了，索性连招牌也换了，就叫“美寡妇杂货店”，谁爱说谁说。

店开了，生意还挺红火。

黄花店里的货地道，价格公平，黄花为人待客也热情周到，关键是黄花人漂亮。去店里看看人家，走的时候总得掂吧点东西。

黄花店里的生意好，自然招来许多人的眼气，流言蜚语也多。今天传出黄花和这个好了,明个儿又有人说黄花和那个勾搭上了。黄花听了不急不恼，漂亮的脸蛋露出俩酒窝儿。黄花还专门和谣言较上劲儿了。

常有客户来送货，晚了，黄花就留客人吃饭，喝上几盅。晚上就会听到黄花的院门声，听到黄花送客的声音：“慢走啊，再来啊。”

就有人传谣，说黄花半夜里和客户不正经。

黄花也不恼，晚上就把造谣人的名字吆喝得半条街都听得到。被黄花吆喝过的主儿，第二天就会跑到黄花的店里求饶。

老街的汉子们聚到一起就犯心思，这黄花究竟能看上谁啊？这么俊的女人，谁能和她困上一觉，真是福分。有人就打赌，谁能勾挂住黄花，狮子楼里摆一桌水席伺候。有好事的就去黄花的店里挑逗黄花，黄花也不计较，真真假假地跟他们斗嘴耍，总是把来挑逗的人整得没脾气。

黄花的心里头还真的惦记着一个主儿，八角楼下的“神刻张”。

神刻张年近三十，一表人才，手艺在老街上也是一流的。

神刻张每天去他的刻店开生意，都要经过黄花的杂货店。每次见到黄花在店外忙活收拾，都会尊敬地问候一声。遇到个进货的力气活儿，张先生都要帮忙装卸。忙活完，就恭恭敬敬地和黄花道别，也没个多余的话。

一天清晨，张先生在黄花的店门口，递给黄花一个纸袋说：“我看你记账收发货，也没个手章，就给你刻了一个。”黄花拿出章，章的用料是上好的和田玉，“黄花”两个字刻得庄重浑厚。黄花从印章上看出了张先生对自己的尊重，给张先生鞠躬。

那日天突降暴雨，黄花忙着收拾店外的杂货，张先生跑了过来帮忙。忙活完了，两人淋了个透湿。黄花把张先生让进屋里，找出先前男人的衣服让张先生换上。看着眼前俊秀文雅的张先生，黄花动了心，抱住了张先生。

张先生紧张得浑身乱抖，连连说：“使不得，使不得！”推开黄花，夺门而出，又冲到暴雨中。

黄花哈哈地笑，直笑得满脸泪水瀑布般飞下。

张先生的家里给他定有娃娃亲，女的在乡下，比张先生大几岁。张先生虽然满心不愿意，可拗不过家里的老人。

那几天，老街入夜闲静时，就能听到黄花家大门的开启声，听见黄花脆生生甜甜的声音："张先生慢走啊！"门又重重地关上。

老街到处流传开黄花和神刻张相好的消息。

张先生找到黄花，说："行行好，你别害我成不成？"

黄花就抿嘴笑。

消息就传到了乡下，张先生的家人带着定了亲的女人来和张先生闹了一通，还在黄花的店前指桑骂槐。黄花也不气恼，还给人家搬凳子，沏茶。

老街人都说张先生和黄花要勾搭到一块儿了，可是，晚上再也没有听到黄花家的大门响。没过几天，神刻张也不见了踪影，有人看见说，他的铺子挪到涧西去了。

黄花的店还是热热闹闹地张罗着，老街寡妇的故事也越传越多，越传越神。黄花像什么事儿也不曾发生过一样，精心打理自己的生意。静闲下来时，黄花就在一堆草纸上不停地盖章，盖章。

神刻张

神刻张也说不清楚自己是不是真的喜欢上了寡妇黄花。

自从他把自己的店从老街搬到了涧西，心里就从来没有安静过。

神刻张，大号张邈，年方二十八岁。以他的年龄能在老街闯出名声，冠以神刻，足见是有两把刷子的。

张邈自幼聪颖，但家境贫寒，家里无钱供他读书。村里的私塾先生十分喜欢张邈，便在学堂外教他读书识字。老先生也是篆刻高手，张邈就跟随先生学到了手艺。老先生过世后，留给了张邈一套祖传的刻字工器。张邈为练手艺，在村后的石崖上刻字，把一片石崖刻满了三字经。

张邈来老街闯荡刚好二十岁。虽然张邈的手艺在当地已经小有名气，但想到老街闯荡可不是件容易的事。

老街聚集了古城的名士贤达、文人墨客，类似沾点文雅的店铺开张，都会让他们品头论足。如果被这些人臭一通，那你的生意就清淡得差不多要关门了，更不用说早在老街立住了脚的同行争斗，老街人固执、爱逛老店、不太凑新店的热闹了。

张邈的店刚开张，就来了一个客户。一身长衫，头戴礼帽，架着一副眼镜。坐下喝了口茶后，从怀里取出一个红布包包，小心翼翼地一层一层慢慢打开，露出个精致的缎子面木盒，轻轻地掀开盒盖，又是一个红布包。客户把红布包置于掌心，并不急于打开，站起身对张邈说："看到你新店开张，想必是功夫不赖。我这活儿不知先生接是不接？"

张邈双手一揖，说："您是我小店开张的第一位客人，感激不尽，岂有不接之理？"

客户这才慢慢揭开红布，拿出一粒儿绿豆般大的白玉，这可是我家祖传的一块儿宝玉。我要用这块儿玉刻一枚私章，这是我的名片。

张邈接过名片，客户的名字是瞿衢鑺。张邈知道，遇到上门滋事的了，一定是老街上的同行所设置。

客户又说："我家这块儿祖传的宝玉，怕光。先生在篆刻时切记不能开窗开灯。"

张邈说："玉月有缘。今晚正是十五，我在月下为先生制作此章。先生明日可来取货。"

客户说道："好。明日开店，我与老街三大贤达同来验货。"言罢起身走人。

皓月当空，树孤影单。张邈的身影在院中时长时短。

第二天一早，张邈的店门刚打开，门外已经等候着昨日的客户。

张邈将客人引进屋内，捧出一个缎面纸盒，从中拿出一个指甲盖大小的石盒。仅就石盒就令来客惊奇，小石盒晶莹剔透，上面还刻有龙凤图案，更绝的是，石盒上还带着一把小石锁和一把石钥匙。用钥匙打开石锁，里面安逸地躺着那枚小小的玉印。客户小心翼翼地捏起玉印细观，只见字是篆刻在玉石通体表面的。

张邈拿出印泥，把玉印在上边蘸蘸，又递过一方宣纸，玉印放置于宣纸上，食指轻轻按住玉印，慢慢一推一滚，“瞿衢鑺印”四个字便跃然纸上，小篆秀逸婉丽，灵动多姿又规整肃然，遒劲浑穆，洋溢着秦汉风韵。

客户叹服，连连称赞：“神刻，神刻啊！”

“神刻张”便在老街叫响。

张邈在老家乡下爹妈给定下一门亲事，张邈老大的不愿意也没有办法，只好拖着，也极少回家。

张邈在老街做营生，心静神安，可是自从见到了寡妇黄花后，心神就不再安静。老街人都传说黄花生活作风不好，有时半夜三更能听到黄花送相好的吆喝声，正经人家是不与黄寡妇来往的。张邈就是放心不下，借故去黄花店前转悠，看到黄花安逸的笑容，张邈浑身都透着舒坦。张邈借故给黄花刻了一枚印章，那印章细看方能看出带有心字形状。张邈知道自己和黄花难走到一起，可是扯不住，想。

张邈的母亲知道儿子相中了老街的寡妇，又哭又骂，以死相逼。

张邈为了避开黄花，把店从老街迁出，安在涧西。店搬出了，心思却挪不动。人也常走神。接手活儿不多，还出错。

那日，老街“马一鲜”羊肉汤馆的老板马善明来找神刻张，请他把祖上留下的牌匾修补缮新。见到张邈魂不守舍的状态，马善明说：“都说你和黄花有点事儿，到底是哪门子事儿？”

张邈说：“没事儿，确实一点儿事儿都没有。”

马善明说：“我去过黄花的店，看到她总在那包装纸上盖印章，是你给刻的章吧？你说你们俩，要好就大大方方地好，要不好就立马两断。就这么拖拉着，对你们不好，对老街也不好。你一个大男人没有啥，人家一个寡妇，不容易啊。”

张邈就去了老街，告诉黄花，自己要回乡下成亲了。

黄花捋捋鬓角，说：“成了亲，店还搬回老街吧。生意，还是老街好做。”

张邈说：“黄花，晚上，你能吆喝我一回吗？”

黄花有些恼，说：“怎么，你相信街上的传言？”

张邈说：“我不信。我就是想亲耳听你吆喝我一回。也不枉我俩……”

月夜，老街定格了一般的安静，月光洒在青石板上，泛着冷冷的光。

张邈站在黄花家的门外说：“黄花，我走了。”

门开了，黄花对着空空的街道，柔柔地喊道：“张邈哥，还来啊！”

门重重地关上。

门里门外两个人已是泪水滂沱。

老街鳖王

老街往西五里有条河，老街人称之为潺河。

潺河水清湍急，四季不干涸。潺河宽不过十米，横穿古城，蜿蜒而去，汇入黄河。潺河里生长着一种小虾，米粒大小，通身透明，且闪着光彩。有趣的是，这虾总是一公一母合抱，老街人称作五彩鸳鸯虾。潺河附近的居民常在河面上放鸭，鸭子所孵的蛋全是双黄，有人就说是鸭子吃了河中的鸳鸯虾的缘故。其实，潺河里最稀罕的还不是这五彩鸳鸯虾，而是被老街人称为有灵性的绿鳖。

潺河里生长着一种鳖，巴掌大小，碧绿如玉。这种绿鳖机敏警觉，不轻易上岸，总是沉在湍急的河流底部。在一人多深的水下游弋如飞，极少被人捉住。有好事者也会潜入水底寻找绿鳖，却往往看见了绿鳖硬是抓不到手，它总在你手前一米处游弋，逗得你欲罢不得。待你气不够用，浮上水面时，才发觉已经被绿鳖诱到了最深最急的河段，就有人因此丧命。老街人就说那绿鳖有灵性，绝非寻常之物。

那时的鳖也不值钱，没人要。只是谁家有病人，需要配药方子时才去寻找。要想得到绿鳖，自然要去找闷子。

闷子之所以被老街人称为鳖王，是因为他有一套踩鳖的本领。

旁人都是潜水捉鳖，闷子却不同，他有一套踩鳖的办法。闷子说，那绿鳖精着哩，你潜入水中，它会嗅到人的气味，拼命把你往那河深的地界引。你不入水，它就放松了警觉，你踩住它它也懒得动。

闷子练就一身能在湍急河流中站立行走的本事，两只大脚在游动中能探摸到绿鳖的踪迹。当一只脚踩住绿鳖后，另一只脚便像钳子一样夹住绿鳖裙边，两只脚合力将绿鳖推出水面，那得有极高的技巧！如果钳夹的方位不对，会被绿鳖死死咬住不撒口，除非你把它的头割掉。闷子把捉到的鳖倒换到手中之后，继续沿着河走，踩住一只再倒腾到另一只手上。

潺河的水深处就可以看到这样一番景象，水中看不到人，就见两只举绿鳖的手在河中游动。

老街人不食鳖。闷子踩到的绿鳖都给了镇里的主任陈傲。

陈傲爱食鳖。一次在老街闲转，看到了闷子手中的绿鳖，死活要买。

闷子说："这是给人做药用的，不卖。你若要，我再去踩，踩到了，送你。"

闷子踩到绿鳖就给陈傲送去。陈傲就给闷子两三块的零钱。后来送的次数多了，也熟悉了，闷子也看到了陈傲做鳖的过程。

陈傲是用只砂锅，将活鳖放进去，再放入葱姜花椒大料和几味药材，放在炉火上炖。陈傲对闷子说，这是大补。让闷子也尝尝，闷子捂着鼻子躲得远远的，说受不了那腥气。老街人说，那绿鳖有灵性，陈傲迟早会遭报应。

闷子也听人说过，陈傲不是个好鸟，倚仗权势勾引别人家女人，身子都被掏空了。闷子倒真是碰见过一次。那是个晌午天，闷子在潺河踩到一只绿鳖，兴致勃勃地给陈傲送去。站门外喊了两声，没人应。便推开门走进小院，径直上了二楼。推开陈傲的屋门,闷子见到了床上两个扭在一起的人,闷子举着绿鳖愣在那了。

陈傲恼羞成怒："还不滚出去！"闷子扔下鳖就跑，蹿出几里地了自己的脸还红，心怦怦地跳。

闷子看清楚了，那女人是给陈傲开车的司机。

镇上的车少，女司机就一个，又是给主任开车的，更是烧包得不得了。

女司机长得白胖，走路时身上的肉就跟着哆嗦，好像随时都会掉下来一块儿。女司机把车开得张狂，越是雨天，越把车开得飞快，溅起的泥水飞落到躲闪不及的人们身上。胖女人就开心地笑。老街人气是气，可女人有后台，也没办法。有人说，谁要是敢当面骂那女司机，就到水席园摆一桌。

闷子就应承下来。有天晌午，女司机在老街赛大姐凉皮店吃凉皮，闷子就领着一干人坐她对面说笑话。闷子大声说：“讲个踩鳖的故事啊。话说某日，见有一公一母俩绿鳖在交配，我就吆喝了一声，公鳖发现有人来了，爬起就溜跑了，母鳖干着急却动不了，让我给抓住了，你们猜为啥？”

众人齐声询问：“为啥？”

闷子一捂嘴说：“公鳖跑的时候，忘把母鳖给翻过来了。”

众人大笑，女司机满脸羞红，起身开车就走了。

闷子说：“瞎舞扎啥呀，跑不出两里地就得翻沟里。”

果然，那车没跑多远就刺溜翻沟里了。女司机爬出车外，坐在地上放声大哭。有人说：“闷子，你惹祸了！”

第二天，镇里来了人，把闷子带走了，送到劳教所劳动改造。

一天，有人把闷子从劳教所带出来，到了潺河边，说：“你能踩上两只绿鳖来就放你回家。”

闷子说：“那还不容易！”

闷子脱了衣服下到河中，不到俩时辰，就踩出了两只绿鳖。

闷子边穿衣服边问：“你要这绿鳖弄啥？”

来人说：“是陈傲主任嘴馋了，要炖汤喝。”

闷子二话没说，夺过两只绿鳖，手一扬，那俩绿鳖在空中划出两道漂亮的弧线，四脚摆动着又回到了潺河。

来人气急败坏地说：“你干啥你？得罪陈傲主任没你好果子吃！”

闷子头也不回，径直回到了劳教所。

鳖王逗鳖

老街人提起闷子，没有不知道的。

闷子从小是个老实疙瘩，三棍子打不出个屁来。

据说有次闷子的父亲抱着他回姥姥家，个把钟头的路程，闷子一声不响。姥姥家住城西，一进门儿，老太太慌着掀开被头，先看到孩子一双脚丫。粗心的父亲居然将他大头朝下抱了一路，闷子都没吭气儿，可把老太太心疼坏了。

闷子八岁那年，家里与街上的地痞结了怨，一个风高月黑夜，地痞翻墙入院，当着闷子的面把他父母捅了。本想斩草除根，把闷子一起害死，看到闷子老实巴交那熊样，就没下手。老实还让闷子捡了一条命。

闷子在老街吃百家饭长大，坎坷经历与世态炎凉把这个老实巴交的孩子锤炼成了油嘴滑舌的话篓子，见啥人说啥话，啥话都能说好，啥话都能说歪。

有个乡下女人来寡妇黄花的杂货店买玉米种子，是多产一号还是多产二号一时分不清楚了。

闷子正好路过，上前扒开两个麻袋看了看，指着一袋说：“这个就是多产二号，没错。”

乡下女人将信将疑，说：“俺那可是山区，种错了不出苗，俺可得找你。”

闷子拍着胸脯：“没说的，如果卖错了，你来吐我一脸狗屎我都不擦。”

女人走了。过了几个月，女人找上门，说种子拿错了，苗出不齐，也不壮。

闷子把脸挺到女人面前，说：“吐，吐吧！”

女人刚想吐，忽然自己捂着嘴笑了：“你说这人嘴里怎么可能吐出狗屎。这不是骂人吗？你该不会是老街那个闷子吧？”

闷子说：“正是正是，那天不也是怕耽误你买种子播种吗？不管一号二号，种到地里收庄稼就得了呗，能差到哪去呀？”

终了，还是黄花寡妇赔了人家一些钱了结。

老街人从西门有条近道可以出城，这是人们图近踩出的一条土路。

西门有个郭家，想把自家东边的地开了种菜，就把出城的便路给刨了。

老街人生气，可郭家人口多，不讲理，大家敢怒不敢言。

闷子知道了，就去了西门。走到一半，果然见路被刨了，郭家几个兄弟拿着锄头正整地呢。

闷子上前和郭家人搭讪："忙着哪？"

"忙着，闷子，去哪啊？这路不通了，拐吧！"

闷子打着哈哈说："我心里有事，急啊，抄个近路。"

"急也不中，这地俺种菜呢。"

闷子说："兄弟，我真是急。我那王八蛋羔子，前两天去他叔家把他叔的一个古瓷盘给碰碎了，他叔一急就给了孩子一巴掌。这王八蛋羔子竟然骂他叔，跑回来了，我这不是急着去赔礼道歉嘛。你说说，这么近的亲戚不得常走动走动，哪能让这王八蛋羔子把路给断喽？你说是不是？"

郭家兄弟等闷子走远了才反应过来，说："闷子光棍儿一个，哪来的孩子？他这不是骂咱在断路吗？"

郭家兄弟后来觉得因一条路得罪了老街的街坊四邻不值得，便又把断的路给重新恢复了。不过，郭家兄弟还是找了个机会，把闷子给收拾了一顿，出了口气。

街道主任陈傲同女司机混住了，把在乡下的媳妇休了，给老街挨家挨户下喜帖，让大家随礼，老街人都背后吐唾沫。

寡妇黄花对闷子说："你见天儿张嘴叨叨个没完，你要真有本事，就在那死鬼陈傲的婚礼上骂他一顿，给咱老街人出出气。"

闷子不屑地说："那还不容易，只是有个要求，我要是真骂了他，你嫁给我？"

"呸，你个死歪嘴，不怕雷劈了你。你要是真敢骂了那家伙，你的份子钱我出了。”

陈傲的婚礼在镇大院举行，大院摆开了八十多张桌子。陈傲和胖女人挨桌敬酒，来到老街人桌前，陈傲已有些醉意了。

闷子从桌子下面的一只编织袋里，提溜出一只绿王八，说：“陈主任，这是我送你的礼物，大补啊！”

有人说：“闷子小气，要送也送一对儿啊，怎么只送一只？”

闷子摇着头说：“真叫邪门了。今早起我就去潺河里捉王八，不一会儿就捉了半袋子王八。我背着走啊，走啊。没想到这一袋子王八真是沉噢（陈傲）。不中，我就扔了一只王八，还是沉噢，我再扔一只王八，还是沉噢，我一次扔掉两只王八，轻了没有？没有！扔掉两只王八照样是沉噢，最后就剩下这一只王八了，还是沉噢，我真是不舍得扔了，它就是再沉噢，我也得把它给背来。”

大家都听明白了是怎么回事，可都忍着不敢笑，只有陈傲的胖女人没弄明白，看着闷子问：“不会吧，就这么个小王八，怎么会沉噢？”

人们终于忍不住，痛快地大笑起来。刚伸出头的绿王八，吓得又把头给缩了回去。

鳖王情话

鳖王闷子的绝活儿就是在河水中行走能踩捉到绿鳖。

绿鳖不但营养价值高，药用价值也很大，它的盖骨更是药中级品。

闷子老大不小了，仍是一人吃饱，全家不饥。手中有俩钱就花光弄净，没人相中闷子，闷子也相不中她们。

其实，闷子心有所想，闷子相中了开杂货店的寡妇黄花。

闷子喜欢黄花。黄花快三十岁的人了，还嫩得让人心疼，玉藕般的皮肤谁见都想摸摸。闷子去黄花那儿拐弯抹角说过几回，黄花总是笑吟吟地把他给堵回去。

“闷子，我大你好几岁呢，给你当姐啊，玩儿去吧。”

闷子可是真心，天天待在黄花的杂货店旁，有个出力跑腿的活儿，闷子比店里的伙计跑得还快。

闷子在黄花的店里待久了，就闻出些味道来。供销社的罗主任经常有事没事地到黄花店里转悠。黄花的店里常收些乡里人编织的柳条筐，得送到供销社。

罗主任相中了黄花，黄花送货时，罗主任就趁没人时动手动脚。黄花碍着面子，也为了生意，忍气没张扬，只是尽量少去供销社。可那罗主任苍蝇似的盯着黄花，还四处嚷嚷黄花是他的人了。

闷子气不过，找黄花埋辩：“那姓罗的有家室，黄脸老婆在乡下，他对你没安好心，不就是有点权势吗？你不会连好赖人都分不清吧？”

黄花低头不语，半晌才说：“闷子，你不懂。”

闷子还是犟：“我不懂，你懂你还在他面前卖弄？”

黄花火了：“我就是卖弄了，就是看中他的权势了，怎么了？我愿意，关你屁事？没事别在这里碍眼，你走，走！”黄花泪水涟涟。

闷子慌忙溜了。想想，黄花寡妇家一个，做个营生不易哩。

农忙时，供销社还欠着黄花的货款迟迟不能兑付，常有人从乡下来找黄花催款。黄花急得嘴上都起了泡。

闷子心疼黄花，自告奋勇，陪黄花去供销社找罗主任要账。

罗主任也没急，说资金周转困难。你看店里有这么多的瓦罐，要不给你些瓦罐抵账？

黄花猜到罗主任是故意刁难，说：“你公家的店都卖不出去，我那小店有啥法子啊？”

罗主任涎笑着说：“嘿嘿，你黄花有法，有法子啊。路都是现成的，看你想走不想走哇。”

闷子看了看那一堆瓦罐，说：“行，咱都给拉走。可这些瓦罐也抵不住柳筐钱啊？”

罗主任说：“你有本事把这些瓦罐卖掉，其余的我给现钱。”

闷子也不再多说，找来架子车把瓦罐拉回黄花的杂货店，把后院的仓库都给堆满了。

黄花愁容满面：“闷子，就是开个酱菜铺子也用不了这么多的瓦罐啊！”

闷子却显得很兴奋，他拍着胸脯说：“不出十天，我就给你换成现钱回来。”

第二天，闷子就装满一架子车的瓦罐去了乡下。傍晚黄花打烊时，闷子也回到了老街，架子车上的瓦罐不见了，车上装的是一袋一袋的玉米、小麦还有鸡鸭鹅蛋。闷子手舞足蹈，说：“乡下人喜欢这些罐儿，只是手中没现钱，我就让他们拿粮食拿鸡蛋换，明儿再把粮食鸡蛋拿到集市上卖，不就换成了钱？”

黄花愁眉舒展，留闷子吃饭，还打了酒。闷子仗着酒劲儿，在黄花屋里不走，黄花连哄带拉地把闷子推出了门外。

半拉月的工夫，闷子真把满屋的瓦罐都换成了钱。

闷子去找罗主任，讨要剩余的欠款，罗主任气急败坏地骂闷子是狗拿耗子。

闷子一恼就给了罗主任一拳。罗主任叫来镇里人把闷子带走了。

黄花就去找罗主任求情，罗主任二话不说，用了强硬把黄花关在了屋里。

闷子被放出来后，抱着黄花大哭，发着狠说：“黄花，总有一天我会为你出气，我会为你出气啊！”

腊月，天寒地冻，潺河表面结了层薄薄的冰。

罗主任来求闷子了。原来，罗主任的老爹患脱肛，俗称“掉鳖豆”，痛得在床上打滚，吃药打针都不管用。

有人就开了个土方子，要用潺河里的绿鳖的盖骨及鳖头，焙干磨碎撒在患处，即刻就能见效。可这种天气到哪去找绿鳖？罗主任被他爹骂得狗血喷头，只得提着礼品求闷子给踩个鳖。

数九寒天，在屋里捂着还生火呢，怎么能下河？不要命啦？黄花拉着闷子不让去。

闷子咬着牙对罗主任说：“我去。只是你得心诚。我下河时，你得跪在黄花面前，直到我踩到鳖上岸。”

罗主任禁不住老爹杀猪般的嚎叫，只得答应。

潺河边，黄花站立着，罗主任低头跪在黄花的面前，闷子赤裸着身子跳进了冰河中。

寒风中黄花焦急地看着破冰行走的闷子，身子都打着哆嗦。

足足两个时辰，闷子才举着一只绿鳖到了岸边。

罗主任接绿鳖时，绿鳖竟伸出头一口叼住了罗主任的食指，罗主任疼得嗷嗷叫，抓过一块石头就要砸。

闷子说："这绿鳖一放了血，就失了功效，你还是快回家想门儿吧。"

罗主任叫着喊着，赶着投胎似的窜了……

闷子周身早已没了知觉。

黄花把闷子拉回了家，忙着喂姜汤，那泪水就没干过。

闷子哆哆嗦嗦地说："黄花，我刚下水就踩到了那只鳖，我不逮它。让那混蛋多跪会儿，给你出气。"

"傻呀你！"

黄花泪如雨下，暖暖的身子紧紧贴在了闷子冰冷冰冷的身子上……

背 桥

老街人出城喜欢抄近道，抄近道就要走西门，走西门要蹚过小凉河。

小凉河水清流缓，不急不慌，水源来自山涧泉水，凉。小凉河水面很宽，年轻力壮的汉子，提溜着鞋稀里哗啦地就蹚过去了，上了年纪的老人、大姑娘小媳妇要过河都要叫“背桥”。

背桥就是专门背人渡河的汉子，把做此营生的叫作背桥是很贴切的，背上的桥嘛。

有人要渡河了，站在河畔吆喝一声：“背桥啦——”

背桥的人应声着：“来喽，背啊——”

遇到初一、十五赶大集，背桥的人多，嘻嘻哈哈吵吵嚷嚷，热闹。

闷子就是个背桥。

闷子身高体壮，力气足，背起人走得平稳扎实，一只手还可以帮助过河的人提着东西。有的老主顾宁愿多等些时辰，也要闷子背桥。

闷子背桥还有个特点，他不和人计较价钱，给个三毛五毛，块儿八角的都行。有人身上没带现钱的，或者没带零钱的，闷子也不追讨，下次来补上就得。

有的人再来时，塞给闷子一盒烟，还有的带给闷子一捆新鲜菜，闷子也认了，从不与人起争执。

有的背桥看不过眼，说："闷子，那明显是糊弄人哩，一把小白菜，值几个钱？"

闷子憨厚地笑笑说："我一人吃饱了全家不饥，力气又用不完，不值当，不值当。"

老街美寡妇杂货店的老板黄花，要背桥总是爱找闷子。

黄花站在河畔，搭手望望，喊一声："闷子，背桥。"

闷子快步赶过来，蹲下，黄花伏在闷子宽实的背上，稳稳当当，磨盘一般。

有时闷子正在背桥，黄花也就喊张背桥、王背桥。他们哪个背上了黄花，嘴巴子就讨便宜，走到河中间，停下，哎哟哟叫唤。

黄花问："你叫唤啥？"

背桥说："饿了，亲一口吃吧？"

黄花也不恼，说："好啊，再配给你一对儿猪耳朵就着吃。"揪得背桥吱哇乱叫，连忙求饶。

背桥也有讲究，两脚离地到两脚落地算一次钱。如果顾主到岸脚没沾地又要折回去，那只能算一趟的钱。

黄花几次都是闷子背到对岸了，又想起啥了似的，说：“哎哟，忘了忘了，闷子咱拐回去，拐回去啊。”

闷子乐呵呵地答应着，掉回头走。

水哗啦啦流着，黄花软软的身子在闷子后背上贴着，口中暖暖的气息在闷子耳边游走，闷子的脚步不由放得缓些。

黄花上了岸，头也不回地走了，只留下一句：“下次一起算啊！”

闷子挠挠头，嘿嘿笑笑，摸摸口袋，多了一瓶白酒、两个咸鸭蛋。

夏日多雨，娃娃的脸。雨水多，河水也涨得快些，往日平缓的小凉河也有些湍急，背桥的这个时段大都选择歇息了。

傍晚，闷子还戴着个斗笠，静静地坐在对岸，任淅沥沥的雨水扫荡着身子。

黄花出现了，看到雨中的闷子，还是有点意外。

“闷子，你还没走？”

“晌午送你过河，没见你回来，我记着哪。你喝酒了？”

黄花脸红红的，说：“碰到个不讲理的主儿。欠钱不还，还得请他吃饭喝酒。饭桌上还动手动脚的，我也没客气，当场就给了他一巴掌。欺负人嘛。”

闷子说：“以后去讨债，最好叫上个伴，安全。”

趴在闷子的背上，黄花的脸上不知是雨水还是泪水。

夏季一过，老街有人出资要在小凉河上建桥了。

几个月的时间，一架青石搭建的小桥，优雅别致地趴在了小凉河上，背桥的都歇菜了。

黄花还是站在河畔叫背桥的，只有闷子还在背桥。

闷子说："大伙都走桥了，宽敞安全。"

黄花说："我晕桥。咋啦，你不想背了？"

闷子说："背，想背。"

刚走到对岸，黄花说："忘了忘了，忘东西了，闷子，咱回吧。"

闷子说："哎！回。黄花，女人做个营生也真不容易呢。"

"咋了，闷子，心疼我了？"

"嘿嘿，咋会轮到我心疼哩，我就一个穷光蛋。"

"闷子，你要是心疼我就多背我一会儿。"

"中中，多长时间都中。"

"那你就背我回家，回你家，敢不敢？"

"我那家，你不嫌弃？"

"不嫌弃！你嫌弃我不？"

"我稀罕着你哩。"

黄花在闷子耳边唤着："闷子，背桥啦——"

"来喽，背啊——"闷子疾步如飞。

| 铁 蝴 蝶 |

老街出现了几个混混儿，做些偷鸡摸狗拔蒜苗的芝麻事情，告吧，也没啥可诉的，不告吧，事情扰得你心神不宁。

有人说找找牛五，牛五可是正儿八经地在少林武校练过几年，让牛五好好摆治摆治他们几个混蛋，可是一打听牛五已经离开老街了。

几个店铺老板就找到在西关卖牛肉的铁掌柜。他们认为铁掌柜也会武功，可以震慑震慑那帮小混混儿。

铁掌柜长得精练干瘦，板寸头发总是拾掇得利落，一双眼睛不大，说话也慢言细语。铁掌柜砍肉用的是两把板斧。板斧一拃高，两拃宽，斧刃快如刀。铁掌柜生意开张，两把板斧就在他手中不停地翻舞。有顾客来，他眼睛一眯，瘦瘦的脸上带着微笑，问你有何要求，如何切割，手中的斧子却翻个不停，如同两只蝴蝶的翅膀在扇动。

铁掌柜手中的板斧看似又重又笨，拿在他手中却是轻巧自如。来客户报上斤两，铁掌柜板斧已经落下，剁下的肉块儿往秤上一挂，秤尾略翘，决不砍第二斧。

有买家要十块钱的肉，却要一块钱一块钱地割。铁掌柜也不多言语，微微笑着，手中的板斧翻一圈，下一斧子，斧子翻完十圈，十块儿肉均匀地排在案板上，随便抓一块儿上秤，不差毫钱，周围人惊讶得张大嘴巴。

老街人爱喝汤，牛肉丸子汤更是最爱。

在老街，你买了主家的牛肉要加工成肉馅，主家就用绞肉机免费给加工。

铁掌柜的买卖，若要是加工肉馅，那得另外加钱的。

铁掌柜加工肉馅，两手轮流将板斧抛向空中一米多高，板斧闪着寒光翻着跟头落下，扎实地剁在食材上。高空飞斧加工出来的肉馅颗粒匀称，不粘黏，汆成的丸子口感好还不失牛肉的筋道。

老街家里请客，都会显摆招呼说："来来来，尝尝丸子汤，老街西关的铁蝴蝶啊。"

铁掌柜的板斧耍得精巧，传说不少。有街坊说铁掌柜曾是少林寺俗家弟子，在伙房做斋饭，跟着一个高僧学会了不少功夫。还有人说，曾亲眼看见过，铁掌柜七月十五在朋友院子里喝茶，忽听到孩子惊叫，说老槐树山趴着一条大蛇，要吃鸟巢里的雏鸟。朋友找梯子拿铁锨要上树，铁掌柜抬眼看了一下，拿起放在桌子旁的板斧随手抛了出去，板斧落下，正砍在大蛇的七寸间，那板斧现在还深嵌在树杈上。

传说归传说，谁也没有见过铁掌柜发过火，动过粗。有时街混子还故意到铁掌柜的铺子找碴儿，出言不逊。铁掌柜也只是笑眯眯地应和着，不与人发生过节儿。

铁掌柜听说几个老板是让自己出头摆治小混混儿，连连推辞。

几个老板说："都说你铁掌柜在少林寺学了不少功夫嘛，也不是让你去打架，吓唬吓唬他们，别总在街上找事就中了。"

铁掌柜眯着眼睛说："哪有的事！我会什么武功啊？我就是买卖牛肉，混口饭吃。咱不惹事，不惹事啊。"

铁掌柜不惹事，偏偏有事惹上了铁掌柜。

铁掌柜媳妇有个妹妹叫珍珍，长得水灵俊俏。老街上一个混混儿盯上了珍珍，恶言挑衅，动手动脚，还放言谁敢娶珍珍就废了他一家子。

正是盛夏，几个混混儿竟然把珍珍强行堵在自家的院子里。

铁掌柜的媳妇到铺子找到他，看到铁掌柜那个蔫巴劲儿就扯着嗓子骂开了。铁掌柜赔着笑，说："咱不惹事，不惹事啊。大热的天儿，我去给他们送几个西瓜，求他们别难为人。"

铁掌柜在隔壁的西瓜摊上挑了四个大西瓜，付了钱，让主家送到混混儿的院子里。媳妇气得不是骂，而是哭了。

卖瓜的伙计把四个大西瓜送到了混混儿的院子里，放在院子里的木桌上，说："铁掌柜请他们放人，别难为珍珍。"

几个混混儿听说是铁掌柜送来的西瓜，都哈哈笑了，说：“几个西瓜就想贿赂了哥们儿，真他妈狗眼看人低啊！既然送来了，咱也得吃。去，拿把刀来切瓜。”

一个混混儿正要起身，从几米高的院墙外嗖嗖带着风翻着跟头落下四把板斧，不偏不倚，咔咔咔咔切开四个西瓜。板斧闪着寒光，齐刷刷嵌进桌面，板斧前刃高挑朝着一个方向。

几个混混儿当场吓得尿了裤子，扑通就跪下朝着墙外喊爷。

珍珍安全回到了家，老街再无人敢当街骚扰女人。

几个老板去找铁掌柜，求证隔墙斧劈西瓜的事。

铁掌柜眯眼笑着不言语，手中的板斧舞得像两只蝴蝶。

老街有了新的俗语：铁掌柜送礼——福（斧）从天降啊！

流泪的水

在老街独游，迷了路，无意中走入了深山里的村寨。

村寨人很好客，拿出最好的山珍野味、自酿的陈年老酒款待他。

游人很感激，可是他没有什么东西可以回赠，包里只有一瓶矿泉水，他就把矿泉水送给了这家的大眼睛孩子。

游人回去的路还很长，大眼睛孩子的爸爸，把一只葫芦灌满了自己缸里的水，让游人带着路上喝。

村寨的孩子没有见过塑料瓶里装的水，都很稀奇，一瓶水在孩子们的手里传来传去。

“城里人喝的水就是高级啊，别说水了，就是这瓶瓶也得值几个钱啊。”

“打开尝尝呗，咱也当当城里人。”

有孩子提出建议，十几双小眼睛流露出渴望，眼巴巴地看着大眼睛。

大眼睛慢慢拧开了矿泉水瓶子的盖盖，小心翼翼地往瓶盖儿里倒满了水，说：“每人就这么多，谁也不准多喝。”

从最小的孩子开始，一人一瓶盖儿。先喝了水的孩子在吧嗒嘴儿找滋味，等待喝水的孩子咽着口水。

每个孩子都喝过之后，大眼睛才自己端着小瓶盖儿喝了一口，品品，自己又喝了一口，大眼睛哭了，泪水流进嘴角，咸咸的。

城里喝的水就是有种味道，和村子里的泉水不一样，不一样就是特别，特别就是好，好就令人向往。

大眼睛希望自己也能像那个游人一样，去到遥远的大城市，去喝这种装在瓶瓶里的不一样的水。

大眼睛有了城里人的水，每天都会有孩子围着他，每天都想尝一瓶盖儿城里人的水。几天，那瓶子里的水就喝完了，大眼睛就把自家水缸里的水灌入瓶里，还是满满一瓶。孩子们知道，大眼睛的瓶里已经不是城里的水了，他们不再围着他讨要，也不来和他玩儿了。

大眼睛时常带着那瓶水，坐在山崖上，遥望天际，他鼓励自己，一定要走出大山，去到遥远的城市。

从大山里走出来的游人回到了老街。

游人的妻子做了丰盛的晚宴，游人的朋友都被邀请来家里庆贺。推杯换盏之间，有人看到了挂在墙上的葫芦，说：“那是你说的山里人自己酿制的陈年老酒吗？”

游人想开个玩笑，说：“就是，你尝尝。”

朋友就打开了葫芦的塞子，倒了满杯，一饮而下。

游人忍住笑，故意问："味道怎么样，浓烈吧？"

朋友没有说话，又倒满一杯喝干，泪水便从朋友的眼角流下。朋友说："甘露，甘露啊，天啊，这是神水吧？神水。"

大家好奇，都倒了一杯饮下，果然神奇啊，山林里的原始风味，沁人肺腑，仿佛能看到那清澈晶莹的山泉，能嗅到遥远儿时记忆的味道，个个禁不住泪流满面。

朋友说："快去找到这个山寨，咱们大家入股投资办个天然饮用水厂，直接灌装就行啊，这水的牌子就叫'老家的味道'，准保火啊。"

一拍即合，众人开始筹资注册、项目评估。建筑大军开始修路架桥，寂静的山寨首次迎来机械轰鸣声。

大眼睛孩子走出了山寨，到繁华的都市上大学，毕业后就留在了都市。

大眼睛谈恋爱了，女孩儿是在城市里长大的，她教会了大眼睛怎样在都市里忙碌生存。

大眼睛已经习惯喝装在瓶瓶里的城市水，城市的水麻木着他舌头上的味蕾神经。他开始怀念家乡山寨的山泉，怀念家乡清凉透彻沁人肺腑的甘爽。

女孩儿来了，带来了一瓶天然水，牌子是"老家的味道"。

女孩儿说："你尝尝，新产品，喝了你就不想家了。"

大眼睛喝了，说："这比我家乡山寨的清泉水差远了。"

女孩儿不解地问："除了卫生不卫生，水还有什么区别？水是透明无色无味的啊！"

大眼睛说："那是教科书上对水的定义。一方水土养一方人，水不但有味道还有情感，有知觉。啥时候我带你去我们山寨，喝我们山寨的清泉水，保证你一辈子都忘不掉。"

女孩儿说："我才不相信呢。"

大眼睛真的就带着女孩儿去了山寨。

山寨已经通了公路，有了公共汽车，原来居住的村子已经搬迁，修建了宾馆度假村。空气中弥漫着混合的味道，各种加工厂正在把山寨的资源变成花花绿绿的钞票。

山泉已经不见了踪影，山寨的那口老井还破烂不堪地废弃在那里。

大眼睛把瓶子系上绳子，从老井里提起一瓶水，他把瓶子递给女孩儿说："尝尝，尝尝，什么叫刻骨铭心。"

女孩儿啜了一口，又啜了一口，茫然地看着大眼睛。

大眼睛夺过瓶子，仰头咕咚咕咚几大口，泪水顺着脸颊流淌，流进嘴角的泪水，味道也比这瓶子里的水强一百倍啊。

女孩儿问大眼睛："你怎么了？"

大眼睛看着老井说："这是怎么了？"

| 第三辑 |

老 街 码 头

LAO JIE MA TOU

一条大河波浪宽

老街南有条大河，叫洛河。

洛河，又叫洛水，源头在秦岭龙凤山，从豫西熊耳山、伏牛山的崇山峻岭间奔泻，贴着老街蜿蜒而下，曲回折转在巩义汇入黄河。

老街有了这样一条大河，自然会有许多与这条大河相关的故事。

相传曹植在年轻的时候，看中了一位姓甄的姑娘，两情相悦。曹操却将此女指于二儿子曹丕。曹操死后，曹丕继承了王位。曹丕封甄夫人为皇后，后又娶了郭贵妃，对甄皇后逐渐冷淡，甄皇后在郁郁寡欢中去世。曹植怀念死去的甄后，心神不定。曹植走出老街，来到洛河边，对着西沉的太阳和滔滔东流的洛河水出神，才思泉涌，便有了流传后世的名篇《洛神赋》。

有一条在城市间穿行的大河已经令人垂涎了，偏偏又有了诸多的文化搅拌着浪花，让老街人靠着洛河生艳，滋长些许得意与自负。

水生提起洛河就满心得意，张口闭口都是洛河的故事，不管别人听他讲了多少遍，只要说起洛河来，他那张老脸就眉飞色舞，爱听不爱听都要给你絮叨絮叨。

当年水生爹洛老大在洛河捕鱼，鱼还没有见到，却看到沿河上游漂下一些烧焦的船板杂物。

兵荒马乱的时期，洛老大估摸是有船只失火出事了。

一只木盆晃晃悠悠从洛老大的眼前漂过，木盆里居然躺着一个婴儿。

洛老大截住木盆，抱起了襁褓中的孩子，是个带把的男孩儿，孩子脖子上挂着一枚如意玉佩。孩子看到洛老大，咧开小嘴笑了。

洛老大说："看来是咱爷俩有缘啊。"

洛老大给孩子取名叫水生。

水生跟着洛老大在洛河上漂大。水生十六岁那年，洛老大告诉了水生的身世，叮嘱水生："这如意玉佩是你亲生父母留给你的，好生收着，说不准他们来找你呢。"

水生连连点头。

水生还真的把这块儿玉佩弄丢过。

九月的洛河秋爽鱼肥，水生和巴义划着木船在河上捕鱼。巴义和水生是光屁股长大的好朋友，巴义大水生两岁。

一条十几斤重的白鲢鱼落网，鱼挣扎得厉害，小网有点吃不住力，水生跳进水中，扑扑腾腾把鱼抓上船，发现自己脖子上的玉佩不见了。

水生扎了几个猛子也没有捞到，急了，急得要哭。

巴义找了几个石头片，系上渔线，抛入水中，看着石片下沉的位置，画出一个区域，说：“咱俩分班，轮流下去摸，不能慌啊。”

两人从晌午摸到太阳偏西，巴义手举着玉佩浮出水面。

两人筋疲力尽躺在河滩上。

水生说：“这事，不能让家里人知道。”

巴义说：“嗯，不说。”

水生说：“巴哥，我欠着你。”

巴义说：“嗯，欠着。”

河水在两人身边欢快地流淌，扯不住的岁月随水而逝。

水生划着木船，停靠在河心洲。

绿柳成荫的草坪上，巴义虎着脸在钓鱼。

水生不说话，挨着巴义坐下。

巴义盯着水面：“我请你啦？脸皮咋恁厚呢？”

“巴哥，你不请我咋把竹墩儿都预备下了？”

“就你能，就你势张是吧？咱娃子的饭店你也敢去封？”

“巴哥，我就是在巡视的时候，看到河边水里有气泡冒出来了。我就知道肯定是有人又偷偷地往洛河里放污水了。我也是着急，就通知了环保部门。谁知道咱娃听说要停业就和环保动了手脚。”

“你就为了护住环保，脊梁上挨了娃一铁锨？亏不亏？活该不活该？”

“不亏，活该。”

巴义从衣兜里掏出一瓶药，治跌打损伤的，祖传的，抹上两次就好了。

水生脱掉上衣，把背转给巴义，够不着。

巴义把药倒些在掌中，按在水生乌青的背上，轻轻地揉着，说：“你也是七十岁的人了，弄事咋还恁起急？你该先来跟我说说，我去找娃说道。再说了，咱娃做个营生容易吗？你给封了，他能不急？”

“巴哥，咱俩光着屁股在洛河里扑腾大，扑腾老的。咱俩当年在洛河里玩耍，渴了，咕咚咕咚灌几口河水，饿了，啃着干馍，捞几只河虾嘎巴嘎巴就吃了。现在的河水，你还能喝吗？你和我一样心疼着这条河呢，我知道。”

巴义给水生穿好衣服，说：“就你这老脊梁，还能扛住几铁锨？”

“扛到哪是哪吧，谁让咱是洛河人哩。”

巴义收拾起渔具。

水生掂起网兜，说：“好家伙，这几条鲫鱼够大的了。让嫂子烧个鲫鱼豆腐汤，我陪哥喝两盅。”

巴义夺过网兜，说：“你想得倒挺美啊，我还请你喝酒？”

水生说："我家稻花可是说了，今黑儿要是不在巴哥家混碗酒喝，就不让我进屋。"

巴义笑了："娘们儿家都这德行，你嫂子也是说，要是不把水生兄弟带回家来喝酒，就不让我上床。"

"那还瘾症啥，走。"

"走。"

夕阳坠在洛河的尽头，给波光粼粼的河水涂了耀眼的金黄，几只鹭鸟在河面上嬉戏。

"巴义哥，咱洛河很是美啊。"

"嗯，美着哩。"

大河缓缓东去。

风吹稻花香两岸

稻花生病后，常常一个人去洛河边散心，坐在河堤上望着南岸，一坐就是小半天。

洛河从古城的中心穿过，古城分成了南岸和北岸。洛河古时名洛水，其位居洛水之北，“水北为阳”，故名洛阳。自古以来，人们大都是在洛河北岸的老街居住营生，北岸变成了古城的繁华地带，南岸相对落后，居住的多是种粮种菜的村民和外地来的小商贩。

水生悄悄地跟着稻花，看着稻花被河风轻抚的银发，岁月恍然如梦。

水生十六岁那年伏天，洛河滩的石头都被晒得烫脚。洛河上有风，但也抵挡不住日光的刺蜇，水生光着膀子，晒得黝黑的肌肤在阳光下泛着青春的光泽。

灾荒之年，连水里的鱼儿都躲得不见踪影，水生划着木舟几乎整日在洛河里漂荡。

八月里来是中秋哟，

小女子一双好白手哟，

想起了小情哥哟，

打死也要跟哥走哟。

水生可着嗓子在空阔的河面上吼着，划着木舟向河南岸游走。沿着南岸有时会碰上小贩，换点粗粮青菜。

水生划着木舟沿着南岸缓缓行走，没有见到小贩，却看到一个人影跳到了河里，瞬间就被河水吞没。

水生纵身跃入水中，朝落水的人游去。

水生气喘吁吁地把落水人拖上岸边，半晌时辰，落水人才倒过气来。

落水的是个姑娘，她不说话，只是流泪。

水生只得将姑娘带回了家。

水生爹洛老大看到水生带回个姑娘，满心欢喜。

姑娘说自己名字叫稻花，再问其他的就只是落泪。

还是邻居老巴媳妇看出点端倪，对洛老大说："我看这闺女像是有身孕了呢？"

老巴媳妇问稻花："闺女，救你的水生可是个好小伙子，憨厚耿直。看你也是遇到了难处，你愿意和水生搭伙过日子不？"

稻花看看水生，低下头，不言语。

老巴媳妇说："俺看闺女是同意了，选个日子张罗着办事吧。”

老巴媳妇剪了大红的喜字贴在门窗上，洛老大炖了一锅烩菜，街坊四邻围了一桌，热热闹闹把水生和稻花的婚事给办了。

家里有了女人，日子过得才叫日子。

稻花长得端庄秀气，一双细白的手巧得很。她从后屋翻出一台闲置了几十年的织布机，拾掇拾掇就织出了粗布，与别人家不一样的是，稻花织出的粗布还带有红蓝相间的格子。稻花把织出的粗布裁剪成孩子穿的衣裤，拿到老街西边的大厂门口，和南方来的工人交换鸡蛋、挂面、白糖、红枣。

稻花挺着肚子，每天忙碌着，脸上有了笑容。

水生每天都要去洛河捕鱼抓虾，去南岸跑很远的路去淘换粮食。

第二年春上，稻花生了个大胖小子。

水生说：“稻花到了咱家，给咱家带来了快乐，孩子就叫‘乐乐’吧。”

稻花说：“嗯，就叫‘乐乐’。”

乐乐在稻花的怀里在水生的木船里摇晃长大，好像只是更换了个季节，乐乐就参加了工作，进大厂当了工人，还谈了个女朋友。

洛河上新架起了两座大桥，洛河南岸也热闹起来，新开发的楼盘、新建的厂房驱散了南岸以往的冷清。

水生买了电动三轮车，为客户送些物料。

水生常说：“稻花，南岸现在是日新月异了。我带你去看看吧，你肯定都认不出来了。”

稻花总是笑笑，说：“忙你的吧。”

稻花从走进水生的家门，从来就没有去过南岸，也从不说起自己的身世。水生往南岸是越跑越多了，还给稻花说些南岸的事情。稻花静静地听，不插话。

儿子乐乐要结婚了，水生和稻花商量着孩子的婚事。水生说：“我要通知的亲戚朋友都通知到了，你看你还有没有要通知的亲戚朋友？”

稻花还是笑笑说：“你通知到就中了，俺听你的。”

水生也没啥说。

水生爹洛老大去世前，对水生说：“稻花是个好孩子，到咱家几十年一心一意地对家里好，可是这孩子心里有苦啊。好好待稻花，好好待稻花啊。”

日子是越过越有盼头，稻花却是精神头不如从前了。去医院检查回来，水生装着笑脸说没事，稻花知道自己是害了大病，没多少日子哩。

中秋夜，水生搀扶着稻花坐在岸边。月，很圆，很亮，倒映在河水中波光粼粼。

“你还是去南边打听我了。”

“嗯，打听了。当年你俩相爱，是家里非要逼你换亲，嫁给个半傻子，给你哥换傻子的妹妹当媳妇，逼得你离家出走，跳进了洛河。也是咱俩的缘分啊，相伴了几十年。我前几天去见了你以前的相好，他也算有良心，一辈子没有娶亲。他现在也是病重在床。我和他说了，稻花活着和我过了一辈子，对俺洛家有大恩。稻花百年之后，与你合葬，让她与心爱的人永远在一起。”

稻花扭过头，看着月光下水生沧桑的脸，把头靠在水生的怀里嘤嘤地哭了。

水生说：“我当年就是被放在木盆里在洛河上被爹拾来的。将来我老了，还把骨灰放在木盆里，随着洛河漂吧，哪里来哪里去，也算是圆满。”

两岸稻田里的稻穗沉甸甸地低着头，稻子该收割了。

我家就在岸上住

老街临着洛河。

旧时的洛河少有治理，洛河有波平如镜行船放排的季节，也有桀骜不驯河水暴涨泛滥的肆虐。尤其是秋季，雨水多，洛河黄水滔天，波浪翻滚，河水漫过堤坝冲塌屋舍卷走人畜的情况时有发生。

为了避免天灾，老街人都居住在离河滩五六里地的上沿。

在河堤岸居住的人家并不多，大都是在洛河上捕鱼做河运的人。

水生家居住在洛河堤岸旁。

水生听父亲洛老大说过，洛家祖辈就驻扎在洛河滩旁。

那时的茅草房不知道被泛滥的河水冲垮了多少回，常年的家当就是一条木船，一口铁锅，一床铺盖。

水生爷爷跟着老街船队跑河运，积累下点家底，在河堤旁盖起了三间瓦房。瓦房比茅草屋结实了，但也被咆哮的河水淹过，院墙浸泡塌陷了重垒，再塌陷了再垒。

洛老大掌家后，除了捕鱼种地，还做些小买卖，把三间瓦房扩建成了大小十六间的四合院，一辈子的剩余都折腾在木料砖瓦上了。

水生没有想到，河滩以前无人问津的茅草地，居然随着城市发展建设，成了大大小小房屋开发公司眼里的香饽饽。水生家里经常有房地产开发商来拜访，透露着想开发、要拆迁的意思。水生听都不听，扭头就走人，把来客晾在屋里。

邻居老巴的儿子巴豆，晚上拎着两瓶杜康酒来看望水生。

水生笑了，说："豆豆啊，我想喝酒直接就去找你爹了，还用得着你孝敬啊？"

巴豆说："叔，我不是刚找到个新差事，来给叔报个喜嘛。"

"娃子出息了，找了个啥差事？说来叔听听。"

"一家房地产公司，聘我当副总，每月给五千。"

"每月给五千？可不瓤。你会弄啥？"

"董事长说，我就负责给咱这一片签协议，拆迁。"

"我就说嘛，好事能轮到你娃子？他是雇你来拆家呢。"

"叔，人家说了，要盖河景豪宅，搬迁费够几辈子花销了呢。"

"祖辈用血用命换来的家当，那是钱能买来的？你爹咋说？"

“他说，咱这片人都听你的，你签，他就签。”

“呵呵，他就知道我不会签。娃啊，好好经营你的小饭馆吧，把咱老街小吃浆面条做地道喽。你那浆面条啊，总是差点火候，不专心哩。我还得去河边转转，你赶紧滚蛋回家吧，跟你爹说，我在堤上等他。”

水生和老巴坐在河堤上，两人叼着烟，皱巴的脸颊被烟火映照得忽明忽暗。

老巴说：“水生，又在想稻花妹子了？人都走了两年了，放下吧。”

“巴哥，稻花的骨灰就撒在洛河里了，每次来河边就像陪着她散步呢。”

“我还能不知道？给你座金山也搬不走家。”

“那你还让娃子来找我？”

“娃那倔强脾气你还不知道？也就你能镇住他。你嫂子奶水不济，娃从小就在稻花怀里拱奶吃，他就听你的。老祖宗就给咱留下这点家业，能从咱手里败了？我可是打听过了，要搞开发的那主儿也不是个善茬，啥手段都会用上，你也当心。”

水生还真是被盯上了。

水生骑着三轮车给南岸几个建筑单位送点小货，多少年的生意了。人家忽然就不让水生送货了，问其原因，人家支支吾吾挺为难。

水生也就明白个八九分，货不送了，歇着。

水生摇着木船在河上捕鱼，有驾着快艇的年轻人在船边冲来冲去，差点把木船掀翻了。

水生拴了船，晒了网，在家里听戏、喝茶。

晚上就有人往院子里扔砖，丢死猫死耗子。

水生还就是不信邪，把院墙刷了白石灰，用红色涂料写上：我家就在岸上住，一百年不搬家！

有人把拍摄的短视频发在网上，水生家的院子成了网红打卡地，每天来参观的人络绎不绝，听水生讲洛河的故事。据说把开发商老板气得吐血，住院了。

刚入秋，洛河边的夜晚已是凉意贴身了。

老巴的儿子巴豆，晚上拎着两瓶杜康酒又来看望水生。

“豆豆，你娃子又要鼓捣啥事啊？”

“叔，这次你可要顶住啊，市里说咱这片是啥湿地，要规划着建保护区，说是人要搬走，留给鸟住。拆迁费给少了咱可不能搬，不能搬啊叔！”

“哪都有你娃子操心的事。赶紧回家吧，跟你爹说，我在堤上等他。”

水生和老巴坐在河堤上，两人叼着烟，皱巴的脸颊被烟火映照得忽明忽暗。

“水生，你是动心了，真要签字搬迁？”

“巴哥，这洛河湿地是咱古城人的，是咱老街人的，不是咱自家的，是吧？”

“你就舍得搬走了？听说给咱换的地方可是离洛河老远，再看洛河不方便哩。”

“稻花说过，心里装着洛河，走到哪都是家。”

巴哥知道，水生的根就在洛河上，当年洛老大就是从洛河漂下的木盆里把水生抱回家的。

月光卜，河水平缓安静。

水生忽然扯开嗓子吼着：

八月里来是中秋哟，

小女子一双好白手哟，

想起了小情哥哟，

打死也要跟哥走哟。

老泪在水生、巴哥脸上肆意流淌。

听惯了艄公的号子

那年刚立秋，老街人发现洛河上多了条摆渡船，摆渡船上的艄公被人称作“丑爷”。

洛河依偎着十几里长的老街逶迤而过，浩浩荡荡经巩义汇入黄河。经过老街十几里的河段上却没有一座接通南北两岸的河桥。民国初期，军阀吴佩孚驻扎古城兵营期间，曾出资在洛河上建拱桥。桥修建了两年也未竣工，吴佩孚亲自上桥验工。夏季多雨，洛河水暴涨，桥两端被洪水冲断，桥被冲毁三孔。洪水过后，河道主流南移，北岸桥被搁浅。后来吴佩孚兵败撤离，老街人便把这废桥残基称作“老吴桥”。

老街人过河全靠艄公摆渡。

老街在洛河上做摆渡营生的人并不多，一是做这生意得水性好，船摇得好，毕竟是载人带物，万一有个闪失都是要命的事；二是生意绑人，刮风下雨烈日炎炎都得候着过客，辛苦得很。

丑爷不是长得丑，他的面部被烧伤的疤痕覆盖着，五官都变了形。从面相上看不出丑爷的年纪，可是从他健壮的体魄上可以看出他青春的状态。

丑爷的摆渡码头搭建得与别人不一样。洛河上的摆渡码头都选在缓滩地段，老街人多绕路也得去码头乘船。丑爷的码头就建在老街人出入近便的河段。这里坡陡水急，丑爷便在河两岸用原木各搭建起十几米的码头栈桥，过河人通过栈桥就可以登船，安全方便。

丑爷还在两岸的栈桥上各放置了一面铜锣，来人只要敲锣，丑爷的船就划到了桥头。

丑爷在激流中把摆渡船撑得四平八稳，很让船客们赞叹。开船时，丑爷吆喝一句："坐稳走咧——"船靠岸，丑爷再吆喝一声："到咧走稳。"

丑爷的船头，挂着一只箩筐。丑爷摆渡从不讲价钱，随人意愿，随便往箩筐里放钱，三分五分，一毛两毛从不计较。有的人身上没钱，放几个鸡蛋，放几把粗盐，有时是一个萝卜，一棵青菜。有的主儿走得急，说一声"记个账啊，下次一起补"，丑爷也不搭话，随他来去。

做摆渡的艄公都住在河北岸，北岸是老街人口密集之地，往来客多。

南岸荒芜冷清，丑爷却住在南岸，在堤坝旁搭建了个窝棚。闲暇时，丑爷开荒种地种菜，养着十几只芦花鸡。

老街人都不大了解丑爷的来历，丑爷独身一人也从不与人多说话，老街人觉得丑爷挺神秘，于是就有了许多的传说。

有人说丑爷曾经是山灵寨的土匪，因为得罪了仇家，被人浇了汽油。幸亏他身手好，跳入洛河才保住了性命。后来改邪归正，才来到老街讨生活。

还有人说丑爷是少林武僧，功夫了得。凭着一把大刀，砍得鬼子人仰马翻，结果被鬼子的火焰发射器烧着了，回到了老街。

还有人说，亲眼见到丑爷救人，落水的人呼救，丑爷拿起长篙，双手一抖，便将落水的人挑出水面飞送到岸边。如若不会功夫能有这等本事？

丑爷听惯了人们的议论，如河面上掠过的风，瞬间散去。

雷电交加的雨夜，丑爷被急促的锣声惊醒。丑爷披着蓑衣来到码头，几个汉子抬着一个孕妇。小伙子带着哭腔，说："丑爷，去医院，我媳妇难产快不中了。"

丑爷不搭话，跃身上船。"坐稳走咧！"

河水暴涨，浪大涌急。船在河中颠簸，船上的人心都悬着。丑爷却是镇定自若，长篙在手，左撑右擎，将船划向北岸。

"到咧，走稳！"丑爷拴好船，摸一把脸上的雨水，缓缓舒出一口长气。

孕妇送救及时，平安诞下个大胖小子。当爹的小伙子带着一篮子鸡蛋感谢丑爷，还说要给丑爷介绍个媳妇。

丑爷摇摇头说："我这个模样，还不吓着了人家。"

小伙子还认真了，立了冬，就把个盲女带到丑爷的窝棚前。

盲女是小伙子的远房表妹，从小就双目失明，跟着姥姥长大。年前姥姥去世，盲女也就无依无靠了。

盲女在丑爷的窝棚里住下了。白天，盲女和丑爷一个锅里搅稀稠，晚上，盲女睡在木板床上，丑爷躺在稻草窝里。有雷声的夜晚，盲女嚷着害怕，依偎在丑爷的草窝里。盲女抚摸着丑爷的面颊，抚摸着丑爷胸前后背的伤疤。

丑爷说："旧伤总是要复发，我是快要走的人了，不能耽误了你。"

丑爷护着盲女直到天明。

开春，丑爷在窝棚旁准备脱坯盖房，政府开始在洛河上修建大桥。

丑爷的三间土坯房已盖好，洛河大桥也竣工通行了。

洛河上有了宽敞舒适的大桥，老街人过河就不用摆渡船了。丑爷也把船推到房前院子里，闲置了。

每年春上，丑爷都要把木船细致地打磨打磨，再刷上桐油漆。

不在洛河上摆渡了，丑爷的身子骨也一年弱似一年。

那年，洛河水涨，两岸的油菜花开得正艳，天空一片年轻的蓝。

丑爷和盲女把船推到河边，丑爷艰难地登上船，静静地躺下。

盲女伫立在岸边，撕裂着嗓子喊道："坐稳，走咧——"

木船如一片落叶，随河水向东漂去。

盲女对来人说，丑爷旧疾复发，他把积攒的钱物留给盲女，说自己要回家了。丑爷告诉她，丑爷的名字叫天赐。

老街人吃了一惊，天赐？他可是当年老街天赐码头的大掌柜啊！

看惯了船上的白帆

老街天赐码头上，搭建了个二层塔楼。登上塔楼，洛河两岸的风景尽收眼底。

天赐每天都要上塔楼，沏上一壶清茶，望着印有天赐商号的几十条帆船在洛河中走东游西，心里头真是得劲儿。

扛包被称为小脚，天赐从扛包做起，靠着年轻力壮，在少林寺做过几年俗家弟子，很是有些功夫底子。在码头扛包，百十来斤的袋子，别人只扛一个，天赐俩胳膊下各夹一袋，大步流星。

天赐靠做小脚一步步打下码头，还置办了商号船队，做了大掌柜。可他还是闲不下来。码头有货物装卸，他换上对襟小褂，与小脚们一起扛包，愣是让人分不清哪个是掌柜哪个是伙计。

初伏刚过，老街已经是热浪裹身。坐在河边的塔楼上，徐徐凉风拂面，看河面白帆点点，天赐很是惬意。

天赐的伙计牙子带着闵副官上了塔楼。

闵副官和天赐是熟人，也没啥客套，天赐倒上茶，做了个请的手势。

闵副官望着蓝天白云下的洛河碧水，悠悠地说：“安静的日子没几天喽。”

天赐认真地看着闵副官的脸，等着他的下文。

闵副官从皮包里拿出几卷大洋，放到桌子上，推到天赐跟前，给你带来笔大生意。

天赐说：“说吧，啥事？”

闵副官端起茶，轻轻呷一口，说：“日本人要打过来了。前方吃紧，雇你的船队往战区运送物资，是个有风险的活儿。可能，有去无回。”

天赐把大洋推回，说：“给打小鬼子的队伍送物资，本商号分文不收。告诉我时间地点，我亲自押船，保证按时送到。”

闵副官把大洋收起，喏喏地说：“钱不收，也得公事公办，打个收条吧。”

天赐也不计较，提笔写下了收据，交给闵副官。

闵副官略显尴尬地说：“也得养家糊口，惭愧惭愧。”

天赐随着船队运送物资，往返就得大半个月。天赐的船队还没抵达老街，就传来前方战败、东门失守的消息。

天赐刚进家门，闵副官就急匆匆赶到，告诉天赐：“赶快收拾东西走吧，全线溃败，老街被占也就是这两天的事儿。”

天赐媳妇挺着个大肚子，生孩子也在这一两天了。

世间祸福，随它去吧。

天赐没有离开老街，码头上的其他商号都沿河西上避难去了。

天赐得了个胖小子，满月酒还没摆，小鬼子就找上门来。

牙子带着鬼子大佐上了塔楼，坐在天赐对面。

天赐倒上一杯茶："说吧，啥事？"

大佐拿出几根金条，放到天赐面前："皇军有一批军需物资请大掌柜运送。"

天赐收下金条，说："时间地点通知我，随时起运。"

大佐说："为了物资的安全，有请大掌柜的大福船亲自押运。"

天赐看看码头上站立的日本兵，拱拱手："牙子，送客。"

天赐要给日本人运军火，消息在老街传开。老街人都开骂，说日本鬼子来老街烧杀掠抢，做尽了坏事。天赐还要给日本人运军火，打中国人，数典忘祖啊。

有人不相信，说天赐媳妇娘家前段日子刚遭鬼子抢，把老太太都气死了，尸骨未寒，天赐怎么能帮日本人做缺德事？

不管老街人咋议论，天赐商号的几十条船还是装满了日本人的货物。

天赐盘点好货物，走上大福船，看到媳妇抱着孩子坐在舱内，他有些吃惊。

大佐说："请夫人与你一同去看看风景，我们会保证夫人的安全。"

天赐咬咬牙，没说什么，伸手抱过孩子。

几十条帆船在老街人的唾骂声中扬帆起航。

按照原约定，船队到达神灵寨是午夜时分，以牙子升起的红灯作为信号，神灵寨的山匪鸣枪打劫，船队乘机烧掉所有物资。可是，天赐的媳妇孩子都在大福船上，牙子不敢贸然行事了。

媳妇知道了天赐的烧船计划，反而平静了，说孩子还小，连名字都没有起呢。

天赐提笔在孩子的肚兜上写下“水生”二字，听天由命吧。

天赐缠着大佐说事，媳妇把孩子放入一只大木盆里，将枚玉佩挂在孩子的脖子上，木盆顺水而下，漂远。

牙子在对面的船上喊：“掌柜的，夜宵还吃不吃啊？”

天赐说：“天王老子来了，这夜宵也得吃。”

牙子船头升起了红灯，神灵寨的枪声骤然响起。

几十条船上顿时烈火熊熊。

天赐将身上浇遍柴油，点燃，冲向大福船货舱……

老街人说，那夜洛河上火光冲天，一直烧到天亮。

一年后，老街码头上来了一位面目被疤痕覆盖着的扛包小脚，问他姓名也不说，大家就叫他丑爷。

丑爷在码头扛包，百十来斤的袋子，别人只扛一个，他俩胳膊下各夹一袋，大步流星。

天 赐

天赐伸着懒腰，打着呵欠，睡眼惺忪地说：“牙子，我刚做了个梦，梦见洛河浩荡，千船万帆。我站在一只大船的船头，沿着洛河穿行，身后的白色大帆上写着‘天赐’两个字。你说说是啥意思啊？”

牙子给天赐端着脸盆，歪着头想想，说：“东家，你不会是要搞船帮，做河运吧？”

天赐擦把脸：“嗯，你说得对。牙子，就照你说的做。走，去码头。”

牙子一脸蒙：“照我说的做？我说什么了啊？”

天赐在老街南关码头经营一家货站，生意正兴旺。天赐从被称作靠卸货运货为生的小脚，几年就打拼下一货栈，在南关码头立足。做了掌柜的天赐，每天依然要到码头看看，自己也和货栈做小脚的伙计扛包走货，出一身臭汗。

老街临近洛河，九百里长的洛河一直是中原运输的黄金水道。老街南关是个水陆码头，地处洛河下游。南关码头上接陕西、山西，下通山东、安徽，豫煤鲁盐，铁器木材，土产杂货，棉花布匹，南丝东绸，都是走水路运到老街，再由老街陆路流向四面八方。老街的南关码头，人声鼎沸，商帜高张，店铺林立，生意红火。

天赐同伙计们擦着热汗，坐在货舱里，问："大伙说说现在做啥买卖最赚钱？"

有说开店，有说办厂，有说开赌场的。

天赐指了指身后的洛河，说："看到没有，买船，做河运。我是跟着跑河运的船上山西下安徽看了才知道的，咱这做货场靠出苦力赚的钱还不如人家的零头。老街码头正好处在中腰子地带，做河运可就赚大发了。"

"掌柜的，赚钱谁不眼红？河运得组船队啊，那得花多少钱呢？"

"购船的钱我出大头，大家都可以入伙，按份子年终分红。咱先少弄几只船，摸清了路数再扩大也不迟。"

"掌柜的带咱一起发财，不干是傻子。干！"

牙子说："掌柜的，弄几条船不难。可是船运得经过神灵寨，赖大疤瘌的河口可是不好过。"

天赐说："天下就没有好做的买卖。认准了，干起来再说。"

三条大帆船，停靠在南关码头，天赐的旗号就挂起来了。

第一趟货，运的粮食布匹。

船队沿洛河顺流而下，行至神灵寨，河道变宽，水流舒缓，船速减慢。河道边一只小木船上站着两个端着枪的人，船头插着一面黄旗，旗上一个黑体醒目的“赖”字。

牙子说：“掌柜的，遇到赖大疤瘌的人了。”

赖大疤瘌在神灵寨聚匪闹事十几年了，他占山为王，黑道白道通吃。神灵寨地势险要，易守难攻，赖大疤瘌仗着地形熟悉，几次逃过官府的围剿，气焰嚣张。走水路做船运的每年都要给寨子送些钱财粮食，以免受到骚扰。钱财送了，每年也还是要被寨子劫持几次。赖大疤瘌知道，神灵寨没有大船，不能干扰商家的生意，也不能劫持得太多，如果商家都不敢做水运了，那神灵寨也就断了财路。

天赐手持一根长竿，站在大福船船头，吩咐道：“帆不降，速不减，船不停。”

山寨的人见天赐的船队不尿自己，端起枪就打。天赐手中长竿一挥，木船上一人手中的长枪便被打落水中。

另一人刚掏出短枪，天赐手中的长竿已经飞离，直直地击中那人胸膛，连人带枪落入水中。

船队的伙计拍手叫好。

牙子冲落水的人喊：“也不打听打听，天赐掌柜的在少林寺练过！”

船队过了神灵寨，天赐让一只船贴岸，还是卸下了一些布匹和粮食。

天赐说：“咱只是让赖大疤瘌知道，天赐号的人不好惹。

买卖要做，咱也不能和神灵寨结下梁子，留下些买路钱，赖大疤瘌知道明理。”

寨子的人禀报给赖大疤瘌，他看看天赐留下的东西，没说啥。

天赐船队走的第二趟生意，还是在神灵寨被缠上了。赖大疤瘌手下倒是没动粗，而是卷了两捆兽皮，两筐山货，说是要换天赐一船的棉花布匹和白酒。明眼人看出这是在讹诈，天赐笑笑收下了。他知道，这是赖大疤瘌要找回上次丢下的面子。

以后，天赐号和神灵寨井水不犯河水，再无瓜葛。

日本鬼子折腾到豫西，烧杀掠抢，无恶不作。赖大疤瘌的老娘和姨太太去嵩山庙进香，回来的路上被鬼子飞机扔下的炸弹炸死了。

初夏的一天，天赐带着两船的货物停靠在神灵寨。

天赐说：“赖大寨主要率领众弟兄去打鬼子，可有此事？”

“给我娘报仇杀小日本杂种，关你什么事？”

赖大疤瘌喝得满脸通红。

天赐说：“只要赖大寨主有胆气，杀鬼子，神灵寨日后所需物资全部由我天赐号货栈提供，分文不收！”

赖大疤瘌摔了酒碗：“君子一言，驷马难追，不送。”

赖大疤瘌带着手下人参加了古城保卫战，战斗打得异常惨烈，神灵寨的人马几乎全军覆灭。赖大疤瘌抱着点燃的炸药包，冲上了鬼子的装甲车……

从此，神灵寨的家人一直由天赐号货栈供养。

小　脚

老街把在码头靠力气吃饭的搬运工人称为小脚，天赐在码头做小脚。

天赐说自己要打码头，创家业。

那时，老街已近黄昏。夕阳落在西关城墙边沿，阳光洒向人烟稀少的街道，青石板路幽幽反射着金色的阳光，微风把老高头儿烧饼铺的幌子轻轻吹拂，幌子的影子被拉得很长。

天赐往嘴里塞着麦香喷薄的烧饼，嘴巴有力地咀嚼吞咽，喉结上下欢快地舞动，一碗白开水咕咚咕咚将满嘴的干巴烧饼送进肚皮。

天赐抹了抹嘴巴，对啃着烧饼的牙子说："我说的你信不？"

牙子不紧不慢地啃着烧饼，说："我信个尿啊。就你？一个做小脚的，每天赚的钱就够买俩烧饼。打码头？打你个头吧。凭啥？"

天赐松松腰带，说："凭啥？凭咱一把子用不完的力气！

牙子，你就说跟不跟我干？”

牙子说：“我跟你干，你当了大掌柜，我给你看码头。”

老街临近洛河，老街的南关码头曾是豫西地区最为活跃的商业中心。南关是个水陆码头，地处洛河下游，九百里长的洛河一直是中原地区运输的黄金水道。南关码头上接陕西和山西，下通山东和安徽，豫煤鲁盐，铁器木材，土产杂货，棉花布匹，南丝东绸，都是走水路运到老街，再由老街陆路流向四面八方。老街的南关码头，商帜高张，店铺林立，生意红火，人声鼎沸。

天赐膀大腰圆，浑身透着力气，对襟小褂总是被他撑得紧绷绷。天赐从小就跟着一位师傅练武，还在少林寺待过几年。天赐活儿做得多，每天领的工钱也比其他的小脚多。攒下点零钱，天赐就请掌柜的去东关喝马一鲜羊肉汤。掌柜的觉得天赐灵透，一些货就包给天赐，天赐再把活儿转出去，给那些专门做转包活的人，老街人称为“二脚”。

有一年冬天，老街连续几天风雪交加，码头有车木料要运往邙山李家。码头离邙山几十里路，路险地滑坡陡。小脚二脚拢着火堆烤火，谁都不愿去，为了赚俩钱万一摔个断胳膊断腿不值得。

天赐紧紧腰带，对牙子说：“你敢不敢跟我去走一趟？”

牙子也没二话：“你去我就去。”

天赐、牙子两人拉着架子车，装上木料，冒着风雪上了路。走邙山尽是上坡路，路上的雪都冻成了冰溜子，车轱辘打滑，几次都差点儿翻进沟里，天赐都死死扛住。几十里路，两个人把货物送到邙山李家，已经是半夜，两个人都冻僵了，说不出话。

李家是个大户，家中有人暴病身亡，正愁着做棺木的材料无法运到，没想到天赐冒死把货送到了，李家掌柜很是感动，赏了天赐一百大洋，并许诺以后李家的所有货物都由天赐来运送。

天赐在码头拉起了一干子人，专门接运路远货重的活儿。做这活儿，多出力多辛苦却不多拿钱。不少小脚做一阵子就转投其他人门下了，天赐的人手也越来越少。

老街七月天，炎热干燥，坐在树荫下都是汗珠子顺着脖颈哗哗地淌。憋足劲儿的老天忽然就张开大口，暴雨水泼一般袭来。猝不及防的老街，瞬间积水过膝。邙山李家在码头存储的十多吨粮食，要转移到邙山仓库。

雨刚停，天赐就带着人推着独轮车上了路。先把粮食扛到没有被水淹的高坡处，再装上独轮车，沿着被雨水冲刷得坑坑洼洼的山路送货。做这活儿，费心搭工夫还赚不到啥钱，小脚们是一路抱怨。

天赐推车走在最前面，对大家说："爷们儿，多操点儿心啊，回来马一鲜羊肉汤我请客，管够啊。"

牙子探路气喘吁吁地跑过来，说前面的路断了。山上下来的洪水，把路冲出了一条深沟，车子过不去了。

天赐看看沟，又看看天，说："耽误不得，再来场雨车上的粮食就全糟蹋了。"

天赐找出几个旧麻袋，披在肩上，跳入沟里，双手撑着沟壁说：“从我背上过，快！”

几十辆独轮车从天赐的背上碾过，这场景被李家来接货的人看到了，禀报了李家掌柜。

李家掌柜留下大伙吃饭，付了双倍的运费。

第二天，天赐背路送货的事情就传遍了老街的码头、巷子、胡同。而且越传越邪乎，说是天赐跃下土坑，一手托起一辆独轮车送过深沟。很多货主找上门来，要求天赐为其运送货物。

天赐货场就此开张，门庭若市。

牙子在给天赐的背涂抹药膏时说：“掌柜的，我觉得你这做得有点儿过啊。要说卸下一辆独轮车上的货填在沟里就中了，你是不是看到李家接货的人了，演给人家看的？”

天赐没有答话，呼噜呼噜地睡着了。

老街从此有了一句新俗语：小脚打码头——心大着哩！

斗狠

老街南关码头是个水陆码头，地处洛河下游。南关码头上接陕西和山西，下通山东和安徽，豫煤鲁盐，铁器木材，土产杂货，棉花布匹，南丝东绸，都是走水路运到老街，再由陆路流转各地。老街南关本来就是个交通枢纽，除了水路，南北方向的陆运货物也要经过这里。东西陆路按政俗规定，来往车马行人不得穿城而过。所以东西方向的十省通衢大道，沿南关西行。过往客商、驮桥、马车多至南关打尖（吃饭）住宿，南关成了豫陕之间最为繁忙的码头。

南关码头最多的是货栈，能在码头开货栈的主儿都是在老街生意场上有头有脸的人物。老街把在码头做买卖，称为“斗码头”。码头的买卖好，却不是人人都能吃得下来，斗码头的酸辛老街人心里明白。

正月十五刚过，南关码头新开张个“江龙货栈”。老板江瀚，天津人，四十出头，方脸浓眉，身材魁梧，待人和善。

赖石磙听说一个外地人敢来南关“斗码头”，还不交保护费，不递投名状，骂骂咧咧带着手下来到江龙货栈。

赖石磙，人称赖爷。赖石磙目不识丁，曾经在吴佩孚的第四师当过兵。回到老街后，跟着武师学得些拳脚，在老街惹事耍横，泼皮无赖。雇了一帮打手扛着一把大铡刀，在码头明抢暗夺。都说好鞋不踩烂狗屎，在场面上混的商家都顾及脸面，忍气吞声。

赖石磙踢翻了江龙货栈门口摆放的花篮，骂停了鼓着腮帮子吹奏的响器，跷着二郎腿，摇着发福的身子，把藤椅折腾得吱吱作响。

来给江龙客栈捧场的同行以及看热闹的闲人把货栈围了个密不透风。

江瀚提着一壶茶，恭恭敬敬给赖石磙倒上，不卑不亢，说：“不知赖爷驾到，有失远迎。赖爷这么大的架势来捧场，真是让小店蓬荜生辉啊。”

赖石磙根本听不出好赖话，脖子一横：“在老子的地盘开灶抢食，也不问问南关的规矩？”

江瀚拱手说：“本人从天津卫初来乍到，不曾知晓规矩。”

赖石磙说：“简单，简单，每单货物我抽水五成，逢年过节再孝敬些零碎。”

江瀚皱皱眉，说：“赖爷，你这规矩我要是应承不下来呢？”

赖石磙眼珠子瞪出了火：“呵呵，那就是打我的脸啊。中，咱就斗斗狠，赢了，你开你的店，输了，你就哪来滚回哪去。”

赖石碌挥挥手，手下抬着一把大铡刀放置堂前，铡刀锋利的刀刃泛着冷冷的寒气。

南关斗狠就是蒙眼压铡刀。斗狠双方，轮流将家人朋友的胳膊或腿放置铡刀上，持刀人蒙上双眼，一刀压下去，以刀刃距肢体的距离论输赢。距离远的算输，切破了皮见了血的也算输。

赖石碌仗着会些拳脚，又心狠手毒，老街人也不会拿着自己亲朋去冒险，斗狠没有人能赢过赖石碌。

江瀚围着铡刀看看，说：“赖爷，谁先来？”

赖石碌心里咯噔了一下，在南街码头，人一听斗狠，锋利的铡刀面前一摆，还没人敢跟他较真儿。今天碰上对头了。

看热闹的人一见江瀚真敢和赖石碌斗狠，起着哄为江瀚鼓劲儿。

赖石碌先上手，蒙上眼，手持铡刀柄满脸杀气。

赖石碌的管家狐假虎威，知道老街上人不敢与赖石碌斗狠，平日里都是神气活现地挽起袖子，把胳膊伸进铡刀，一副视死如归的豪壮。今天居然有人敢与赖石碌动真格的，管家就两腿筛糠，哆哆嗦嗦地把手臂伸进铡刀，小声说：“赖爷，我可上有老下有小，手下留情啊！”

赖石碌嘴里骂着，手往下一压。

中人测量过，喊着：“相距两指！”围观的人一声惊叹：“江瀚悬了！”

管家狼狈地爬起来，裤裆都湿了。

赖石磙双手抱在胸前，朝江瀚努努下巴。

江瀚抱拳对围观的人说：“各位父老，江瀚初来乍到，也无亲朋好友。我就来铡自己吧。”

江瀚坐到地上，将一条腿伸入铡刀，蒙上眼，大喝一声：“走——”

江瀚双手压下铡刀，厅堂鸦雀无声。

中人蹲下细看，伸手扯下自己的一根头发，小心翼翼沿着刀刃往里推。头发丝，断了。

中人举着被割断的头发，说：“严丝合缝，严丝合缝。”

“好！”围观的人欢声爆发，震得屋梁颤动。

江瀚掸掸身上的土，拱手对赖石磙说：“赖爷承让。”

“哼，没完！”赖石磙甩手带着一众手下出屋走人。

江龙货栈门口的花篮被人摆放好，响器又欢快地鸣奏。

江龙货栈的生意异常红火，只是没人知道，货栈悄悄地给抗日队伍运送了诸多的禁运物资。

斗 勇

江龙货栈老板江瀚，天津人。一个外地人能在鱼龙混杂的老街南关码头开货栈，肯定是有两把刷子的。有人说，江瀚是天津卫形意拳师李汉章的弟子，功夫了得。尤其是门派绝技“贴山靠”，人称“铁背熊”，有破墙而过的神功。

江龙货栈经营得风生水起，让在南街码头霸道惯了的赖石磙从头发梢到脚指甲都不舒坦。江瀚破了赖石磙抽成的规矩，还不交保护费，赖石磙恨得把牙咬得咯吱咯吱响，想方设法要把江龙货栈这个外来户撵出南关码头，赶出老街。

摆治不了江瀚，他赖石磙在南关的气势就会削弱，欺行霸市的油水就会随洛河水漂流了。

赖石磙手下人多，经常派人去江龙客栈滋事，小打小闹的江瀚也不当回事。和气生财，江瀚总是赔着笑脸，花些零碎把一拨一拨的混混儿支应走。

赖石磙手下的混混儿在江龙货栈闹事，江瀚也没有什么过激的反应，让赖石磙底气膨胀。

仲夏的夜晚，风清月明。江瀚忙完货栈生意，沿着青石条街道回家。走到大石桥旁，桥上站着一群人。

江瀚正诧异，就见一枚大洋摇摇晃晃骨碌到脚边。

桥上的一伙人中有赖石磙的管家，管家扯着嗓子阴阳怪气地说：“这是我们赖大当家赏你的本钱，拿着钱，要么卷铺盖走人滚出南关，要么就留下条胳膊腿儿的，你耳朵不聋吧？”

江瀚弯腰拾起银圆，吹了一下，放在耳边，说：“哈，还是真货嘛。”

江瀚把银圆放入口袋中，说：“胳膊腿可都是爹娘所赐，旁人要拿走，也得有那本事啊。”

“给脸不要脸啊，去！卸了他一只胳膊喂赖大当家的黑狗。”管家招呼着，十几条汉子围住了江瀚。江瀚左腾右挪，把一伙人都引到大石桥上，这样他就可以兼顾左右，不惧腹背受敌。

管家叫着：“都给我上！谁㞞了就滚蛋回家抱孩子去。”

十几个人硬着头皮，一拥而上，仗着人多想把江瀚按住。江瀚先用拳脚护住自己，然后声东击西，几个来回便将四五个人掀翻落入桥下水中。

管家见势不妙，便想溜走。江瀚纵身一跃，跳出圈子，铁塔般落在管家面前，还没等管家叫喊，江瀚便将管家举起，双手一摆抛入水中。手下一见管家落水，一哄而散。

江瀚坐在大石桥的汉白玉栏杆上，手里转动着那枚银圆，沉思了许久。

月亮躲进云里，时隐时现。走在青石条路上，江瀚的身影时长时短，他没有回家，径自朝南关菜市街走去。

菜市街路南，有一所新盖的院子，青砖铺地，楼房高起，漆黑明亮的大门上，悬挂着一块横匾，上刻“积厚流光”四个斗大金字，这就是赖石礤的住所。

老街南关的民居，采用的都是大立架结构，这种建筑方法是先打立柱，扎起房屋架子，最后才砌墙封门窗。老街有句俗语：南关的屋子——墙倒屋不塌，常用来形容一个人落魄了也不倒架子。

赖石礤住的是三进院，前院有手下值班看守。院深墙高，墙头还拉有铁丝网。

赖石礤听了管家带人围堵江瀚不成反被打的经过，吹胡子瞪眼把手下一通臭骂。

已经是后半夜了，赖石礤躺在床上，迷迷糊糊地觉得有人影在晃动。他睁开眼，一激灵坐起，月光从墙外照进屋里，南墙居然破了一个大洞。赖石礤掌上灯，屋内一切安然。赖石礤发现自己的枕头边上，有个东西在闪光，凑近了看，居然是一枚银圆。

赖石礤觉得后脊梁发冷，瞪眼到天亮。心知肚明，赖石礤不再去江龙货栈扰事。

日本人占据了老街后，为了控制码头，在城街与码头相连的地方建起了关隘。关隘是上下两层阁楼式建筑：下面一层有关隘大门，白天通行车马货物，夜间关闭；上面一层为执勤所用，居高临下守若壁垒。

鬼子人手不够，在老街组建联保团，赖石磙就成了“团总”。带着十个人，扛着大枪在关隘耀武扬威。

豫西抗日队伍的几十名伤员要经过南关码头水路送往后方，怎么通过关隘让队伍做了难。强攻，枪声会招来鬼子增援，伤员行动不便会很危险。

有人就找到了江瀚，江瀚喝着茶，说：“这事不成问题。下月初八，午夜子时，尽管带人过隘。”

那夜，风大天冷。关隘门被推开，几辆拉着伤员的马车穿门而过。

二层放哨的团丁发现了情况，吹响了哨子，十几个团丁端着枪冲出来，却放不了枪，手里的大枪都没了枪栓。

放走了伤员，还丢失了枪栓，赖石磙也不敢声张，派人四处寻找枪栓。经人指点，赖石磙明白过来了，带着礼品到江龙客栈找江瀚。

江瀚喝着茶，说：“别像个无头苍蝇到处乱撞，你不从自己家里寻寻？”

赖石磙赶回家，卧室房梁上，一条麻绳吊着十几只枪栓。

斗 智

江龙货栈的老板江瀚在老街狮子楼请客商吃水席，宴席客散已经是午后。

江瀚送走客商，转身看到了蜷缩在酒楼门口石狮子旁的汉子。汉子衣衫破旧，蓬头垢面，呼呼噜噜睡得正酣。

江瀚蹲下身，拍拍瞌睡的汉子，天冷，别冻着了。

汉子睁开惺忪的眼，嘟囔着："你这人烦不烦啊，我刚梦到一只猪蹄髈，还没有张口咬就被你吵醒了，赔我猪蹄髈啊。"

江瀚笑了："好好，我赔。江瀚招来店家，拿来一只猪蹄髈，递给汉子。"

汉子疑惑地看看江瀚，江瀚说："吃吧，赔你的。"汉子也不说啥，张开大口狼吞虎咽般啃着蹄髈。

江瀚说："要不要碗酸汤啊？别噎着。"

汉子嘬着油乎乎的手指头："小看人嘛，酸汤不要，有本事给来壶酒。"

江瀚让店家拿来了一壶老酒。那汉子把整只蹄髈塞进了肚子，壶里酒也一滴不剩。汉子满脸红光，精神头十足。

江瀚起身要走，汉子油乎乎的手扯住江瀚的裤腿，说：“老板，救人救到底啊，你这样走了不就是害我吗？”

江瀚问：“我如何害你啊？”

汉子说：“我整日饥一顿饱一顿，有个冷馍凉水填饱肚子就是好日子。你这好酒好肉给我吃了，这胃口也吊起来了。以后没酒没肉，我咋过？”

江瀚的货栈也正需要人手，问：“给口饭吃，你都会干啥？”

汉子说：“别的没有，就有把子力气。”汉子说完，站起身，重新扎扎腰间的绑带，对着石狮子看看，双手抱着石狮子，一声大吼，居然让石狮子离开了地面。

江瀚说：“你叫啥名字？”

汉子说：“爹妈死得早，我也不知道自己叫个啥。刚才吃了蹄髈透美，就叫‘蹄子’吧。”

江瀚忍不住哈哈大笑。

蹄子跟着江瀚在货栈做伙计，身强力大，做活儿做事儿舍得拼命。看着粗莽，却是粗中有细，江瀚喜欢上了这个蹄子，生意上的事情常常教他怎么做，遇到事情怎么应付。年头一过，货栈的生意江瀚就交给蹄子打理了。

江龙货栈的买卖比其他的货栈好，自然让同行嫉妒，最糟心的就是赖石磙。总是暗中下绊儿，想把江龙货栈挤垮或霸为已有，可是多次作奸使诈都没有占到便宜，还让自己脸面尽失。

赖石磙看到蹄子在货栈越来越受江瀚老板的器重，便想从蹄子身上下手。

赖石磙在老街狮子楼摆下宴席，请蹄子喝酒。

蹄子如约而至，吧唧吧唧啃着蹄髈，咕咚咕咚喝着老酒，如入无人之境。吃饱喝足，一抹嘴，说：“饱了，走了，谢谢。”

赖石磙拦住蹄子：“兄弟稍后，正事还没有说呢。”

蹄子又倒上一碗酒：“说嘛。”

赖石磙摆摆手，管家拿上一只盒子，放在蹄子面前。

十根黄灿灿的金条。

蹄子说：“赖掌柜太客气了，请吃饭就行了，还送东西啊？谢谢了。”蹄子拿起盒子就要走，管家连忙按住了蹄子。

管家说：“蹄子兄弟，这十根金条够你吃喝一辈子了。今天请你就是想让兄弟帮个忙，只要整垮江龙货栈，还有重谢。”

蹄子说：“卖主求荣啊？你也不看看我蹄子是那种贱货吗？”

“在南关码头混，谁敢不给我家赖大当家面子。你不要敬酒不吃吃罚酒，不然你就走不出这个门。”

十几个人围住了蹄子。

蹄子根本没当回事，喝干碗里的酒，一只手攥着桌子的腿，把整张八仙桌高举过顶，又稳稳放下，桌子上的碗筷纹丝不动，蹄子起身走人。

赖石磙手戳着下巴，对管家说：“这小子光棍儿一条，无牵无挂，自然约束不住他。要想法子，让他有念想，有挂念，要约束住他的心。”

管家诺诺点头。

不日，有人找到江瀚，给蹄子提亲。女方长得端庄秀丽，家境也不错，江瀚就答应下来。

蹄子婚礼办得排排场场，狮子楼水席宴请了整个码头的商家。不久，蹄子媳妇就怀上了娃，蹄子逢人就散烟递糖，喜得如同弥勒佛。

蹄子媳妇身孕五个月，回了娘家，就此无了音信，蹄子成了热锅上的蚂蚁。

赖石磙管家对蹄子说：“蹄子媳妇乃是管家的远房侄女，要想母子平安，必须照赖大当家的要求去做。”

管家递给蹄子一包药，说：“只要每天在江瀚的茶水中放上一小撮，半年之后，江瀚就是病秧子了，江龙货栈也就完蛋了，媳妇自然也就能回到你身边。”

蹄子只得答应。

半年已过，江瀚安然无恙，赖石磙家里养的大黑狗却日衰一日，死了。

江瀚带着蹄子上门，说是给大黑狗吊孝。

江瀚说：“感谢大黑狗替自己吃了那些管家送的药。蹄子已经找到了媳妇，还给他生了个胖儿子。剩下的药，我交给赖大当家的手下了，以后吃喝可要当心哩。”

赖石磙把管家胖揍了一顿，看谁都像是要下药害自己的人，谁给他端吃端喝都得被臭骂，经常吃着饭喝着酒就掀翻了桌子，说有人下毒害他。

老街人都说，赖石磙这浑球魔怔了。

丑艄公

丑爷不是一般的丑，真丑。丑爷的丑不是天生的丑，都知道丑爷是被火烧后留下的疤痕。没有人知道丑爷是如何被火烧成这样的，丑爷也从来不说。

丑爷也怕自己的丑脸会让人心里不适，他用一块黑纱捂着半张脸。

丑爷在洛河上撑船摆渡往来人物，撑船技艺高超，平稳安全，老街人宁愿多走一段路来丑爷的码头登船过河。

没有人知道丑爷来自哪里，如同天空的一朵白云，也不知道从哪里飘来的，洛河水宽流长，能养人生活呢。

丑爷摆渡往来客人，很少说话，开船喊一声："走咧——坐稳。"船靠岸，丑爷吆喝一句："到咧——走稳。"

丑爷摆渡，也不为赚钱，来往过客，随意往挂在船头的篮子里放钱物，丑爷看都不看。

丑爷摆渡有个规矩，只要过客是带着孩子过河，不收钱。

往来的过客，尤其是女过客，为了省下仨核桃俩枣，都爱带着孩子，还有的过客带着别人的孩子，丑爷知晓了也不作声。

丑爷摆渡的生意好，自然让做摆渡的同行生忌，同行又学不来他。

丑爷光棍儿一条，一人吃饱全家不饥，其他人都是拖家带口的，不赚钱，喝洛河水啊？

有的同行就商议，是不是得摆治摆治丑爷。马上就有人摇头，说亲眼见，几个孩子嬉闹，趁着丑爷溜神，把摆渡船的拴绳解开了，船漂离码头三四丈。丑爷不慌不忙，撑起长竿纵身一跃，轻飘飘就落在船上。那功夫，可不是三年五载能练出来的。

老街人以为丑爷喜欢孩子，许是他孤苦伶仃，寂寞无聊，有孩子做伴儿，哭乐打闹，图个不冷清。

只有住在洛河边的洛老大看出些门道。

丑爷对船上的月子娃、一两岁的孩子几乎不看，对四五岁的半大孩子却格外留心。洛老大揣摩着，丑爷八成是在寻人哩。

洛老大住在洛河边，也是以河上捕捞为生。

那日，风清日暖。洛老大带着小儿子来到丑爷的渡口。

孩子登上船，兴奋得又蹦又跳。

洛老大吆喝道：“水生，安生点。”

丑爷一怔：“孩子叫水生啊，好名字。”

洛老大看着安静坐在船头玩耍的孩子，说：“也不是我给起的名字。一九四五年秋上，我在这河上捕鱼。喏，就从那上游，看到一只大木盆晃晃悠悠漂下来了，里面放着个孩子。孩子的肚兜上写着两个毛笔字：水生。我想着，这也许是孩子父母给起的名字吧。”

丑爷的船桨节奏显然乱了一阵，洛老大觉察到了。

丑爷说：“叫水生的孩子多啊，许是为了好养活吧。”

洛老大卷着一根烟，划着火柴，双手遮挡着点燃烟，深深吸了两口，烟雾随风散去。

洛老大从衣兜里掏出一枚玉佩，说：“这是当年在孩子身上带着的。”

丑爷伸手接过，细细地看着，粗糙的手指轻轻抚摸着玉佩，阳光下，眼睛里有亮亮的东西在闪烁。

丑爷把玉佩还给洛老大，平缓地说：“是块儿好玉呢。”

船靠码头，丑爷跳下了船，双手把水生擎起，轻轻放到栈桥上。

洛老大带着水生走远，听到了丑爷哼唱的小曲：

八月里来是中秋哟，
小女子一双好白手哟，
想起了小情哥哟，
打死也要跟哥走哟。

过客都觉得丑爷的话比以前多了，时不时地还唱上几句曲儿。

丑爷闲时，便在南岸开荒种菜，养着鸡鸭。

洛老大隔三岔五地就带着水生来坐丑爷的摆渡，丑爷船头放的竹篮里总是有些糖果、瓜枣、煮熟的鸡蛋，丑爷大把抓给水生吃，喜滋滋地说：“这娃，喜欢人哩。”

洛老大吸着烟，看着天上的云。

豫西闹饥荒，食不果腹。

洛老大在河上捕鱼，几无收获。

丑爷扛着长竿站在岸边，看到洛老大的船划来，丑爷双手握竿，挑起个布袋子，长竿一掂，布袋子在空中划了个弧线稳稳地落在洛老大的船上。丑爷也不说话，扛起长竿扭头就走。

洛老大解开袋子，里面是小米、萝卜干儿还有煮熟的咸鸭蛋。

丑爷在洛河上摆渡了十个春秋，政府在洛河上架起了大桥，丑爷的摆渡船也歇息了。

丑爷最后一次撑船，摆渡的是自己。

丑爷的旧伤复发，自知时日不多，他安静地躺在船上，沿着洛河顺流而下。

有人给洛老大送来个精巧的盒子，说是丑爷交代的。

洛老大打开盒子，里面是枚玉佩，与水生脖子上戴着的玉佩一模一样。

盲 妮

妮子不是生来眼睛就看不见。妮子刚出生时脸蛋蜜桃一般粉嘟嘟的，眼睛黑葡萄一样水汪汪的。

妮子五岁的那年冬天生病，高烧不退。正赶上大雪封山，朔风狂吹。到城里看病要走百十里山路，白茫茫的世界难以分清山路和沟壑。没法，爹妈只能给妮子喂水，用冷毛巾敷头。

好不容易雪停风静了，爹妈抱着妮子一步一滑赶到医院，妮子命保住了，眼睛却失明了。

妮子妈天天以泪洗面，埋怨自己没有及时带妮子去看病，耽误了孩子。后来人就变得魔怔了，常常抱着妮子就往山下跑，说是去看医生。再后来，人们在山崖下发现了妮子妈的尸体。

妮子爹受不了打击，离家出走了，再没回来。

妮子跟着奶奶长大。

奶奶出生在大户人家，识文断字。奶奶带着妮子走山路，蹚小溪，闻山野百花香，听林间翠鸟鸣唱。下雨、降雪也要她去聆听、触摸。

奶奶给妮子腰里系根绳子，要她去溪水里扑腾。奶奶挪着妮子的脚丫让她爬上院子里的枣树，自己摘枣吃。奶奶把屋里四角摆上碗，往碗里扔豆子，妮子拿根竹竿，听着豆子落入碗里的声音，竹竿准确地敲打到碗上。

妮子懂事，再苦再累，憋着眼泪也不吭一声。奶奶常常抱着身上被磕碰得青一块儿紫一块儿的妮子，教她背书背诗，给妮子描述她看不到的日月星辰。

奶奶说："老天饿不死瞎家雀，俺家妮子比谁家闺女都不瓤。"

妮子十八岁，出落成漂亮的大姑娘，一双盲眼依旧水汪汪。

奶奶秋后重病，走了。

妮子一个人在家，就有村里不安分的人来缠磨妮子。妮子一根竹竿，打得来讨便宜的男人吱哇乱叫，不敢轻易靠前。

妮子的表哥看妮子无依无靠，就踅摸着给妮子说门亲事。

表哥说："老街洛河上有个摆渡人叫丑爷，人好，忠厚，善良。丑爷大雨天的夜晚，把我娃渡过河去医院看病，是俺的救命恩人呢。丑爷会照顾好你，就是脸被火烧伤了，都是疤。你要愿意我就带你走，去找丑爷。"

妮子说："只要人踏实，人长得丑不丑俊不俊，我还能有啥计较？"

妮子就跟着表哥来到老街洛河滩找丑爷。

丑爷觉得这事做得荒唐，说啥也不应允。

妮子表哥急了，说：“丑爷，人我都带出来了，也回不去了。妮子从小就没了爹妈，如今奶奶也走了，村里常有坏男人想欺负她。她孤苦伶仃一人，你不收留她，让她去老街要饭？”

丑爷寻思半晌，对妮子说：“你要是不觉得憋屈，你就留下吧。”

妮子说：“丑爷，我不会拖累你，洗衣做饭养鸡种地我都会。”

妮子就留在丑爷的窝棚里了。

丑爷把铺盖床收拾干净给妮子，自己抱了捆稻草摊在墙角睡下。

丑爷睡觉时呼噜声很响，妮子却安安心心地睡熟了。

妮子熟悉了环境，锅碗瓢勺缝补浆洗喂鸡养鸭浇水种菜的事就用不着丑爷搭手了。

那日，太阳暖暖的。妮子烙了油饼，滚了面汤，拌了萝卜丝，提着饭篮子循声走到了丑爷的摆渡码头。

妮子第一次坐船，问丑爷：“船在河上跑，有腿吗？”

丑爷让妮子摸着撑船的长篙，说：“有哩，这就是船的腿，用它撑着船跑。”

“我也来撑撑船，让船跑。”

丑爷护着妮子，和妮子一起撑篙开船。妮子感受到了船的移动，开心得咯咯咯笑出一串铜铃声。

开春头场雨下得斗气排场，轰隆隆的雷电把洛河映照得光怪陆离。

窝棚经不住暴雨袭击，到处漏雨透水。

丑爷撑起块塑料布遮挡漏雨，对妮子说："开春了，咱脱坯盖新屋。"

妮子依偎在丑爷的怀里，伸手慢慢抚摸丑爷的脸、胸、背，到处都是硌手的疤痕。妮子手在哆嗦，心在疼。

丑爷告诉妮子，他身上的伤是因为烧了日本人的军火物资落下的。丑爷告诉妮子，他有女人，他的女人在那场大火中被烧死了，他们把孩子放在木盆里顺着洛河漂走了。自己在洛河上摆渡，也是想寻找当年失踪的孩子。丑爷说，他的女人也和妮子一样俊俏好看。他的女人唱歌可好听了，丑爷就轻轻地唱起来……

妮子哭了，妮子脱自己的衣服，说："丑爷，孩子丢了，我给你生一个，生一群……"

丑爷给妮子穿好衣服，说："你刚才都摸到了，我身上有枪伤、刀伤、烧伤。自己的身体自己清楚，我没有多少日子熬了，我就要去找我的女人了。妮子，你是好姑娘，日子长着哩，好好过啊。"

丑爷和妮子把土坯房子盖好，丑爷的身体一天不如一天。

丑爷躺在摆渡船上顺流而下那天，妮子在岸边撕心裂肺地唱着丑爷教她的曲儿：

八月里来是中秋哟，

小女子一双好白手哟，

想起了小情哥哟，

打死也要跟哥走哟。

妮子的表哥要带妮子走，要再给她找个好人家。

妮子摇摇头，说："这辈子最好的日子我跟着丑爷过了，知足了。"

妮子说："哥，你听听，竹林寺的钟声好悠扬哩……"

| 第四辑 |

老街爷们儿

LAO JIE YE MENR

查 爷

查爷四十开外，圆脑袋圆眼睛圆下巴，胳膊圆腿圆肚子圆，往细处看，十根手指都是肉嘟嘟的，耳朵垂儿也是饱满得像个葡萄。查爷若是笑起来，整个就是弥勒佛。

查爷开的是油旋儿铺。

查爷的油旋儿铺子在老街钟鼓楼西，与钟鼓楼东的马一鲜羊肉汤馆遥相呼应。

老街人喝汤，喜欢把油旋儿掰碎了泡在汤里吃，喝马一鲜的汤，泡查爷的饼，成为老街早上喝汤的讲究。

每天清晨，喜欢喝汤的人从钟鼓楼门洞里转来走去，游移于两家铺子之间，成为老街的一道风景。

查爷做油旋儿也是几代传人了。油旋儿跟烧饼近似，有一圈圈的纹路，老街人称之为“油旋儿”。

查爷在制作油旋儿时，小擀面杖在他圆圆的手指间灵活地跳动，时不时地在案板上敲击出有节奏的鼓点儿。翻油旋儿时，查爷不用竹签不用长铲，左手大拇指将油旋儿微微挑起，右手大拇指顺势向上用力一弹，油旋儿翻个跟头迅疾落下，一炉十几个油旋儿依次翻落，很是好看。油旋儿出炉，色呈蟹壳红，不焦不煳不生。干吃外焦里嫩，泡汤不黏牙有嚼头。

马一鲜羊肉汤馆的汤卖完，查爷的油旋儿铺子打烊，想吃，明儿赶早。

查爷收拾完油旋儿铺，就开始了巡街。这家铺子问问生意，那家铺子询询价格，说说国外国内的大事小情，聊聊老街的家长里短。

查爷喜欢看国际新闻，尤其喜欢议论国际风云，越是人多，越是滔滔不绝。非洲瘟疫啊，中东战乱啊，波斯湾石油啊，常常说得都控制不住自个儿，拿自个儿当联合国秘书长使唤。

查爷正津津有味地和丝绸店的老板谈论昨天的时事新闻，就听到身后不停地响着汽车喇叭声，滴滴滴滴催得急。

查爷满心不爽，回过头一看，气更大了。你开个日系车还这么势张啊，你查爷还就是不让这个路了。

查爷提提裤子，一只脚踩在轮胎上，一手掐着腰，说："你要是开个国产车咋呼几声也就算了，你开个日本车显摆啥啊？你以为你是谁，按几声喇叭这地盘就是你的了？呸！你是汉奸呀还是走狗？你有种从我身上压过去。"

查爷一嚷嚷，过往的行人都聚拢过来看热闹，查爷劲头更大了："大家看看啊，咱老街有近千家商铺，没有一家卖日本货，咱爱国啊。我那铺子里的油旋儿就是不卖给日本人吃，我馋死他们。你说你开个日本车来老街显摆，老街人不理你那一套！”

围观的人起哄叫好。

开车的小伙子下了车，给查爷赔礼道歉说着软话，查爷正享受着围观群众的赞许声，根本就不理茬。

小伙子急了，低头寻到了半截灰砖来到查爷面前：“查爷，你让开。”

查爷圆眼睛瞪大了：“哈哈，来，你往我头上砸，我要是眨下眼睛就不算老街人。”

年轻人抡起砖头，啪！砖头拍在了自家车的挡风玻璃上，整面玻璃绽开成了冰花状。

年轻人说：“查爷，可以了吧，就当是把鬼子的炮楼炸了，放我过去吧？”

查爷也顺势下架，说：“算你还有点觉悟，走吧。”

查爷背着手，回家。

媳妇在家给查爷做的手擀面，一碗捞面，浇上用蒜末、芝麻芽、香菜丁制作的汤汁，挖一勺油泼辣子，查爷吃得是满头大汗，畅快淋漓。

查爷用湿毛巾擦擦头上的汗，点上一支烟，坐在卫生间的马桶上。

自从媳妇从日本带回个马桶盖，查爷就有了坐马桶的嗜好。

当初媳妇去日本旅游，带回这个马桶盖，被查爷骂得是狗血喷头。可是用过之后，查爷就不得不佩服人家把马桶盖做得地道。不但坐着舒适，冬天可以加温保暖，还可以自动冲洗烘干，查爷每次坐上就不想起来。

查爷坐在马桶上，吐着烟圈，看着对面泛黄的墙皮，就有了想法。

查爷住的二进院老宅是祖辈传下来的，前院的房屋年久失修，也没人居住，看着一派衰败景象，查爷不舒服。

查爷要在前院盖新房。

包工队在查爷家前院盖房挖地基时出现了情况，开始还以为从地下挖出了文物，仔细整理出来，大家吓了一跳，这是一枚锈迹斑斑有半人多高的航弹啊。

公安局来人，把炸弹给运走了，说是抗战期间日本人用的。

老街人就议论开了，说当年日本鬼子也没打到老街来，有飞机扔炸弹都丢在洛河滩上了，也没扔进老街，查爷家里怎么会有日本人的炸弹？

有人议论说，查爷家里祖上做过伪保长，当过汉奸。

查爷心里不地道了，打油旋儿时手也不利落，擀面杖在案板上也敲打不出节奏了。

查爷见人就解释，解释他祖上不是汉奸。

不是汉奸，日本人的炸弹哪来的？

查爷心里那个堵啊，回家把马桶盖也给砸了。

后来有人查资料，说查爷家里曾经驻扎过国军，还是个军火库。估计是撤退时缴获的炸弹没法搬运就地给掩埋了。

查爷又神气了。

查爷到马一鲜羊肉馆，跟掌柜马老大说道自己院子里炸弹的事，说祖上也是为抗战出过力的。

马老大说："你好歹也混成个爷了，就不能安生点？"

查爷能安生？

安生就不是查爷了。

班　爷

老街有不少靠嘴吃饭的人，班爷就是一位。邮递员的腿，糊弄神的鬼，比不上老街人半张嘴。可见老街人嘴皮子功夫了得。

咱就说班爷吧，五十出头，还眉清目秀。脑袋上总是扣着一顶过了时的瓜皮帽，人多热闹的地方总是少不了班爷。

班爷看到个买萝卜的主儿，也会给你说道半晌。

“看你这萝卜买得地道啊，是老街大石桥旁买的东关白萝卜，是吧？东关的萝卜好啊，脆甜。烟台苹果莱阳梨，比不上东关的萝卜皮啊。知道东关的萝卜为啥好吃吧？地好水肥啊。看看咱老街一带，都是黄土，唯有东关那片儿的土黑黝黝的，知道为啥不？那是亿万年前的火山坑，土里含有丰富的有机和无机化学物质，那是上好的磷肥钾肥啊。浇地用的是潺河水，潺河水肥啊，养的鸭子都产双黄蛋，那萝卜能不好吃吗？”

“你买这萝卜准备咋吃啊？炖羊肉？可惜了。咋可惜？羊肉炖啥都好吃，炖了东关的大萝卜就可惜了。告诉你咋吃，做水席，吃燕菜啊。知道燕菜的来历不？知道燕菜是咋做的不？我给你说说，这燕菜的做法简单又复杂啊，光那萝卜擦成丝就得三蒸三晒，先要煲汤，就拿汤……”

买萝卜的人把几个萝卜往班爷手里一塞，说：“班爷，这萝卜您拿回去吃得了，我把这萝卜咋吃咋糟蹋啊。”

班爷一摆手说：“哈哈我也是扯扯淡，想咋吃咋吃啊。”

班爷爱看杂七杂八的书报，爱听人家天南海北地胡侃，还能把看的听的再自己琢磨琢磨发挥发挥。班爷爱去和人扯闲淡，用班爷的话说，一肚子货，不说憋得难受。

子书装裱店的秦老板请班爷喝酒，为啥？秦老板的儿子在外省谈了个女朋友，女方的家里人要来老街会会亲家。

秦老板听说女方是教育世家，几辈人都在学校教书育人。偏偏秦老板一家人又不善言辞，怕怠慢了人家，请班爷去活跃气氛。

班爷自然应承下来，说：“大侄子的事就是我的事，尽管放心。”

狮子楼里吃着老街水席，喝着美酒杜康，班爷从老街的私塾到今日的清华北大，从孔子问礼到百家讲坛，古今中外教育家的名人趣事，嘴不失闲，滔滔不绝，“归根结底，教育最大，教师最尊，秦老板是祖上积德，攀上了教育世家的高枝”。秦老板的亲家是吃得满意喝得痛快听得高兴，亲事就定下了。

秦老板乐不可支，给班爷个大红包表示谢意。

班爷打着饱嗝，说：“我那也就是扯闲淡。”

有人骑车把老街王二旦给撞了。王二旦唉唉呀呀地要求住院检查，擦破点皮，也没啥大毛病。王二旦就是哼哼着不肯出院，想讹点钱呗。

有人就找到班爷给说道说道。

班爷不推辞，当天就坐到王二旦的病床旁，说：“二旦啊，老街百姓感谢你啊。”

王二旦一头雾水，说：“班爷，你要我哪？”

班爷说：“哪里话啊。你这让车一撞，撞出了老街存在的交通问题。你被撞的那十字路口的红绿灯设置的时间有问题，绿灯时间只有十秒。十秒内能过几辆自行车？那还不都铆足劲儿地往前抢啊，结果怎么样？来不及减速就横冲直撞，把你给撞了吧？这新闻一报道，立马得到了改进，绿灯时间延长到三十秒，你说是不是你的功劳？再说这路况，那段路年久失修，坑坑洼洼，反映了多少回，几个部门踢皮球，愣是没人管。你这一被撞，新闻一报道，你不知道咋样了吧？昨天市政就派施工队来修路了，还拓宽了道路，新安装了路灯，老街人说是托了你的福。”

王二旦挠着头：“班爷，照你这说法，我要是不挨这一撞都对不起老街人民啊？”班爷说：“你就是咱老街的英雄，名人啊。快出院吧，赖在这儿让老街人笑话。”

王二旦就愉快地跟着班爷出院了。

也有不服班爷的。几个小哥儿请班爷坐地摊喝啤酒吃涮牛肚。几位小哥儿专拣高深的玩意儿谈，什么俄罗斯宇宙空间站的对接，美军进入伊拉克使用的最新装备。

班爷心里有数啊，他一瓶啤酒下肚，说："我也是扯闲淡啊，知不知道为啥美国兵喜欢用三连发的自动步枪？因为他们根据实战和测试，自动步枪三连发子弹精准率最高，能达到最佳的攻击效果。要是换成了你们几个小子，光图了痛快，一梭子弹都突突光了，那就是浪费扯淡了。"

几个小哥儿没有占到便宜，便用英语商量着逃走，把班爷扔在这里买单。

班爷啥场面没见过啊，班爷抓住最后一个想去方便的小哥儿，说："把账结了再去方便也不迟嘛。想涮我啊，扯淡！也不打听打听班爷是干啥吃的。你们几个是谁家的小子我都清楚，信不信我现在就把你撒尿的小家伙切下来喂狗？老板，再来十把牛肚，五瓶啤酒。小子，结账。"

班爷拍拍胀鼓鼓的肚子，惬意地哼着戏曲儿："还有下一场等着你班爷我呐……"

墩儿爷

深秋，晌午，太阳悬在老街钟鼓楼屋檐正当。

有人急匆匆来给墩儿爷报信：“墩儿爷，你家球球出事了，赌博打架，把人给推碰到石柱上，磕死了，球球吓窜了。”

墩儿爷也不显慌张，点点头支应了，依旧不紧不慢把手里的活儿做完，这才缓缓起身，走到脸盆前洗手。他洗手很认真，打上肥皂，拿着旧牙刷，眯缝着眼，仔细地刷净指甲缝中的污垢，取下毛巾擦干手。

墩儿爷安静地沿着青石板路回到家，端坐在藤椅上，一动不动。

墩儿爷面目白净，身材修长，看去一脸书生相。他在老街开着个买卖，买卖不大不小，是个裁缝铺子。

墩儿爷原来是拉板车给人送货的，出力受累赚个辛苦钱。

一个初春，墩儿爷给人送了三个月的货，主家手头的现钱不足，就给了他半匹蓝色条绒布抵账。那年头，布料可是好东西，凭票才能买。布料送人吧，墩儿爷舍不得，找人做衣服吧，工钱多，不合算。

墩儿爷也是年轻胆大，找件衣服做样品，琢磨了两天，自己就拉尺子下剪刀，穿针走线，做了两身衣服，穿上还挺合身。

工友们见他脑瓜子活泛还心灵手巧，都撺掇他开个裁缝铺子，也不用风吹日晒地出苦力了。

墩儿爷还真上心了，有空就往西关一家裁缝铺跑，给人家生炉子、烫熨斗，还为师傅倒尿罐、做杂活儿。三年后，墩儿爷能上案板了，他就借了钱盘下个门面，在老街南关开了个裁缝铺。

墩儿爷是有活儿来了就忙乎，没活儿就坐在用稻草编制的草墩子上喝茶。墩儿爷坐的草墩子比平常人家用的要高些大些，老街人就称他为“墩儿爷”。

墩儿爷手巧，大活小活都接，做得一样认真。墩儿爷最绝的就是眼睛如尺，不用竹尺子量身，剪裁出来的衣服不宽寸，不短分，舒适可身。

墩儿爷坐在店铺门口喝茶，看到个妇女带着小女孩儿，女孩儿身上的衣服已经短了。墩儿爷招呼母女过来，说帮着孩子改改衣服。

女人为难地说，自己拿不出修改衣服的钱。

墩儿爷笑了，说，他送孩子了，花不了几个钱。

添点布料，做了花边，孩子穿上衣服，如同新做的一般。客人口口相传，墩儿爷的名声传到老街以外的地方，不少人家都宁愿多跑十几路，也要到南关找墩儿爷给裁衣服。

当年有人给墩儿爷介绍对象，墩儿爷说不着急，走着说着。

墩儿爷三十岁那年，一位胖姑娘走进了墩儿爷的裁缝铺，说去上海看到了件连衣裙，前边那样，腰间又是这个样，后面是那个样，比画了半天，自己都满脸蒙地望着墩儿爷。

墩儿爷还是笑笑，说："你选料子吧。"

三天后，姑娘穿上了漂亮的连衣裙，人都显得苗条了，姑娘是要死要活地嫁给了墩儿爷。

老街人都说墩儿爷有钱，铺子生意开了几十年，攒下的钱都购置门面房，在老街寸土寸金之地有七八间门面房，每月收的房租就不得了。

墩儿爷不花钱，去铺子一身工作服，回到家一碗浆面条。

墩儿爷的媳妇也不穿金不戴银，嫁给墩儿爷几年都没有怀上孩子，快四十了才生下儿子球球，自然是娇惯得很，六岁了还吃奶，过了十二岁还穿着红褂褂。

球球从小被娇生惯养，上学了也不用心念书，逃学打架。上初中就约会谈女朋友，经常被老师和学生家长告状。

墩儿爷只要起高腔训斥球球，媳妇就老大不愿意，过来护着孩子，哭着喊着闹着，不许墩儿爷动手打孩子。

墩儿爷也无奈。

球球混到高中毕业，也不去找工作。整天和几个混混儿一起吃喝玩乐，没钱了就伸手向父母要。

墩儿爷的媳妇患恶疾，临终前流着泪嘱咐墩儿爷，不能亏待儿子。

债主讨债上门，墩儿爷才发现球球赌博，墩儿爷第一次动手揍了球球。

天已擦黑，墩儿爷还坐在屋里不吃不喝，手中擦拭着媳妇的照片。

第二天，墩儿爷还是照常去裁缝铺井店做活儿。有个戴着墨镜的年轻人进店，递给墩儿爷张纸条，又匆匆离去。

墩儿爷看看纸条，走到脸盆前洗手。他洗手很认真，打上肥皂，拿着旧牙刷，眯缝着眼，仔细地刷净指甲缝中的污垢，取下毛巾擦干手。

东关一间破旧的仓库里，墩儿爷见到了满脸惊慌的球球。

球球说："爸，带钱了吗？我得往外窜啊。"

墩儿爷不说话，拿出袋子里的榆树园烧鸡，老李家酱肘子，一瓶白酒，说："咱爷俩喝一杯。"

爷儿俩你一杯我一杯，喝着说着哭着。

墩儿爷从袋子里掏出一根绳子，说："跟爸去自首吧。"

夕阳西下，老街上东关的青石板路上出现了这样的场景：墩儿爷仰着头背着手走在前面，球球低着头双手被捆着，脚步踉跄地跟在墩儿爷的屁股后面，两人嘴里还都唱："我这走过了一洼又一洼，洼洼地里好庄稼。"

两人的影子在青石板路上映得又细又长，秋叶在脚下零落。

有人说晚上听到了墩儿爷的哭声，雷鸣一般。

花 爷

花爷在老街靠剪纸手艺为生。

花爷家从爷爷辈开始就是剪纸高手，爷爷以剪裁福字而闻名。他剪出的福字是被称为“写出天下第一福的乾隆爷的手迹体”，不但福满喜庆，还透着皇家高贵的威武气势。

坊间传说，当年青要山的匪首赖大疤瘌强占民女为八姨太，点名要花家送五百幅乾隆体的红福，要大摆筵席庆贺。

花家也不敢得罪赖大疤瘌，只得按时把福字送去。

赖大疤瘌从进入山门开始，把五百幅福字依次粘贴，直至布置的新房。

不承想，官兵顺藤摸瓜，沿着福字直接杀入新房，逮着了呼呼大睡的赖大疤瘌。

赖大疤瘌被押出山门时，定眼一看，才看出那一张张福字竟然是祸字。

没错，这剪纸近看是福，远看是祸，福祸相依，善恶自有报应啊。

花爷出生时，花爷的家人不打算让他再做剪纸行当，送他读书，做学问。

花爷偏偏还是喜爱剪纸。家人不让他动剪刀，他就在旁边看，到了学校，拿出剪刀就能把看到的图样剪出来。

花爷同桌的女孩儿叫林烟，大大的眼睛，长长的睫毛，一条粗大的辫子垂到后腰。林烟喜欢花爷的剪纸，花爷把剪纸都一股脑儿送给了林烟。

林烟父母在文化部门上班，他们希望林烟去学戏。

老街戏班子招收学员，父母给林烟报了名，林烟就上了老街剧团的学员班，离开了学校。

花爷喜欢看戏了，只要有林烟的戏，花爷就去看。林烟还只是个学员，登台的戏份就是跑个龙套，扮个群众演员，花爷也照样目不转睛地盯着林烟看。

花爷看完戏回到家，就拿剪刀，把记忆中林烟的举手投足、姿态神情记录在剪纸上，只是不管林烟在台上是什么打扮，剪纸上的林烟都是梳着一条长辫子。

林烟在学员班毕业后，就进了老街戏班子，慢慢就开始红了。林烟第一次饰演的是《破洪州》中的穆桂英，那时也没有照相机之类的贵重稀缺玩意儿，林烟的台上风采都被花爷记录在剪纸里了。

林烟演完戏，卸了装，就会到老街的文峰塔下，花爷已经在等她了。

文峰塔在老街东南隅，离老街的戏园子不太远。文峰塔建于宋代，是一座密檐式砖石塔，塔身九层，有三十米高，塔内供有文曲星。一层拱门两侧原有对联一副，右侧的已倒塌，左侧半副字迹依稀可辨：楼九尽云通天尺。

花爷把新剪出来的剪纸，交给林烟。

那日，月淡风清。花爷和林烟依坐在文峰塔下，花爷递给林烟一帧新剪纸，是林烟的剪影，下面还有一行字：待尔长发及腰，做我新娘可好。

林烟依偎在花爷的肩头："你拿什么来娶我啊？"

花爷说："你要什么，我就给你什么。"

林烟说："我要新房，要雕龙刻凤的双人床。"

花爷拿出剪刀，一会儿工夫，挂着彩灯的新房，飞龙走凤的红床就呈现在林烟的面前。

林烟说："我要花被要喜糖，要'三转一响'做嫁妆。"花爷不语，手里繁忙，自行车、缝纫机、手表、收音机就放在林烟手掌中。

花爷拥着林烟，两人的悄悄话羞得月亮都躲进云里。

花爷没有等来林烟，却等来了一场风暴。

林烟的父母带着造反派的人抄了花爷的家，把积攒的剪纸当作"四旧"付之一炬。

林烟也被父母逼着，嫁给了造反起家的莫副主任。

林烟在文峰塔下，哭得梨花带雨。她用花爷的剪刀，把粗黑的长辫子剪掉，塞到花爷手里。花爷独自坐在文峰塔下哭到天亮。

那日，林烟急匆匆约花爷来到文峰塔下，告诉花爷，说造反派开会，明天要来捣毁文峰塔，说文峰塔也是“四旧”。

林烟急得手发抖，说这可是老祖宗留下的文化啊，他们这是造孽啊。

花爷没有说话，去八角楼买回一叠红纸，把自己关在屋里，一天不吃不喝。

第二天，莫副主任带着人扛着镐头、锤子来到文峰塔，眼前的景象让他们吃了一惊：只见文峰塔从上到下都被贴上了剪纸，这些剪纸都是伟人头像，还有伟人的语录。

一干人看着文峰塔，谁也不敢下手，干瞪眼没办法。

短时间，老街人纷纷效仿，都来花爷家里求伟人像，粘贴在自家的房屋里、院子里，老街的许多老物件就是这样被保留下来的。

老街人对花爷更加佩服。

历史总是惊人的相似。

老街人没有想到，三十多年后，文峰塔又一次面临灾难。

这次要来拆迁文峰塔的竟然是林烟的儿子，恒达房地产公司总经理莫名。

林烟因病去世多年，葬在了老街。儿子莫名随父亲去了南方，进入房地产行当后做得风生水起，此番回到老街也是荣归故里要做一番事业。

莫名圈下来老街几百亩地要搞开发，文峰塔也是要拆除。

尽管莫名说不是拆除，是搬迁。要把文峰塔一砖一瓦登记造册，在另外的一个公园重新修建，但老街人还是坚决反对。

老街人又去找花爷，看到花爷正捧着林烟那条粗黑的辫子出神。

莫名带着施工队来到文峰塔时，抗议的老街人围住了挖掘机。

莫名被花爷带到了文峰塔前，文峰塔上又被贴满了剪纸，剪纸是个女人的头像，大大的眼睛，长长的睫毛，一条粗大的辫子垂在腰后。

莫名怔住了，这是母亲林烟啊。

忽然有人说："快看啊，剪纸上的人流泪了。"

果然，剪纸上林烟的眼角都有一滴泪水缓缓流下，如一滴鲜红的血液。

莫名哭着跪下了。

花爷一生未娶。

茶　爷

茶爷祖上三代在老街经营茶货铺子，在豫西一带很有名声。

茶爷不在乎赚钱多少，茶爷也不喜欢生意，之所以坚持做茶铺，他说，这只是念想，能闻到祖辈留下的气息。

茶爷熟读《茶经》，却不推崇茶。电视台曾经做个有关茶道的节目，邀请他说说茶道。茶爷捋着下巴说：“茶叶也就是一种泡水的植物，常喝有益处，也没有市场上说得那么邪乎。茶圣陆羽一生嗜茶，还著有《茶经》，也不过活了七十一岁嘛。”

茶爷卖茶，红茶、绿茶、黄茶、白茶、黑茶、青茶种类繁多，茶爷自己一年四季，杯子里就是毛尖。

茶爷的杯子是个大号玻璃瓶，瓶子里一半茶叶一半水，他走哪都抱着这个瓶子。茶爷早上泡一杯茶水，喝了添，添了喝，一天不换茶叶。晚上临睡前将茶叶捞出晾干，积攒够了就用泡过的茶叶包饺子蒸包子。

茶爷好客，常请人喝茶。

老街人都知道，茶爷请茶也是有讲究的。

茶爷请客有两种说法，茶爷举举手中的杯子说：“有空儿去我家里喝茶啊。”这话是客套，你去也行，不去也行。

茶爷要是说：“走，去家里喝茶。”那你注定是要跟着去的，茶爷的威望自不必说，茶爷在老街的辈分也是很大。邀你去喝茶，那是给足你面子了。

七月天，闷热。茶爷在街上溜达，被一阵吵闹声吸引了，是和盛斋古玩店的胡老板。

茶爷走进和盛斋，胡老板正扯着一个壮汉的胳膊不让走。

胡老板说：“这主儿进店就转悠着看看这儿，摸摸那儿，转身要出店时，店里的伙计发现一枚古金币不见了。”他拦住了壮汉不让走。

壮汉梗着脖子，摊开两手说：“你们看看，我这个样子能拿你的东西吗？”

茶爷看看壮汉，壮汉膀大腰圆，挺着肚子，光着上身，只穿条简易的短裤。

壮汉看着茶爷说：“茶爷，要是不嫌弃我丢人，我立马脱光了让他们看看。”

店里的伙计哭丧着脸说：“确实是他来了以后那枚古金币不见了。”

茶爷喝了口茶，拧杯子盖的当口，看了看壮汉，说：“算了算了，走，去家里喝茶。”茶爷扭头出门。

胡老板张张嘴没说话，伙计还想拉住壮汉，壮汉一甩胳膊，跟着茶爷走出店门。

茶爷家在老街八角楼旁，一个典型的老街四合院，院子当中放着个根雕茶台。

茶爷把壮汉领进门，两人坐在茶台前，夫人摆上一只大铜壶、一只白瓷蓝花的大海碗。

茶爷满满地倒上一碗茶，说："这是家里人自己调配的凉茶，有夏枯草、金银花、荷叶、桑叶、甘草、蜂蜜、冰糖。清心败火，疏肝理气。来，喝一碗。"

壮汉本就心急，加之天热，刚才走得也急，已经是汗珠子顺着脸颊往下淌，端起碗咕咚咕咚就是个底朝天。

茶爷微微笑着，又倒满一碗："来，接着喝，慢慢说。"

壮汉又是一碗喝进。

两个人喝着茶说着话，一壶凉茶被壮汉喝完了。

壮汉揉着圆鼓鼓的肚子，说："茶爷，我得用下您家的厕所，憋得慌啊。"

茶爷指指方位说："去吧。"

壮汉站起身，就听得当一声，一枚金灿灿的古钱币从壮汉的裤腿里掉出，骨碌到茶爷脚前。

茶爷弯腰拾起古钱币，说："天热手滑，瞧瞧，这钱币滑落到你的腰间你都没留意啊？快去还给胡老板吧，回来咱爷儿俩接着喝茶。"

壮汉呆立着，涨红了脸。接过钱币羞愧地给茶爷鞠个躬，走了。

夫人来收拾茶具，说：“我都看出来了，他是把钱币藏在肚脐眼里了，不然裤子提那么高？茶水喝多了，肚子圆了，钱币就藏不住了。”

茶爷站起身背着手走出院门，说：“我去叫华文、华武来喝茶。”

华文、华武是双胞胎兄弟，在老街开了间摄影工作室。

去年兄弟俩的母亲去世，留下了一处房产。兄弟俩因为拆迁赔偿款的分配闹翻了，甚至还动了手。

茶爷给兄弟俩倒上第一壶茶，说：“在清朝啊，有位贤人叫王好古，他在《汤液本草》中说喝茶能清头目，先人说的话，咱得信啊。我这一壶绿茶就有这个治疗头目不清的功效。来，喝喝茶。”

华文、华武谁也不看谁，端起碗一饮而尽。

茶爷说：“头脑清楚点没有？头脑清楚就能想起点啥事情。你俩七岁那年的夏天，想起啥没有？”

哥俩七岁那年的夏天，一起去潺河边玩耍。弟弟华武不小心滑落到河里，河水很急，华武扑腾着喊叫。

哥哥华文见状，一跃跳下河，紧紧抓住弟弟的手不丢。幸好进货路过的茶爷把他俩拉了上来。

茶爷说：“华文你小子也不会游水，还往河里跳。”

华文说："我是哥哥，我不让弟弟死。"

兄弟俩面对面，又喝了一碗清茶。

茶爷换上第二壶茶，说："来尝尝乌龙茶。还是清朝啊，有个叫黄宫绣的人在《本草求真》里也说喝茶能治头目不清。先人说的话，咱得信啊。下午喝乌龙茶，健脾消食让人神清气爽啊。你哥俩再想想，十七岁，十七岁那年的夏天。想起啥没有？"

华文、华武十七岁那年一起参加了高考。哥俩都接到了大学录取通知书。哥俩家境窘迫，靠母亲打零工度日，供不起两个人上大学。

弟弟华武把自己的录取通知书藏下，去打工赚钱，最后悄悄去卖血，给哥哥攒够上学的钱。

茶爷知晓情况后，资助兄弟俩念完大学。

查爷说："骨肉之情的这些事，咋就忘了哪？"

兄弟俩又喝了一碗茶，对望着，握住手，抱在一起从默默流泪到号啕大哭。

茶爷喝口茶，起身背着手走出院门。

老街有了新的俗语：茶爷请客——你得有肚量。

亓　爷

老街把有些人称为“爷”。

老街被称为爷的人与年龄辈分没啥关系，男女老少一家三代都可以称其为爷，爷讲的是你在老街的威望和知名度，讲的是范儿。

今天说说老街亓爷。

亓姓人不多，字看着简单，许多人却读不准，亓与旗同音。亓爷很自豪，谈论起姓氏，他便会说：“咱实话实说啊，亓姓源远流长，当初孔子十九岁结婚娶的夫人就是亓官氏，后被封为郓国夫人。亓姓那可是文化的传承啊。”

亓爷能与孔子的夫人有所瓜葛，亓爷的身份也厚重了几分。老街人不知道从何听来，说亓爷是清朝八旗子弟的后裔，还是正儿八经的正黄旗。老街人也就不呼其名，直接尊称为亓爷了。

老街人厚道，毕竟老街也曾经是十几个朝代的盘踞之地，对有皇室血统的人或者名门之后是尊敬有加。老街人过场面的事，以能请到这类人物为荣耀。在老街凡是有大的场面，宴席上坐在首桌的宾客，通报家门便是白居易、范仲淹、寇准的第多少多少代子孙，得意得很。亓爷自然是场面上的座上宾，并且是首席。

亓爷今年六十有六，高个略瘦，秃亮的脑门儿一毛不见，脑瓜儿的四周却是发际浓密茂盛齐肩。

亓爷闲来喜欢转转老街的古玩市场。

亓爷转古玩市场，手里攥着两枚核桃，明眼的人一看就知道是闷尖凹底的老物件。听到懂行的人夸奖，亓爷矜持一笑："实话实说啊，祖上传下来的物件。"亓爷还会把核桃递到人家手里，让人感受一下。

"乖乖，就这包浆没个百八十年把玩，都润不了这成色。不愧是八旗后人，有货啊。"

亓爷在别人啧啧的赞叹声中潇洒地走开。

老街的古玩市场是近十年来才兴旺起来的，尤其是各类鉴宝节目在媒体上传播，好像有几件古董就能一夜之间成为百万千万富翁似的。老街可是十几个朝代在此定都，文人墨客云集的地方，"洛阳纸贵"说的就是老街啊。老街的住户谁家都有点儿祖辈传下来的玩意儿，乱世藏黄金，盛世搞收藏。各地的收藏爱好者都往老街聚集，期望能在古都之地淘到宝贝。老街的东大街就成了古玩跳蚤市场，来往的行人把不宽敞的街道挤兑得越发拥挤。

亓爷几乎不在市场上淘物件，来逛逛古玩市场，纯属刷存在感，听着有人叫亓爷亓爷，心里就熨帖舒服。

亓爷也有出手的时候。古玩市场鱼目混珠，水深得很，资深玩家也有走眼的时候。有时买卖双方讨价还价，懂行的一旁观望着也是看透不说透。一位汉子在与卖家争论一只铜炉的价钱，看着买家就是个新手，卖家把价格抬得很高。

亓爷就蹲在旁边，拿起另外一只铜鼎看看，说："咱实话实说啊，你这做旧的手艺不错，当个物件玩玩也值了。"

卖家脸一怔，对小伙子说："我这也是刚开张啊，图个吉利，你就给个一百八十八吧，赚个路费钱。"

卖家和小伙子都向亓爷抱拳致谢，亓爷矜持一笑，捻着核桃，起身走人了。

亓爷有自己的买卖，却从来不问买卖上的事情。亓爷的小舅子，撺掇着亓爷的夫人，非要开个古玩店，店名为：前清阁。小舅子四处显摆，说是店里的玩意儿都是亓爷祖上留下的，都是宫里流传出来的真东西。有人就找到亓爷考证，亓爷哼哼哈哈地给你说康熙乾隆老佛爷的奇闻怪事，不接你的话茬儿。

电视台开办了一档鉴宝内容的节目，请亓爷去做鉴宝嘉宾，还给了亓爷出场费。

录制当天，亓爷看观众送上的藏宝，才知道这档子节目是小舅子的"前清阁"赞助的。

同去的老街几位鉴宝嘉宾，见到亓爷作揖问候。节目开始，把亓爷小舅子的几件物品说得神乎其神，估价引起现场观众的声声惊叹。

亓爷凑近看了看，拿起话筒说：“咱实话实说啊。你们几位专家也是拿了人家出场费来的吧？我也拿了。可是，不能睁着眼睛说瞎话吧？不能欺骗电视观众吧？这几件物品一看就是做假仿制的赝品，估那么高的价，良心过得去吗？你估价十万？一万你拿走，要不要？”

几位嘉宾脸上挂不住了，说：“亓爷，你分不出好歹啊？”尴尬起身离席。

现场观众掌声不断，叫好不断。

老街有了新的俗语：亓爷开口——实话实说啊。

鼓爷

老街产鼓。赛家鼓乐店的鼓最为有名。

赛家鼓乐店的鼓类品种全，威风鼓、龙鼓、高音战鼓、立雕龙凤鼓、彩绘画龙鼓、水鼓、朝鲜鼓、牡丹鼓，大、中、小号腰鼓，高、中、低档手鼓，花盆鼓、扁鼓、拨浪鼓，大小堂鼓，花铃鼓、太平鼓、象脚鼓等，赛家乐器店的鼓音质好，尤其是红鼓、白茬鼓在豫西一带很有名气。

赛家鼓乐店的鼓都是自己制作，店老板赛老大人称鼓爷，几代人都是制作鼓的高手。用优质泡桐和山地小叶杨木做鼓身，用豫西黄河南岸体魄健壮的雄性黄牛的皮做鼓面，擂鼓出来的鼓音深沉、洪亮、劲美。相传老街钟鼓楼上的报时用鼓就是出自赛家之手，风吹日晒，几十年都不变形状不改音质。

老街每年都有鼓乐大赛。正月十五闹花灯，老街的鼓乐大赛就开始了。来自豫西的知名鼓乐队把老街装扮得五彩缤纷，一边是锣鼓喧天，一边是唢呐悠扬，好不热闹。

老街赛家鼓乐队的出场，总能唤起老街人的欢呼。

赛家鼓爷的鼓乐队有四十个汉子，头顶羊肚巾、身着彩装、腰束红绸，在赛爷那面直径近两米的头鼓指挥下鼓声雷动，铙镲齐鸣。鼓声坚实浑厚，铙镲脆亮入耳，一曲《冲倒墙》，乐如其名，节奏铿锵有力势如破竹，那气势让整条老街都颤动起来。

敢与老街赛家鼓乐队对垒的是来自相思古镇的马家凤鼓队。凤鼓队清一色的女将，领头的马花，当年在老街戏园子唱过《西厢记》，饰演崔莺莺，人送外号“小贱妃”。小贱妃不贱，因得罪了欲对自己非礼的头头儿，马花就离开了剧团，在相思古镇组织起了凤鼓队，也是声震一方。

咚咚，咚咚，咚咚咚咚，咚……凤鼓队开场便是猛招《十面埋伏》。马花虽然已是银发绾髻，但依然精神抖擞，风采依旧，双手舞槌，率千军万马向赛家鼓队压来。

咚咚咚，咚咚咚，咚咚咚咚，咚咚咚……鼓爷的鼓槌沉重如铅，缓慢的“行鼓”如滚来滚去的闷雷就是炸不开。

赛爷恋上马花那年才二十五岁，刚刚接手鼓乐店的生意。第一单买卖就是为相思古镇的马花凤鼓队订制二十面大鼓。马花不要让利，就请鼓爷去相思古镇传授鼓技，帮忙把凤鼓队拉起来。鼓爷自然应允，到相思古镇给姑娘们传授鼓谱，就住在马花的家里。鼓爷见过舞台上的马花，光彩照人，台下的马花更是面若桃花，纯朴率直，鼓爷迷恋上了马花。

咚咚咚咚，咚，咚咚咚咚，咚……马花双目有神，手下的鼓槌越打越急，“将军令”汹涌而至，如在城下挑战骂阵。

鼓爷手不高抬，闭上双眼，如入梦境一般。老街人都有些急了，开始呐喊。

鼓爷的婚事遭到了马花父亲的反对。马花父亲是个教书先生，对生意人总有些轻视。马花是个孝顺的孩子，父命难违，便嫁了镇上剧团里的小生洛成。

马花出嫁那天，鼓爷带着鼓乐队敲打了一天，临别时，把一对儿鼓槌留给了马花。那对儿鼓槌是红木的，粗如娃娃的腿，槌柄雕刻着一颗龙头，龙口含有玉珠，玉珠上缀出红绫绸，鼓槌打磨得油光锃亮，能映出人影。那对儿鼓槌可是赛家的祖传之宝啊！鼓爷精神萎靡，回到老街后，从此不再打鼓。

咚咚咚，咚咚咚……凤鼓队的鼓声如撒完欢的野马，渐渐平稳下来，鼓点似断似连，马花眼神如怨如诉。

鼓爷娶妻生子，再也没有见过马花。日子过得平稳安适，可鼓爷就是如面瓜一般瓤茬，对啥事也提不起兴趣。接着是一段非常岁月，民间的鼓乐赛事也歇息了。

老街鼓乐赛事再兴时，鼓爷已经把生意交给了儿子。儿子重新拉起了赛家鼓乐队，热闹归热闹，大赛上赛家鼓乐队从没有拿到大奖。

一日又有生意上门，订制二十面大鼓。来人竟是马花。马花看着坐在门口少气无神的鼓爷，动了气，说：“都二十多年过去了，你还是这个瓤茬样？对你说，这二十年我过得很舒坦，很幸福。过去的美好我都留在心里了，它不会影响我该过的日子。你要还是个男人，还是个能让我瞧得起的男人，就提起你的精气神。正月十五，我带着凤鼓队来和你打擂。后半辈子别让我看扁了你。”

咚，咚，咚咚咚，咚，咚，咚咚咚咚……鼓爷似乎被人击了一掌，骤然惊醒。一串“撼天雷”炸响，接着是“过山风”，一个高亢浑厚，一个清脆有节，让人从骨头缝里往外透着舒坦。

好哇，这是龙凤斗啊！老街人为双方呐喊吆喝。

双方激越的鼓声忽然骤停，鼓爷和马花都背对着大鼓将鼓槌高高抛出一丈多高，鼓槌在空中翻了个跟头，直冲冲砸向鼓面，在鼓槌弹起的一瞬间，鼓爷马花猛一转身接住鼓槌，纵身往下一砸，所有的鼓乐共鸣，齐刷刷敲出了最后一个鼓点。

这是赛家的绝技——龙回首啊！

鼓爷被大家围着庆贺，却找不到了马花。

鼓爷的儿子拿着一对儿红木鼓槌走来，玉珠含缀的红绫绸随风飘舞，如两束燃烧的火焰。

懒　爷

懒爷出生于老街大户人家。

懒爷祖上经营药材生意，初始贩运药材，后来学做炮制，又引进种植，并有了自家的药材铺子。不仅在豫西老街，连豫东、豫北都有懒爷家的店铺分号。懒爷家事兴旺就开始置地，懒爷家有多少地老街人也说不清楚。你站在老街的丽京门上朝东可劲儿地吆喝，只要声音能传达到的地方都是懒爷家的地界。

懒爷家富甲一方，懒爷却是打小就好吃懒做。懒爷从不过问家里的生意，每天都睡到太阳照屁股才懒洋洋地打着哈欠，晃荡着去钟鼓楼下喝羊汤。肚子暖和了就去茶楼约几个朋友打麻将，茶水点心都挂在懒爷的名下。

懒爷还有个嗜好，喜欢召集老街的叫花子一起吃饭。每个月的初一和十五，懒爷就召集老街的叫花子在大石桥上吃饭，买着成筐的榆树园烧鸡，老马家酱牛肉，东街的大锅盔，成坛的杜康老酒，几十个叫花子围坐一起放开了肚皮胡吃海喝。懒爷就如同丐帮的帮主一般，一手鸡腿，一手碗酒，和叫花子醉得一塌糊涂。懒爷的名声就这样被叫开了。

懒爷的家人也不愿意看到他这样混日子，强迫着他一起去招呼生意，结果懒爷不是把药材给人家发错，就是把生意的钱款都拿去花销了。家人也没有啥办法，任由他去，就他这么个独苗宠着惯着呗。

家里的管家出主意说，给懒爷找房媳妇，有了女人懒爷就会收心安分了。一说提亲，媒婆踏破了门槛，谁不想攀上富贾之家这门亲呢。懒爷也不说什么，媒人带着姑娘来了，他也不待见。问他有啥意见，他都说中中中，你们看着中就中。家人让懒爷带着姑娘上街买衣服，他就把姑娘带到了大石桥头，一帮叫花子围着姑娘，懒爷嫂懒爷嫂叫着，惊得人家姑娘花容失色，逃之夭夭，懒爷和叫花子哈哈大笑，谁家的姑娘也不敢上门提亲了。

有人说懒爷的家业是让他给糟蹋败落的。先是干旱，药材种植无收成，药铺生意受挫；后是父母忽然暴病身亡，撒手人寰，整个家业一下子就落在了懒爷身上。懒爷照样不问生意上的事情，由管家操着心。懒爷还是太阳照着屁股起床，去喝汤吃茶打牌闲逛荡。管家和一个厨娘勾搭，卷着懒爷家的钱财跑了。债主逼门，懒爷卖掉了所有家当抵债，只留下了一座老宅院。

懒爷还是要过懒爷的生活。他看着空空的院子，想着也没啥必要用高墙围着，就找来几个叫花子把东墙给扒掉，卖砖。懒爷在墙缝中扒出了一些财宝，懒爷这才隐隐约约地记起，好像娘在世的时候曾捏着他的小脸蛋说，咱家的墙也够你吃一辈子了。懒爷以后的日子就是扒墙，钱用光了就扒墙，东墙扒完了扒西墙，整天喝得烂醉。

一座院子，几年就被他扒得只剩下一座雁翅影壁墙了。影壁墙砌工精细，磨砖对缝，雕刻有花草，墙面中间刻有大大的福字。

八月十五，家人团圆的日子。懒爷空着肚子，站在没有了院墙的院子里，看着院子里的这座孤零零的影壁墙，不禁有些暗自神伤。懒爷拿着个锤子，开始扒影壁墙。懒爷就从福字开始拆，几锤子下去，墙是空的。懒爷从墙缝中摸出了一面铜锣、一个匣子。

懒爷打开匣子，里面果然有些钱财，还有一封信。信是父亲留给自己的，信上说："当你撬开这座影壁墙时，你已经是山穷水尽了。留给你的最后的钱财，要么你敲锣打鼓重开张，用余下的钱财和父亲经营几十年的客户名单，从贩运药材做起，重兴家业；要么你把余下的钱花干弄净，从此去敲锣乞讨过叫花子一样的生活。"

懒爷第一次哭了，号啕大哭，把月亮都哭得躲进了云里。

咣咣咣，咣咣咣。第二天一大早，懒爷就敲响了铜锣。懒爷购置了一辆马车，找来两个叫花子做帮手，拿着父亲留下的客户名册，开始了贩运药材的生意。从此，每天早上五更时分，老街就能听到懒爷咣咣咣的锣声。时间久了，老街不少生意人都是听着懒爷的锣声起床拾掇生意。三五年的工夫，懒爷在老街又开起了药材铺子，重新圈起了院墙，修整了雁翅影壁墙。

懒爷的家道又兴旺起来，懒爷娶了媳妇生了儿子。那年豫西水灾，懒爷知道灾后必有疫情。他招呼起老街的叫花子，四处采集防治疫情的药材，挨家挨户赠送，还在大石桥上支起两口大锅，熬制板蓝根药汤送给过往的路人。不少人都说，懒爷白白浪费了一个发大财的机会。懒爷说："发国难财，理不正，心不安。"那年，老街是豫西唯一没有暴发疫情的城镇。

懒爷的好名声也在老街叫响了，老街有了新的俗语：懒爷敲锣——从头再来！

灯　爷

曹大疤瘌给灯爷下帖子的时候正是老街晌午热闹时分。

一骑快马急促奔行到灯爷的铺子前，扔下一份书信，要灯爷在阴历七月十五前，做好五十盏一米高的宫灯送到青要山山寨口。寨主曹大疤瘌五十大寿要用，如误了时辰，就灭了你家铺子。

老街人都把目光盯住了灯爷。青要山寨的曹大疤瘌，老街人哪个不恨得牙根痒痒。曹大疤瘌占山为王，带着一股土匪打家劫舍，欺男霸女。老街人没有不被他坑害过的。青要山地势险要，易守难攻，曹大疤瘌仗着熟悉地形，几次逃过官府的围剿，气焰嚣张。上月，老街一家闺女出门嫁人，半道上被曹大疤瘌的人劫了花轿带上山。曹大疤瘌糟蹋了闺女，还要逼迫人家做第三压寨夫人。那闺女宁死不从，跳了山崖，曹大疤瘌竟然要闺女的家人带着钱财去赎尸。这样一个孽障，要过五十大寿，还要老街灯爷扎灯笼。

灯爷制作宫灯的手艺在河南、山西一带是远近闻名的。宫灯原本就起源于洛阳老街。东汉光武帝刘秀建都洛阳后，为了庆贺统一天下的功业，在宫廷里张灯结彩、大摆宴席，盏盏宫灯，各呈艳姿。“宫灯”之名，由此而生。隋唐之后，每逢元宵节，家家宝灯高挂，处处明灯璀璨，人人提灯漫游，盏盏争奇斗艳，老街的宫灯生意也就此红火起来。当年老街宫灯制作的匠铺占了半条街，全国各地来老街订货的客商络绎不绝。在数十家宫灯制作的匠铺中，尤以灯爷家的宫灯制作精细、品种多而广受客商青睐。

相传，灯爷的祖上曾经为慈禧制作过一对儿宫灯。当年慈禧为躲避八国联军，被迫离开京城，途经洛阳时，当地官员献上一对儿宫灯。情绪低沉的慈禧见到宫灯精巧祥瑞，十分喜爱，便赐给灯爷铜牌一枚，灯爷从此更是名声大振。

灯爷答应给曹大疤瘌制作红纱灯，推掉了所有客商的订单，铺中灯笼一个也不再出售，还专门从竹林寨购进了生长期五年以上的绝佳竹料。对曹大疤瘌的这五十盏灯，灯爷格外上心，他先将竹子放在蒸汽上加热半个时辰，置阴凉处晾干，用竹刨精细地刨去竹面粗糙的表皮。裁取竹条的长度不但比曹大疤瘌要求得还长，灯架中间扎的竹圈也比往日的多出几根。他还亲手制作五十个灯笼圆托，不允许徒弟插手。老街的人背地里骂灯爷，走到他的铺子前便故意咳嗽吐唾沫。

老街贤士朱先生来找灯爷理论，灯爷只是搓着手说：“人家给了定钱哩。”

朱先生破口大骂："你这是助纣为虐、伤天害理啊！"

灯爷不恼，反而对着朱先生拱手作揖，只管高声招呼伙计们加紧赶活儿，别误了时限。

灯爷在老街人的唾骂声中，按时制作完了五十盏红灯笼，且质量上乘。

灯爷派伙计将灯笼送往青要山寨，又收购了老街制作灯笼匠铺的所有灯笼。

七月十五，夜静月清。青要山寨给曹大疤瘌办的寿宴阵势大讲排场，五十盏红灯笼悬挂在宴席四周，夜幕下的深山里更显得璀璨喜庆。

曹大疤瘌身着团花红袍，端着黑瓷碗和手下的弟兄们吆五喝六。

酒正酣时，忽听得噗噗的爆裂声，只见悬挂在身旁头顶的大红灯笼的圆托个个脱落，灯架间扎绑的竹条如脱缰野马瞬间向四周迅疾射去，曹大疤瘌的手下死伤十几个，曹大疤瘌也被一支竹条射中了左眼。

曹大疤瘌捂着淌血的眼睛，半个时辰后才明白自己原来是中了灯爷的算计，于是带领着剩下的几个弟兄骑着快马杀气腾腾直奔老街。

老街丽京门前，曹大疤瘌忽然收住了缰绳。今晚是十五，也是花好月圆之时，老街人不会这么早就安歇了。此时，不但丽京门城门不关，大敞四开，而且街上静无一人。

曹大疤瘌正踌躇之间，忽然丽京门上亮起了数十盏红灯笼，月光下的丽京门灯火通明。接着，街道两旁又亮起了大红灯笼，老街更显得幽静而神秘莫测。

曹大疤瘌的手下见到大红灯笼高高挂，腿已经打起了哆嗦，不敢靠近，“老大，看来老街人早有准备，设套让咱们钻哪”。

曹大疤瘌心有余悸，加之伤痛难忍，只得对着老街空放几枪，狼狈退去。

从此，灯爷名气大噪，在老街备受尊重，哪家有喜庆之事，都以能悬挂灯爷的红灯笼为幸，不光喜庆，还降魔驱邪。

韦 爷

韦爷大名韦不拔，在老街也是位闲人。

韦爷有过很风光的日子。

老街有个饲养场，韦不拔在饲养场做养殖员。饲养场又脏又累，许多人都通过各种关系调动走了，只有韦不拔年纪轻轻进场，直到结婚生子，四十来岁了还坚持在厂里养鸡喂猪。韦不拔白白胖胖的媳妇就问过他，为何死抱着饲养场不放。韦不拔眯缝着眼，捏着媳妇胳膊上的细皮嫩肉说："饲养场有啥不好，能吃上便宜鸡蛋，病鸡老鸡时不时地就能炖上几只。还有那孵不出小鸡仔的全黄蛋，厂长批条才能买得到，那里头塞的全是营养啊，咱随便吃。要不，自从你跟了我变得越来越胖，越来越白了。"媳妇就很知足地倚在韦不拔的怀里。

在老街混的人都有自己的绝活儿。韦不拔有手绝活儿，就是能把刚孵出窝的雏鸡分出公母。就凭着这一手绝活儿，遇事连场长也让着他，场里的一些鸡毛蒜皮韦不拔也能当个三分家。

孵出鸡娃是饲养场最风光最热闹的日子。韦不拔席地而坐，一顶席子圈起二三百只雏鸡。韦不拔左右各放一只箩筐，两手各抓起一只鸡娃托在掌心，双掌轻轻往上一掂，便“男左女右”将鸡娃扔进箩筐。一会儿工夫，就把一圈子鸡仔分得一清二楚。这时，韦不拔就会悠然地叼起一支烟，惬意地吧嗒吧嗒吐烟圈。然后挪到另一圈子，继续分拣。场长在旁边端茶倒水，他知道，饲养场主要是养母鸡下蛋，如果不能及时分出公母，等到混养大了饲养场就赔惨了，消耗多少饲料啊。

热闹的日子也是韦不拔荣耀的日子。老街或乡下来的人都要到饲养场来抓鸡仔。来抓鸡的人围在韦不拔身旁，说好话赔笑脸，都希望能多抓几只母的，母鸡屁股里抠出的可都是百姓家的柴米油盐。场长不放心地嘱咐韦不拔：“别做好人啊，都把母鸡给了人家，剩下一群公鸡蛋子咱饲养场就赔死了。”韦不拔心里有数，你抓五只鸡娃，搭配上两只公的，抓十只鸡搭配上四只公的。你就来抓个一只两只的，韦不拔就闭着眼睛摸到啥算啥了。

韦不拔对一个新婚不久梳着长辫子的女人格外照顾。女人来抓鸡仔，韦不拔给挑了清一色母的，韦不拔喜欢女人的长辫子。女人的鸡仔养大下了蛋，女人还专门提了一篮子鸡蛋去感谢韦不拔。韦不拔也仗义，把饲养场的鸡饲料给女人装了一包，说这饲料鸡吃了下蛋多，个也大。韦不拔后来打听到，这女人是从西北嫁过来的，姓赛。韦不拔努努嘴：“瞧人家这姓都稀罕，老街还没有姓赛的哪。”韦不拔常搂着自己的老婆说：“你要是有条大辫子多好。”

韦不拔过了一段舒舒坦坦的日子。后来政策变了，集体个人都可以办养殖场，有的鸡鸭贩子干脆把鸡仔鸭仔送上门赊着养，鸡鸭养大了，母的收钱，公的白送。韦不拔的绝活儿没地方显摆了，饲养场也关了门。韦不拔在家歇着，花销只出不进，日子就紧巴。胖老婆的埋怨话也从小心翼翼变得明目张胆，指桑骂槐说韦不拔没有本事。韦不拔就去找领导，找区里，反映困难。从区里回来的路上，韦不拔遇到了当年的长辫子女人。女人的长辫子已经剪掉了，齐肩的短发更显得精神。女人告诉韦不拔，她在老街租了门面，开了一家米皮店，就叫“赛大姐米皮”。女人听说了韦不拔的事，说她男人在区里管点事，给他说说看。没过几天，区里成立了管理市场的市容管理大队，通知韦不拔上班了。

韦不拔头一次穿上公家给发的衣服，还有带檐的帽子。他把帽檐往上推，高高直指天空，老街人开始喊他韦管理。刚上街韦不拔心里忐忑，乱占街道摆摊设点的都是些龇牙人，不好惹。他先找慈眉善目的老太太吆喝，老太太说：“你不是饲养场的老韦吗？现在管事了？那年你给我抓的鸡娃大多都是公的，让我老伴儿好顿埋怨哩。”老太太车一动，其他的也纷纷让道，韦不拔的声音就壮气了许多，还故意晃晃手里的罚款单。

有一次他对占道的一个小青年吆喝，嘴里还带着粗话，小青年不吃他那一套，撕了罚款单还推搡韦不拔。韦不拔知道碰上了硬茬。老韦就学乖了，对街上摆摊的人逐个摸底，了解背景。

对一些临时摊位他也先察言观色，该硬的时候就横，该软的时候就熊，知道惹不起的就睁只眼闭只眼。

这样的日子也没有过上两年，市里整顿，市容办被撤销，人员哪来哪去遣散了。可是区里却偏偏把韦不拔留下了。有人说："韦不拔有啥本事？"啥本事，能把鸡仔分出公母来那不叫本事，可是能把路人看出个子丑寅卯那才是真本事，这种人，难得。

韦不拔就有了喝茶耍嘴活眼皮的闲人生活了。

叽咕爷

老街这地方，三教九流，什么样的人都有。在世上混，人过留名，雁过留声，在老街不管怎样，只要混出名声就能成为人物。水成就是因为吝啬抠门而成名，人送外号：叽咕爷。

“叽咕”是老街方言，大意为吝啬、小气、抠门。

水成瘦瘦弱弱，软腰蛇胯，这样的身板出不了大力。水成挣钱难，日子紧巴，花钱就抠搜。被人喊作“叽咕爷”，有鄙夷和骂人的意思，水成不介意不恼怒，也不难为情，就这么认了。马瘦毛长，有头发谁想装秃子？

水成从小家境窘迫，父母在老街东关开了几亩地，种些时令蔬菜在老街贩卖。父母带着年幼的水成在菜地里玩耍，告诉他撒尿拉屎也要留在自己家的地里头。

水成上学后，特别能憋尿，一到课间操时间，水成就撒腿往东关跑，憋了两节课的尿被他划出一条漂亮的抛物线。收拾好自己的“小水枪”，一种成就感油然而生。

水成经常耽误了课间操，开始老师还说他两句，后来习惯了，老师也不再说什么。有一次老师带着学生们跑步，到了水成家菜地边。老师说：“大家休息一下，想方便的就在地里头解决。”

水成兴奋透了，拉着老师的手说：“老师你也尿一泡吧，你一泡尿顶我们小孩的好几泡啊。”羞得女老师哭笑不得。

闹饥荒的年月，老街的树皮都被扒光吃掉了。水成家靠着积攒下来的干菜叶子，蒸成糠窝窝渡难关。

水成还悄悄地带着糠窝窝给班主任老师。班主任带着两个四五岁的孩子，断炊两天了。班主任看着两个大口啃着糠窝窝的孩子，流着泪把水成搂在了怀里。水成仰着脸说：“老师，你以后多带同学去我家地里撒尿啊。”

水成三十岁那年，跟几个老乡在咸阳打工。干了快一年，临近春节，大家商量着坐火车回家。水成一听票价，说：“你们坐车走吧，我不坐车了。”

“你咋回？”

“走着回呗。”

“走着回？”那几位睁大了眼：“你真是把钱串在肋骨上啊，你知道咸阳到咱老街有多远？八百里啊，这一路吃饭住店你不花钱啊？”

水成铁了心，愣是怀揣工钱，一路讨吃讨喝，走回老街。“千里走单骑”的举动让水成在老街有了名声，被称作：叽咕爷。

叽咕的人在老街是被人看不起的，看不起就容易被人嘲弄。

没了尊严，只能仰躺尿尿，流哪算哪，有什么办法呢？

水生身板是个瓤茬，体力活做不过人家，吃饭也吃不过人家。水成被人嘲弄也只能忍着，打架更打不过人家。水成家是个外来户，没有家族势力为他挡风遮雨。娶了媳妇生了儿子，他也没好手艺去养家糊口，只能叽咕着去维持一家老小的生活。

水成常常是闲人们嘴里的话题，添枝加叶地虚构了他诸多的叽咕事情。

有人说，水成在自家地里屙完，找不到土块儿、瓦砾、树叶什么的，只好把口袋里一张草纸拿出来，又舍不得叠两层，结果不小心把纸抠烂了，秽物弄到手上。水成急了，用力一甩，不想手指甩在农具上，痛得他习惯性在嘴里吮了一下。说得有鼻子有眼的。

“叽咕爷，你真有这事？”有人求证。

水成自嘲一笑，然后在别人开心的大笑里悄然逃遁。

老街西关有个叫三孬的人，经常以取笑水成为乐。

那年秋天，三孬穿了双新买的回力鞋，蓝色鞋底，白色鞋面，带有两排金属扣眼，走在老街青石板路上，嘚瑟得亮眼。那年月，老少爷们儿哪个不是千层底的布鞋？有双军用胶鞋也是过年过节才舍得上脚啊。

水成没话找话地说：“咦，三孬真跩啊，这双球鞋可不赖，值俩钱。

三孬平素就烧包，随口说了句：“叽咕爷，眼馋了不是？

来来来，你跪这儿给俺磕个头，这鞋就给你。”

众人正闲着无聊，就起哄撺掇水成：“叽咕爷，磕个头怕啥哩？”

水成被缠得急了，磕就磕，算个啥事儿啊。真的跪地朝着三孬磕了仨头。

三孬心里骂啊，磕头你倒是不叽咕。嘴上没法反悔，只好打掉大牙往肚里吞，脱下鞋扔给了水成。

水成捧着一双新球鞋回到了家，在脚上试试，屋子里走了两圈，还真是舒服啊。水成脱下鞋，用干布把球鞋里里外外擦了个干净，放在桌子上看着鞋子乐。

三孬光着脚丫回到家，说了鞋子被叽咕爷拿走的事。媳妇气得骂，儿子气得哭。

傍晚，水成走进三孬家，把一双球鞋放在三孬儿子的手里，说：“我跟你爹闹着玩儿哪。我可听说了，娃是要代表老街去参加运动会呢，好好比赛啊，这可是给咱老街长脸的事，大事。”

水成把三孬拉到门外，说：“鞋，我还你了。给你磕那头，你也得还给我。”

三孬说：“叽咕爷，你可真叽咕啊！”他跪下给水成磕了仨头。

老街有了新俗语：水成进门——叽咕到家啦！

| 第五辑 |

老街说事

LAO JIE SHUO SHI

名　嘴

老街是个生意场所，家家户户大小都开着买卖。做买卖嘛，免不了和各类人打交道，察言观色能说会道是做好自己买卖的最起码的要求了。

只要你走进门店，主家的话就兜着你走，天气啊气色啊穿着啊到自己买卖的优势啊，直到给你送出店门，“慢走啊再来”。你耳朵旁就别想清静了。听进去听不进去是您的事，说不说可是主家的事。买卖不成情意在，情意哪来的？两片子嘴吧嗒出来的，是吧？

运动员的腿，老街人的嘴。

老街人的嘴厉害，能够被老街人称作名嘴的人，那嘴上的功夫该如何了得。

这不，他来了。墩子左手掌心里不停地转动着两只核桃，也不知捏拿了多少年，核桃打磨得油光锃亮，能影影绰绰映出人影；右手端着一只精巧的紫砂壶。对襟的蓝色马褂，镶着金边，千层底的方口布鞋白底黑面，走在青石板上，没有一点声响。墩子方脸大耳，头发往后背着，打了发胶，一绺一绺，隐约可见光亮的头皮，别以为他有多大年纪了，满打满算，才三十有五。这副打扮，那叫派儿!

墩子现在可了不得，凭着两片子嘴，经常被市电视台邀请为嘉宾，评说足球现场直播的赛事。墩子每天在街上绕上一圈，是在接收街里人的恭维和祝贺的。昨天的赛事转播，墩子又预测灵验，主队取得了胜利。

墩子走进了“天织锦”绸缎行，老板正在招呼生意。几个顾客在挑选布料，看来还拿不定主意。

墩子把紫砂壶往柜面上一放，说道：“看人看的是心肠，买货看的是质量。你看这布，手感光滑温柔似水，既不是纯棉也不是腈纶，而是最新技术两样混纺，纯棉穿着舒服却易褶皱，腈纶直挺却不舒身，两者混纺各取所长相得益彰。未来要靠小字辈，买货还是老字号。这天织锦绸缎行，祖上六代专营此行，诚信为佳，童叟无欺，积德行善，四邻夸奖。一条老街，十里绵长，专营布匹共二十五家店铺，唯此一家百年老号，历经三个朝代，变幻沧桑，唯一不变的是信誉至上。您手里这块布，老人穿着舒坦，中年人穿着端庄，年轻人穿着漂亮，孩儿们穿着阳光。做冬装保暖，裁夏衣凉爽，春秋服时尚。看看店家，慈眉善目，菩萨心肠，主家让让利，买家抬抬手，一桩好买卖，心情都舒畅。”

客户被说得咯咯地乐，一单生意也做成了。

主家连忙给墩子的紫砂壶里泡上茶，添上水。墩子的紫砂壶里向来不在自家泡茶的。

墩子自小嘴巴就乖巧，越是人多的时候越是爱显摆嚼舌，说出话来都是一嘟噜一嘟噜的。

墩子十五岁那年夏天，母亲和冠家起了纠纷。

冠家是老街的大户人家，人多势众。本来占理的事，被冠家抢夺得理屈词穷，母亲回到家生闷气抹眼泪。

墩子放学回到家里，问清了事由，放下书包就去了冠家，在冠家门外的古槐树下开始辩理。冠家开始就没有把个毛孩子放在眼里，没承想墩子口若悬河，说古谈今，旁引博论，一开口就刹不住车了。大热的天，一口水不喝滔滔不绝三个小时，两片子嘴唇上下翻飞不知疲倦，直把树上的蝉都给噪走了。

老街被堵了半条道。冠家自知理亏，连忙托人去墩子家说和并赔礼道歉。

墩子是一骂成名。

若只是嘴巴会说，也担当不了名嘴的雅号。

墩子的嘴还有一绝就是“毒”。

那日老街来了个挑担卖货的，货色不好，却打着老街的旗号。墩子就去摆布，那卖货的也不是瓤茬，两人就叮咣起来。

墩子就说：“坏了老街名声，出老街五里路就不得好死。”结果，那货郎果真在出了老街的路中被一辆货车给撞到了沟里。

你说这是瞎猫撞着死耗子了吧！可还有一件事，老街马家一个儿子自幼学坏，娶了媳妇后就虐待老母，墩子抱不平前去理论，说：“你不忠不孝，会遭报应的。”

那小子还犟，说：“我会遭啥报应？我等着。”

墩子大声说：“你小子得遭雷劈啊。”

夏季的第一场雷雨，那小子坐在自家的床头喝酒，就被一声闷雷给击中了。没要命，却给打哑巴了。

墩子的名声从老街走向全城是因为足球赛。

市里成立了足球队，墩子的一个外甥入选球队踢前锋。电视台做了期节目，采访墩子的外甥，捎带采访了墩子，墩子不但说了外甥的优势，还大胆预测外甥将在开始的比赛中要大玩帽子戏法。比赛的过程果然如墩子所言，外甥独中三元，球队获得首场胜利。墩子成了名副其实的名嘴，只要有比赛，墩子就被请去电视台做解说嘉宾，而且每次预料都在八八九九。

一天，墩子被一伙人请到了狮子楼，皇家水席伺候。吃饱喝足，墩子也明白了他们的底细，是一伙地下赌球的家伙。

墩子从衣兜里掏出一叠现金，往桌子上一放，说：“对不起哥们儿，饭钱我付了。你们这一路人，墩子不伺候。”说罢，转着核桃，握着紫砂壶，走人了。

第二天，老街人看着头上绑着绷带、嘴角缝着针线的墩子都吓了一跳。

墩子也不解释，说：“从小卖蒸馍，啥事都经过，从小卖核桃，啥事都知道。明日起，咱不说球了，说戏。哈哈，听戏去。”

乌鸦嘴

老街虽然不算大，人也不算多，却是个藏龙卧虎之地，贤人雅士三教九流能人多了去了。

老孟能在老街也有些名气，凭的是他那张三寸不烂之舌，只不过是他口中所提之事晦气的比运气的多,再加上他长得又黑，老街人就称他“黑乌鸦”。

黑乌鸦的嘴，懒婆娘的裹腿，可见他的嘴有多么不招人待见。

还是读小学的时候，老孟只顾玩耍，没有写完作业，上学的路上伙伴都为他担心。

班主任可是个很严厉的人，对犯了错的学生，常常拿着教鞭敲他们的头。

老孟却没有当回事，随口说：“班主任也许今天请假来不了学校。”

伙伴问为什么，老孟挠着头皮说：“他每天都骑着破烂自行车到学校。万一那车子掉链子，又是下坡。”

伙伴说："好小子，你敢咒老师。"

谁知道，那天班主任真的因为自行车闸皮脱落，摔倒在坡下，腿还骨折了。

同学们都去医院看望班主任，问长问短的。班主任看着打了石膏的腿说："没事没事，过几个月就可以回去给你们上课了。"

老孟小心翼翼地说："那万一骨头没有接好怎么办？"

班主任瞪大了眼睛："唉，你是巴不得我残废啊！"

还真是让老孟给说着了，班主任的腿骨果然没有接对茬，又吃了二遍苦，受了二茬罪。班主任苦笑着对老孟说："你呀，真是个乌鸦嘴，黑乌鸦。"

黑乌鸦好话没个准儿，赖话是一说一个准儿。

他要说你财源茂盛，你准倒霉破财，他说你事业有成，你肯定路途坎坷。

老街有新的买卖开张，前去贺喜的人都会送些礼品和红包。唯有黑乌鸦例外，他只要往门前一站，主家赶忙给他塞个红包，说："嘴下留情，嘴下留情。"好吃好喝地伺候着，只要不说话就中。

有一家买卖开张就不信邪，黑乌鸦来了没人搭理，别说红包，吃饭都没有他的位子。

黑乌鸦心里那个憋屈啊。

主人还故意逗他："说你看我这生意咋样？"

黑乌鸦四下打量了一番，说：“买卖兴隆撞头彩。”

主家对来客说：“听听，黑乌鸦都说我能撞头彩。开张大吉啊。”

大家酒足饭饱准备离开时，一辆送货的卡车如失了控的狮子一般，噼里啪啦就撞到了店家的墙上，车头拱进了半间屋子，幸亏没有伤到人。

真是个“撞头彩”。

黑乌鸦也吓得一哆嗦，他只是看这店处在人字形路的当间，车来车往不安全。没有想到还真出事了。黑乌鸦拍了自己的嘴巴一下，暗自说：“还真是个乌鸦嘴。”

黑乌鸦是老街最早一拨玩儿股票的人。

那阵子经常给人谈股论金，洋洋洒洒说上几个小时。听得人都晕了，就说：“你白话了半天，到底买哪只股票啊？”黑乌鸦就说出自己选中的几只股票。

结果第二天他选的股票全跌。

最典型的是，有一次上市的股票全线飘红大涨，只剩下一只股票下跌，那就是黑乌鸦选中大举吃进的股票。

黑乌鸦玩儿股票赔得一塌糊涂，而经常和他一起炒股的人却都有盈余，人家都是反着听，他说涨的人家不买，他说跌的，人家就进，保赚不赔。

黑乌鸦一气之下把那点残留的资本都退出来了，发誓说：“谁再玩儿股票谁就是孙子。”

老街有一帮子铁杆球迷，支持的球队成绩特赖，每次都是在保级战里徘徊，可是他们支持的热情不改。

每到比赛，他们就包车，满脸涂彩，敲锣打鼓吹喇叭到几百里外的省城为主队加油助威。

在一次关键的比赛前，球迷都揪着心。忽然有个球迷说："老街有个黑乌鸦，他说的话得反着听，说你好可能就遭殃，说你坏也不见得就背。我们何不请他一同去，让他把客队说得天花乱坠，没准儿那客队就走背运呢。"

一伙人就把黑乌鸦请到了狮子楼吃饭，请他免费去看球。

黑乌鸦还从没有到赛场看过球，总是在电视转播里看看。球迷说："不到现场你根本感受不到什么是足球。请你去，你就为客队说好话，唱赞歌。"

黑乌鸦说："那不成，我不是成为叛徒了。"

球迷说："你不是叛徒，你就是咱们派过去潜伏的卧底。"

黑乌鸦就乐呵呵地跟着去了。结果不用说了，实力强劲的客队果然落败，主队保级成功。

球迷那个狂欢啊，把黑乌鸦一次次抛起。

黑乌鸦也有血气方刚的时候。

老街新开的一家珠宝店，仗着有人在市里做官后台硬，欺行霸市，为了扩大门面，找碴衅事要把赛大姐米皮店赶走。

黑乌鸦就看不过去，在赛大姐的店门口为赛大姐打气："坚决不能搬，谁都知道这段地界好，人气旺。我看他们猖狂不了多久，赛大姐，我跟你打个赌，不出半年他那珠宝店就得关门走人。”

没到半年时间，那店的后台犯事被抓，店也是拿受贿的钱开的用来洗钱的。店老板闻风逃匿了，店被查封。

那几天，黑乌鸦走路头都是扬得高高的，熟人都对他跷大拇指。

神 算

在老街占卜算卦人也分着三流。

一流大宅院，二流租门面，三流坐地摊。

有自己大宅院的主家，都是名声在外。上门求见的也都是财大气粗的达官贵人，一般老百姓人家是近不得的。在老街能租个门面等客上门的主家也已经算是混得不错了，买卖不算稠密，却是半年不开张，开张吃半年。老街最多的还是摆地摊的卦先，脚前铺上一块布，摆上卦签，坐个小木凳，摇着一把扇子，招呼来往的客人。

有大宅院和能够租门面的主家，都有真真假假虚虚实实玄玄乎乎的传奇故事。摆地摊的就平淡无奇了。闷子也是坐地摆卦摊，摆地摊的卦先闷子可是个有故事的人物。

闷子初中辍学，家中游手好闲，吃不得苦。无意中在箱子里翻出一本《麻衣面相》，便对相面算卦起了兴趣。

闷子第一次在老街摆摊才刚刚十八岁。一个娃子蛋竟然敢来老街摆卦摊混吃喝，老街人自然是不买账，无人问津。正是集市上热闹的时辰，闷子对一个匆匆赶路的中年人说道：“这位老哥迟缓两步走。看你家有难事，我说得不准，你尽管扇巴掌，说得准了也分文不要，赏个肉夹馍就中。”

中年人犹豫着停下了脚步。

闷子大声吆喝道：“这位老哥，屋漏还招连夜雨，船迟又遇打头风，这几年来事不顺，好事无成反成凶。看你夫妻宫相不合，家中内室不安。”

中年人坐在闷子递过来的小马扎上，说：“你说说看。”

闷子说：“说了你可别不高兴，糊涂婚姻最可怕，三天两头总吵架，一生夫妻不和睦，活着骂，死了嫁。”

中年人说：“就是因娃子不争气，天天怼架。早上她回娘家了。”

闷子神气了，脚踩棒槌转悠悠，时运不济莫强求，冷手抓不住热馒头，心急喝不得热米粥，单等来年时运转，自有好运在后头。“我说个法子，准灵。”

闷子的生意就此开张。

闷子收摊走到暗角处，等在那里的中年男子给了闷子一巴掌，道：“这是你占你爸便宜的报应。老子也成你兄弟了。”

闷子挠挠头：“爸，这不是给你赚回了一百多元了，我在老街也能站住脚了。”

凭闷子的聪慧，真在老街站住脚了，还渐渐地闯出点名堂。

有人说，闷子也该去租个门面，开个易经堂之类的场子了。闷子乐呵呵地说：“我不费那劲。开个门面还得天天有人支应，我这想来就来，想走就走。不交税也没有管理费。”

闷子在老街摆卦摊，摆到了结婚生子，孩子该上学的年龄了。因为不是本地的户口，孩子报不上名。

闷子找了校长，校长也为难，说孩子多，校舍不够，想改造也没有资金。

闷子说：“我找人帮你改造了，孩子上学的事你给接着。”

闷子不摆摊了，围着学校四周转悠。

学校的北边，有一家开发商，同当地的群众有些利益上的问题，整天一帮人扯着白横幅堵住院门，影响施工，也有损公司形象，老板急得满嘴起泡。

闷子找到老板，说：“你的大门开错了，犯了风水。若想解难，就得重新修盖大门。按你这风水看，门朝东，顶头凶，门朝南，鸿运传。你现在大门朝东，你得改向南门。”

老板说：“那边是学校，改大门要占用学校的地，学校能愿意？”

闷子说：“你改建大门的占地是学校的二层旧校舍，你再帮着学校建起五层新校舍就行啊。学校也没吃亏。你的建房，拿出部分优惠售给学校的教师，当地人的孩子也得在学校上学吧？他们再闹，教师不上课，孩子不上学，那才是天大的事。虽然有些花费，却除去了麻烦，换得清静啊。”

老板咬牙，干了。找学校商谈，一拍即合。结果和闷子说的一样。

老板买了好酒来看望闷子，说：“让我咋感谢你都成。”

闷子说：“不用谢。你的事情要彻底干净，还差一道。你把每间房都挂上一米二长的桃木剑。避凶化吉，事业大兴。”

老板信闷子的话，在老街一家装饰店买了五百把桃木剑。桃木剑不但辟邪还能保佑生意的传闻，让老街人把桃木剑都买空了。

卖桃木剑的米老板见到闷子就拜，说闷子真是神算。他从外地订了一批桃木剑，因为粗心数量多写了个零，结果五百把成了五千把。大笔资金被压，走投无路，找闷子算算这生意咋样，闷子就掐着指头说：“钱财常达心里去，可惜眼前难到手，不如意时要忍耐，遇到闲事莫开口。安心等待，三个月后，货准出手。”

米老板说：“我要兑现当时的承诺，红利分你一半。若不是你，我就得倾家荡产。”

闷子摆摆手说：“事由也起自学校，你就给学校捐些课桌吧，也是做了善事。”

米老板慷慨地说：“那没问题，咱的孩子也在学校上学。”

闷子孩子的老师来家访，说：“闷子，你太神奇了。你送孩子来上学，我埋怨学校的课桌太破旧了。你说，三月后自有贵人相助。今天就有人捐助了一批新课桌。你孩子坐上了新课桌。”

闷子媳妇给闷子打酒炒菜，说："闷子，你还真行啊，一石三鸟。"

闷子美滋滋地抿一口酒，说："哈，大狗叫小狗也要叫。有吃有喝，活呗！"

线 索

老贾头和老华头在老街住邻居。

两个人从小光屁股长大，外出学徒做工，新中国成立后回到老街。两个人同一天拜堂成亲娶媳妇，两家来往好得跟一家人似的。

老华头开饭馆，做不翻汤，生意还不错。孩子长大后参加工作吃了公家的粮。

老贾头的媳妇自从生了孩子就得了场大病，为了给媳妇治病，老贾头背了一屁股的饥荒。家里穷得叮当响，儿子三十好几了也说不上媳妇，最后在神灵寨找了户人家，做了上门女婿，很少回家。

老华头没少接济老贾头，可是救急救不了穷，老贾头家的日子每况愈下。

这天，老贾头在老华头家里喝酒，谈事论道，老贾头唉声叹气。媳妇拖欠的药费款还不了，家里的房子也是老得掉土渣儿，没准儿哪日塌下来就把我老两口埋在里面了，倒好，省了墓地了。老贾头儿一口酒闷进肚里，两行老泪也夺眶而出。

老华头儿给老贾头儿满上酒，说：“长期这样也不是个办法，要不然咱想个法？”

老贾头儿说：“啥法子还能让我解了困？”

老华头儿摸着下巴想了想，笑了，说：“我有法子，不妨试一试。”

第二天，老华头儿见到了老街的新闻通讯员小萨，说：“我有个新闻故事线索，你有兴趣没？”

小萨成天为没啥可写，写了也没啥轰动效应而苦恼着，自然对老华头儿说的事情有兴趣。

老华头儿说：“有件事埋在我心里快六十年了。我的邻居老贾头儿你知道吧？他可是个隐姓埋名的大英雄啊。他是个老八路，当年打鬼子，一人挥舞着大刀连砍了五个鬼子，最后负伤昏死过去，是当地的乡亲救活了他。伤好后，部队也不知道了去向，他就回到了老街。这段历史他对谁也没有说过，我也是帮他瞒了六十年啊。你说，这新闻有价值没有？老贾头儿为人低调，他不让说。”

小萨激动得心跳都加速了，这么好的新闻太有价值了。题目我都想好了，六十年隐姓埋名，低保户原是英雄。

小萨的报道很快就登了报纸，上了电台。

老贾头儿气呼呼地找到老华头儿说：“你这不是害我吗？

这不是做假吗？”

老华头儿说：“当年你不是也跟着民兵放过几天枪吗？那不也是打鬼子吗？咱只是夸大了。你要不成为新闻人物，谁能关注你的问题？你就等好吧。”

很快，老街的人都知道了街道邻居间还有个杀过鬼子的老英雄。纷纷来老贾头儿家里看望慰问，送面送米送气送钱，街道还出资帮助老贾头儿修缮了房屋。

老贾头儿拎着两瓶杜康酒来感谢老华头儿，说老伴儿的用药也有家企业给承担了。老贾头儿从开始的忐忑，渐渐地觉得心安理得。

老街的一所学校把老贾头儿聘为校外辅导员，要老贾头儿给作一场报告，讲讲他杀鬼子的故事。

老贾头儿慌了，找到老华头儿拿主意。

老华头儿说：“你那些电影电视都白看了？《地雷战》《地道战》都有故事线索，忘了？讲故事怕什么，也没有人念及你讲得对不对？想几个故事线索呗。”

老贾头儿还真的下了功夫，到旧书摊上淘了几本连环画，边看边讲。老贾头儿在学校的报告很成功，虽然只有短短的五分钟，却很精彩。他讲自己挥舞着大刀和鬼子肉搏，被鬼子的刺刀捅破了肚子，肠子都流出来了。他用帽子塞住伤口，继续挥刀劈敌，连续砍倒了五个鬼子。说完，还扒开衣裤，让大家看他右腹下的刀疤。台下人可劲儿鼓掌，老贾头儿还正规不正规地行了个军礼。

老贾头儿会作报告，请他去做报告的单位就越来越多。老贾头儿也是越做越有经验，做报告的时间也从五分钟延至十分钟，再到二十分钟。他做报告也越来越生动了，不但会讲他的刀怎么样砍鬼子，还能描述鬼子当时的面容和表情，当然最后还是忘不了暴露一下伤口，敬个军礼。

老华头儿觉得事情越弄越大，就找到老贾头儿叫他见好就收，快点儿打住。老贾头儿已经打不住了，他讲起自己杀鬼子的那段是慷慨激昂、泪水横飞，讲得他自己都相信他就是杀鬼子的英雄，右腹下的刀疤说明了一切。

老贾头儿对老华头儿说："现在让我打退堂鼓？当年我挨这一刀，肠子都流出来了，我用帽子把伤口塞住……"

老华头儿说："你真憨了？那伤口是二十年前你害阑尾炎开的刀，还是我给你垫的医药费。"

老贾头儿气愤了，说："你污蔑，你嫉妒我了。我会告你诽谤。"

两个人脸红脖子粗吵得不可开交，最后不欢而散。

老华头儿开始和大家讲，老贾头儿那些故事都是杜撰的，他根本没有当过八路军。

可是老街没有人相信老华头儿的话，老街需要英雄。

"我用帽子塞住伤口，挥舞大刀向鬼子砍去——"老贾头还在讲他的故事。

说　客

老街有说客，说个故事。

顾老大看中了冠家一处宅院。

冠家在老街是个大户人家，在老街置有多处宅院和几十间店铺。顾老大看中的这处宅院并不在老街的繁华路段上，而是在相对较偏且游客稀少的最东端，老街自古就有“宁要西端一砖，不要东端一间”的说法。

顾老大央人去给冠家说事，都被碰了回来。顾老大愁闷，有人就说，你去找找糊弄鬼的闷子看看。顾老大就提着重礼，登门拜见，说明来意。

闷子捋着下巴上稀稀疏疏的几根胡子，说：“你诚心要？”

顾老大拍着胸脯：“诚心。”

闷子：“砸多少钱都值估？”

顾老大：“值估，都值估！”

闷子不咸不淡地说：“那中，一年后给你准信。”

闷子来到冠家，说有人要租用冠家东端的那个宅院开个买卖，买卖不大，火烧铺子。你那地段冷清，租金要给让一让。

冠家答应了：“院子闲着也是闲着，有生意总比没生意好。”

火烧铺子开张了。这家铺子卖的火烧个头大还便宜，店家服务周到，生意很快就打开了，人们宁愿多绕些路来东端买火烧。有同行算了笔账，照这个做法是赔钱赚吆喝，支撑不了多久。

入冬，一场大雪捂盖了老街。火烧铺子传来哀号声，雪大生意冷，老街人就跑来看热闹。是火烧铺两口子晚上生煤炉取暖，通风不好，煤气中毒，送医院抢救不及时，人没了。这家的儿女披麻戴孝在铺子前哀号痛哭，做了三天的祭奠，惹得临近几家店铺都没了生意。

开春，闷子又来到冠家，说是有个做鼓乐买卖的老板要租用冠家的宅院，那院子先前不干净，这租金得让一让。冠家也是想冲冲晦气，租金多少也不在意。

鼓乐店开张，敲敲打打、弹弹唱唱也挺热闹。没过多久，就传出铺子里闹鬼的事情，相邻几家店铺的人都说，半夜里听到咚咚鼓声，还有瘆人的曲调。接着一天夜里，鼓乐店的老板大呼大叫，披头散发跑出去了，疯了。

有人请了风水先生，风水先生说那一片是凶地，街坊就开始出售房屋。冠家也觉得那处宅院坏了风水，家业资金周转遇到了困难，也准备出售那所闲宅，只是价格开得大，没有人接得住。

闷子找到顾老大，顾老大二话不说，拨现钱，并给了闷子两成的酬劳。

顾老大如愿拿到宅院，扒掉旧屋，盖起了三层大宅，欢天喜地住了进去。

没几年，老街改造，东端很快就成了黄金地段，而冠家卖掉的宅院，被顾老大拾掇得耀武扬威，很是风光。冠家老爷子每次路过，都悔得唉声叹气，临终前留下遗嘱，要把自己这把老骨头埋进那所宅院，攥着冠老大的手说："不拿回那所宅院我死不瞑目啊。"

冠老大带着重礼拜见闷子，说明来意。

闷子捋着下巴上稀稀疏疏的几根胡子，说："你诚心要？"

冠老大拍着胸脯说："诚心。"

闷子说："砸多少钱都值估？"

冠老大说："值估，都值估！"

闷子说："把老爷子葬入宅院和拿回宅院这可是两档子事啊。"

冠老大说："两档事两笔酬金算，不惜倾家荡产。"

闷子不咸不淡地说："那中，一年后给你准信。"

中秋，顾老大六十大寿，在家中设宴庆贺。

冠老大和家人抬着一坛老酒，带着响器班子吹吹打打来给顾老大祝寿。

顾老大既意外又惊喜，起身迎接。抬着老酒坛子的人，忽然一个趔趄摔倒，坛子摔碎在院子中间，老酒洒了一地，酒香四溢。冠老大喝退家人，呈上大额礼金。

顾老大也不介意，说："碎碎平安，岁岁平安嘛。"

入冬，闷子来顾老大的家里，说明冠家想再置回宅院的意思。

顾老大哈哈大笑说："糊弄鬼，你说个由头儿让我听听。"

闷子说："简单简单，你顾老大总不能给冠家老爷子当守墓人吧？"

顾老大瞪大了眼睛："此话怎讲？"

闷子说："还记得你六十大寿那天，冠家来送酒祝贺之事吧。顾老板可否知道，摔碎在你院子里的那坛老酒里浸泡的是冠家老爷子的骨灰啊？也就是说，你这里是葬着冠家老爷子的陵墓，你不是守墓人是什么？"

顾老大脸都红了，冠家的手法也太不地道了。

闷子说："算了，你这宅子得来得也不地道。如果老街人知道你这是个墓宅，谁还敢来府上？影响了子孙后代的前程，那可是大事。再者说，这些年你这房价也翻了几番，出手你也赚大发了。"

顾老大软了。

冠老大拿回了宅院，拜谢闷子。

闷子捋着胡子不咸不淡地说："该谁是谁自有天定吧。"

闷子用酬金在老街购置地皮，也盖起了一处像模像样的大宅院。

老街说客——了得！

神 话

那绝对是一场空前绝后的激战。明德哥说起那场赛事，总是要先抚摩一下那条残腿。

明德哥在老街开了一家牙科门诊。没有病人来时，明德哥就会坐在诊所的门口，阳光暖暖地抚摸着街道，抚摸着街道上来来往往的人流。只要街道上有孩子坐在他的身边，他就会端出好茶，在石板桌上摆上几杯，放几样小点心，开始讲他的那场赛事。

“你们想象不到，那是怎样的一场决赛。快二十年的事了，至今我记忆犹新、历历在目啊。”明德哥说到此处，就会眯起双眼，仿佛在追回那渐渐遥远的记忆。有等不及的孩子就会问：“明德哥，是省运会的足球决赛，对吧？”明德像是被激醒了，端起茶杯，慢慢地抿上一口，接着说：“是省运会足球决赛。当时的情况非常严峻。咱们市队和省直代表队的金牌数量持平，都在等着最后一块足球决赛的金牌了。市里带队的副市长出征前就立下军令状，要夺得金牌数和总分的第一名，可人家省直代表队是连续三届的金牌老一，也是信誓旦旦要捍卫人家的霸主地位。足球，咱可是没有把握，省直队员中有好几个都是省队的球员，有一个还是入选过国家队的国脚。咱们是啥？清一色的业余干家。集训了不到三个月。可就咱这些业余干家成了运动会上的一匹黑马，一路过关斩将，干倒了上届的季军、亚军，硬生生和上届的冠军碰上了。”

“明德哥，你是踢什么位置的？”

“什么位置？前锋。知道吗？我那时的速度，那叫一个快。百米在十一秒，我要是抢断突破对方的后卫防线，那就没有人能够追上我，除非他犯规。”

明德哥见到有病人来了，就连忙放下手中的杯子，拄起拐杖，把病人往诊所里让，对孩子们摆摆手说：“你们先坐着喝茶，咱一会儿接着说。”

等明德哥送走了病人，出门时，孩子们已经把点心消灭干净走人了。明德哥就会慢慢地收拾起杯子，自言自语地说：“好汉不提当年勇，当年勇噢！”

明德哥关了店门，晚饭总是在赛大姐米皮店喝一碗鸡汁米皮，吃两个肉夹馍。然后回到他那小房间里，打开电视，等着看足球节目。明德哥的屋子里没有啥摆设，一台电视却是老街上最好最高级的，每天的选台几乎都是固定在体育节目。墙上粘贴着大幅的足坛明星海报，半面墙堆积的全是体坛内容的报纸杂志。

孬蛋常去明德哥的小屋子里找资料，他喜欢篮球，喜欢NBA，喜欢乔丹、麦迪、约翰逊。只要是有他们的画页，明德哥都让他撕下带走，但是有足球的文字是一点儿也不能动的。明德哥常看着孬蛋带走篮球明星的画页，说："足球才是男人的运动。篮球都是个人在表演花里胡哨的技艺，足球才是完美展现男人勇敢和激情的'现代战争'。"

明德哥也是三十几岁的人了，还是单身一个。孬蛋问过明德哥："干吗不给我找个嫂子。"

明德哥嘿嘿笑着说："我这个样子谁能看上我啊？再说了，娶个媳妇多一口人，还不得跟我抢电视啊。结过婚的人都知道，遥控器啊，永远都在女人手里拿着，不信，回家去看看。"

孬蛋还真的回家看看，家里的遥控器还真的总是在母亲的手里，偶尔才在父亲的手里，但母亲一努嘴，父亲就赶快换频道，直到母亲选中了满意的台。有时，父亲想看电视，却被母亲占着，自己就出去到街口看别人下棋。

孬蛋还真的羡慕起明德哥了。

不知道听过多少次明德哥讲的故事了。那次两军对垒，一方是有着骄人战绩根本不把对手放在眼里的省直队，一方是全凭着一股冲劲儿闯进决赛的黑马。

比赛一开始，省直队就凭借天时地利人和的优势，大兵压境，轮番朝对手的门前轰炸。上半场还没有结束，就攻进了两个球。

主场球迷的呐喊助威声震耳欲聋，把黑马队的队员都给喊晕了，自己还玩儿了个乌龙球。上半场结束黑马队零比三落后。

中场休息，带队的副市长亲临球员休息室，给大家鼓劲儿，教练啪啪啪地拍着自己的胸脯，激愤得热泪盈眶。队员的士气被点燃了。下半场一开始，个个就跟上足了发条似的，满场横飞。省直的队员体力明显不支，一个接一个倒地抽筋。黑马队越战越勇，竟然连扳三球，打成平手。加时赛，明德哥快如脱兔，对方后卫根本就阻拦不住。禁区内，在明德哥准备起脚时，对方后卫狠狠地蹬踹在他的左腿上，可以听到骨头咔嚓的断裂声。

点球。

明德哥艰难地站起来，稳稳地站在了罚球线上。

明德哥说，当时几万人的球场忽然静得能听得到钢针落地的声音。他已经没法助跑，就在原地起脚，球划出了一道优美的弧线，直挂对方球门的右上角。

明德哥没有听到欢呼声，他眼前一片黑暗，倒在绿茵场上。队友们去抬他时，看到他的右脚已经整个扭了一百八十度。

明德哥的故事让老街的孩子们很佩服。市里只要有足球赛，明德哥就会被孩子们簇拥着去体育馆，和明德哥一起欢呼一起呐喊。

孬蛋父亲在体委工作，他父亲说：“市里在历届省运动会上，足球从来就没有进过前四名。”

母亲说：“明德哥打小就害了小儿麻痹症，从没有离开过双拐。没事多去帮帮明德哥。”

老街孩子还是爱听明德哥的故事，爱听他讲那段神话时的神情。

那绝对是一场空前绝后的激战。明德哥又在讲他的那场赛事了。

排场死一回

在老街地面上混，想混出个人样来不容易。

在老街有两种人受人敬重。第一种是能在外端国家饭碗拿公家饷钱的人。老街称这种人有大本事，公家的饭是那么容易端得到的？没有本事的人才在老街摆摊开店做生意呢。因此，老街在外吃公粮的人回到老街是很受人尊重的，一路都有人热情地打招呼，端茶递烟套近乎。

第二种是能为老街人拿事争面子的人。老街人讲面子，许多事情只要面子上的活儿做到位，啥事都好商量。老街的人能被外面的人请出去做事，也是给老街赚面子。老街称这种人是有真本事。涝子就是属于后者的人物。涝子是靠主持红白喜事，凭真本事吃饭的“礼先”。

涝子出生那年天下大旱，娘便给他取了个湿漉漉的名字。希望涝子日后能旱涝保收，多捞银子。涝子初中毕业没考上高中，整日在家无所事事。涝子的五爷在老街开了一家纸扎店，专门经营祭奠用的各种纸扎制品。涝子的母亲就把涝子送到五爷的店里做学徒。

老街开纸扎店的不止五爷一家，可就数五爷的生意好。

不是五爷的纸扎活儿做得好，而是五爷可以免费为办丧事的人家充当“礼先”。

老街把操持红白事的人称作“礼先”。

请个礼先是要花钱的。五爷偶尔也会被街外面的人请去做回礼先，五爷外出给别人操办丧事就带着涝子。涝子在纸扎手艺上没有多大长进，在礼道方面却极有灵性，两三回下来便能将做场的路数记个滚瓜烂熟。

一次外出去做场子，出殡途中，五爷忽然中风，躺倒在地。办丧事的主家焦急万分，驴拉磨般团团转。涝子把五爷伺候停当，对主家说：“莫着急莫着急，余下的事我来做。”涝子不慌不忙，把余下的活儿侍弄得有鼻子有眼。尤其是最后一场子的长拖音“跪——”是给街坊四邻听的，意思是告诉大家，主家的所有孝道礼事都进行完了。涝子把那声“跪——”拖得又长又亮，声如洪钟。主家大喜，竟给涝子包了五十元的大礼。涝子那年只有十五岁。

五爷中风后，行动不是太方便了，只要是有礼事便带着涝子打下手，再后来就让涝子独自闯荡，把店里的生意交给涝子，自己回乡下养老了。

涝子接了店，把娘也接到了老街。涝子把聪明心计都用到了生意上，如鱼得水。在纸扎上，他不再仅仅扎些花圈和童男童女，还扎出了“三转一响”的手表、缝纫机、自行车和收音机。

涝子在做场子中，综合了各家门派的礼数，推陈出新形成了自己独具特色的场子路数。大中小三套道，且互相串联，一个大场子中套三个中场，一个中场子中又套六个小场子，每个场子都得三跪九叩，九九八十一个场子，整个场子做下来三天三夜，直到死者入土为安。大场子做下来，活人也得脱层皮给折腾个半死。

涝子有了名气，谁家办个丧事，都以能请到涝子做礼先而觉得有脸长面子。来给涝子说媒提亲的人踏破了他家的门槛，涝子就是不吐口。

娘急了，说：“你到底是相中谁了？”

涝子说：“华姑。”

娘说：“你发癔症呢？华姑可是老街的一枝花啊，大户人家的闺女，谁敢去缠事？”

涝子就敢。

涝子想方设法蹭着和华姑见了几次面，华姑就死心塌地地要跟涝子，硬是退了街道办事处主任家的彩礼，挺着肚子和涝子拜了堂。

主任嘴都气歪了，明着暗着没少摆治涝子，涝子全没当回事，见到主任就低头哈腰献殷勤递烟，跟个孙子似的。

隔年，主任的父亲过世，涝子自然是主持，连环套的礼道真让老街人开了眼。

头天，主任咬着牙挺过去，第二天就跪得双膝瘀肿，头叩得分不出南北，都说主任是个孝子，哭得伤心。

只有涝子心里有数，主任是哭爹还是哭自己。

天黑，主任拎着两瓶杜康酒，一拐一拐摸进涝子家，“扑通”跪在涝子面前：“涝子，你个王八蛋，我服你了。看在俺死去的爹的分儿上，明天那些礼数就省了吧。”说罢给涝子叩了三个响头。

事情传开，老街人对涝子又多了些敬畏。

涝子的名气如日中天，忽然出走离开了老街。

老街人揣测，涝子出走肯定和冠家的丧事有关。

冠家是老街的大姓人家，老街在外端国家饭碗拿公家饷钱的人，也数冠家的人最多。冠家在老街很是牛气。涝子的名气再大，在老街人的心中也是排在冠家之后。

冠家一位在外做事的大官员病逝，要办丧事。

涝子闻后心中窃喜，你冠家人再势张，到头来还不是我涝子打发你上路？

涝子换了新衣服，坐在里屋，对媳妇说：“冠家人来找我，就说我不舒服。”

媳妇说：“知道了，你得端端架子。”

冠家来人了，只是要了些花圈就走了，压根就没有提请人的事。

涝子纳闷，走出家门去看个究竟。

冠家宅院前已是人头攒动。院子里除了冠家人，还有许多都是城里来的男男女女。人们低着头，一脸的肃穆，年轻漂亮的女人们嘤嘤抽泣，手中飘着馨香的手绢轻轻揩着汗珠。别看来人与冠家不沾亲不带故，却哭得真心实意。一位胖子气喘吁吁念了一篇勤勤恳恳鞠躬尽瘁的文章，大家对着逝者的遗像三鞠躬，丧事就算办完了。

老街人直啧嘴："还是外边的人风光露脸。"

街道主任里外张罗着，故意推开涝子说："别挡道，这里没你啥事！"

涝子心里疙疙瘩瘩的，闷闷不乐地回到家倒头就睡。

第二天，涝子就失踪了。

涝子失踪半月后给家里捎了信，说要在外混出个模样，不冲别的，就冲将来也像冠家官员那样排场地死一回。

霍大炮

老街的大炮，不是用来打人干仗的大炮，大炮是个人名，霍大炮。

大凡故事里说的奇人都有奇特的故事，霍大炮也不例外。

霍大炮的父母在老街做豆腐营生，母亲在店里守着，父亲推着车子走街串巷，吆喝着：“豆腐——嫩豆腐——香豆腐——霍家好豆腐——”霍家豆腐在老街也是很有名气的。

大炮的父母为人老实，说话也是低声低气。

大炮父亲的叫卖声细小微弱，也就是一两户人家能听见。

有些人家因为没能听见霍家的叫卖声，只得再去店里称豆腐，说：“你们当家的声音能不能大点儿，怎么跟偷人家的似的，害得俺多跑几条街呢。”

大炮的母亲脸红红的，也不说话，捋捋头发，笑盈盈地给人家多添几两豆腐。

当时霍大炮的母亲怀着大炮，挺着个大肚子，满脸的幸福羞涩，对当家的说：“你也想想，给孩子取个名字。”父亲抽着烟，捡着黄豆，说：“急啥？早着哩，早着哩。”

大炮初生的时候，父亲外出卖豆腐，一车豆腐销完，拉着空车回家，刚进街口，就听到了婴儿哇哇的哭声。父亲扔下车子就往家里跑，抱起孩子乐得左摸右看。娃的哭声能传出二里地去，跟炮仗一样，于是就叫大炮，霍大炮。

霍大炮四岁那年，和父亲去卖豆腐。天气有些冷，他也急着回家，站在车上扯着嗓子学着父亲吆喝了一声：“霍家好豆腐！”稚嫩的童声嘹亮清脆，把父亲都吓了一跳，巷子里家家大门打开，是买豆腐，也是看看这个亮嗓门的小家伙。

霍大炮有许多“传奇”。上小学，学校组织春游，去了龙门山。孩子们玩儿疯了，几个孩子迷路在山里出不去了。天渐黑，老师都急哭了。霍大炮站在龙门桥头大声吆喝，那嗓音如同高音喇叭一般，震得山谷回荡，几个孩子循声找了回来。以后，哪个年级组织游玩，都去借用霍大炮，把其他同学羡慕得牙痒痒。据说，有几个学生也学着去练大声喊叫，结果嗓子喊哑，还挨了父母的巴掌。

霍大炮十八岁那年，看中了老街一个女孩儿。

女孩儿喜欢听戏，京剧、豫剧、曲剧、越调、二夹弦、坠子都喜欢。

老街戏园子只要有剧团来唱戏，唱二十场，她会听二十场，不厌其烦。

追女孩儿的男孩儿不少，可是都处不长，一是受不了女孩儿一出戏看二十遍，二是受不了场场买戏票的钱。

霍大炮追女孩儿，只要是老街来戏班子，保证让女孩子场场看戏。

那天老街来了个戏班子，演的是《贵妃醉酒》，台上的贵妃刚端起杯就听到外面震雷般的吆喝：“臭豆腐，油炸臭豆腐——”把台上的贵妃吓得一愣，酒杯都掉到地上，剧场里哄堂大笑。霍大炮的声音竟然能压住戏班子的锣鼓家什，戏班子找到霍大炮，请他和女孩儿免费看戏，看着看着就把女孩儿看成了自己的媳妇。

霍大炮成了家，媳妇漂亮，还给他生了个丫头。霍大炮在街道居委会上班，打打杂，跑跑腿。通知个事情，他大嗓门一吆喝，家家户户都听得真切。大炮的性格也和他名字一样，直来直去，火捻子脾气一点就着。

老街改造，因为拆迁款被挪用，兑现不到位，老街人意见很大。省长来老街视察，霍大炮隔着一条街向省长喊冤，诉说老街人对拆迁的意见，省长过问，很快就解决了问题。老街人把霍大炮当成了英雄，大小事都爱找他说道说道。

霍大炮的女儿十二岁时，得了白血病，霍大炮着急心焦，一夜之间头发全白了，人也蔫儿了。大炮的声音也像少了炸药，再也响不起来。给孩子治病，需要很大一笔钱，大炮两口子花光了所有的积蓄，只差卖房子了。

一天夜里，一家企业的老板听说了大炮家的难处，来到霍大炮家，捐助十万元钱给孩子治病。

霍大炮感动得直搓手，不知说啥好。

老板说："这只是初期捐款，过几天有个调查组来了解企业情况，你只要帮助企业过了关，恢复生产，孩子以后的治疗费用，企业全包了。"

霍大炮去了解情况才知道，这家企业是个重污染行业，不但毁了土地，还把老街的一条河给染成了黑色，四周的空气散发着刺鼻的异味。

霍大炮失眠了。看着病床上的女儿，大炮心都碎了，一瓶白干酒，让自己醉成一摊泥。

调查组召开联席会，霍大炮作为居民代表参加了会议。面对电视镜头，霍大炮憋红了脸，他拍了一下头，粗声说："我不能为了自己的孩子说昧良心的话，我不能！污染环境害国害民啊，咱要为子孙后代负责任啊！"

第二天一早，霍大炮拉开大门，门外站着密密麻麻的老街人。他们是来给大炮的孩子捐款的。

霍大炮放声大哭，那声音能传出二里地。

骂丧

老街有个骂丧的风俗。

老街活过八十岁以后去世的人，其丧事被称为喜丧。人过七十古来稀，能活到八十以后自然是喜事了。在办理喜丧的时候，有个骂丧的环节，挺有意思。所谓骂丧，就是在主家的灵堂前，可以开口骂人，什么人都可以骂，骂什么人都行。

当然，骂人也是有讲究的。要来骂丧的人首先要给主家披麻戴孝，当孝子。

常言说，孝子见人矮三辈。人都把自己当孙子了，骂人也只当是小孩儿撒泼，不能计较了。再者，骂人也不能直接骂，要隔山打牛，指桑骂槐，风趣幽默才行，所以，也不是想骂人就能骂得来的。

闷子是老街有名的“骂家”，老街有人家办喜丧是少不了闷子的。

骂丧最能聚集人气，谁家去看喜丧的人多，说明主家的人缘儿好，在老街受人待见。每到有喜丧的时候，闷子就显得格外精神，在街面上晃来晃去地显摆，也是开始招惹人了。

到了晚上，闷子家门前就车水马龙络绎不绝了。来找闷子骂丧的，提出要骂的人和事，闷子端着茶，闭着眼睛摇晃着脑袋，“嗯”一声，就是应下了。

来人赶忙掏出礼包奉上，走人。也有的是来找闷子求他嘴下留情的。觉得自己做了亏心的事，会被人找来挨骂，求闷子避重就轻或能够推辞掉。

闷子应了，来人也是要送上礼包的。

骂丧的人是要披麻戴孝从自家门里出来的，还得一路哭着到丧主的灵堂前。这样多少有些晦气的事情，也不是一般家庭能做得来的。自家人还健康活泛着，却有人披麻戴孝？闷子不忌讳，闷子从小就没了爹妈，孤身一人，无牵无挂。闷子说：“每次去骂丧，只当是给死去的爹娘做祭奠了。”

闷子这一路开哭，骂丧也就算开始了。路上的骂丧只是个铺垫，也就是个噱头，招呼人而已，骂的事情也有些不着四六，听骂丧的人陆陆续续跟在身后。

闷子哭着说着：“我的亲爷啊，你咋就走了啊。啥都看不着了啊。金融又危机了啊，汽油又涨价了啊，饮料里有毒了，新水浒又开播了啊，潘金莲调戏武松啊，你可就看不着了啊，我的亲爷啊——”

有的店主站在门口就逗闷子，说：“闷子，又给人当孙子，你可以是职业白领孙子啊。”

闷子不理睬，继续哭：“我的亲爷啊，你尸骨未寒啊，有人就不孝啊，店门口骂爹啊，晚上就遭雷劈啊——”

被骂的店主没讨到便宜，赶忙起身进了屋。跟着的路人就会起哄。

来到灵堂前，闷子对着逝者的遗像三叩九拜之后，骂丧才真的开盘了。

“爷啊，你一生公正做人啊，堪称老街楷模啊，哪像东关的王五啊，厮混邻居的老婆啊，别以为人不知啊，早晚得挨掴啊——

“爷啊，你一生清廉俭朴啊，老街人人佩服啊，张四他不听人劝啊，吃喝玩乐赌啊，四十成不来家啊，愁坏了他父母啊——

“爷啊，你一生待人友善啊，美名老街传啊！西街李大麻子啊，叫人很讨厌啊，买个破车胡乱停啊，胡同人有意见啊，说了再不听啊，那车要挨砖啊——

“爷啊，你老好可怜啊，总是粗茶淡饭，马家儿媳妇啊，就是嘴老馋啊，自己吃香喝辣啊，不管公婆饥寒啊，四邻都看不惯啊，告你去法院啊，判你个三五年啊——”

闷子就这样哭着骂，骂着哭，把气氛烘托得热热闹闹。时辰一到，主家便会上前来搀扶，闷子还是三叩九拜，之后便去屋内歇息。主家就开始起棺出殡了。

闷子做哭丧也是要冒风险的，不管怎么说，你骂了人家。有的人气不过，就会背后给你下绊子。轻的在生意上挤对你，重的就有人半夜往你家里扔黑砖。好在过八十的喜丧也不是常有，不然，闷子恐怕也要被人给弄残疾了。

春节过后，老街要改造，说是要拆掉文阁坊一带，有地产开发商要建高层住宅楼。老街人不愿意了，那文阁坊一带也是最具有老街特征的地界，拆了不等于挖祖坟啊。有人就上访，可是拆迁照旧。

三月天，细雨蒙蒙。在拆迁工地，忽然搭起了个灵台，黑色横幅上写着：预先悼念八十岁以后去世的闷子先生。

闷子披麻戴孝给自己办喜丧来骂丧了。

冒雨围观的人把文阁坊围得严严实实，许多人用手机拍下了闷子骂丧的视频并发在了网上，引起了轰动。

视频中的闷子真的痛心地大哭，大骂破坏老街风俗损害老街古建筑的做法，大骂一些经办人员收取贿赂、损公肥私的丑恶，引起了网民的关注。拆迁终于停止，不久有相关人员被双规。老街人放鞭炮，敲锣打鼓欢庆。

有人问闷子：“再有类似不公的事情怎么办？”

闷子头一拧：“靠，大不了我再死一回呗。”

胡策划

老街上开店对店名很有讲究，大凡有些名声的店铺的招牌，都能从中品出点远古风韵。店铺所悬挂的牌匾也都是有些名声的文人墨客所题。到老街走走，光是看看门店的牌匾也会让人大开眼界，感叹老街历史的悠久，文化的厚重。在老街就有这样的话，货好不好，不知道，可是牌子硬！许多人买货就是冲着店牌去的。上年纪的长者，闲来品茶，常常津津乐道地谈论牌匾后面那些久远的逸闻趣事。

智慧策划中心的牌子在老街一经挂出，就遭到了老街人的嘲笑。开店的老板姓胡，门面不大，一张桌子，七八张椅子，三柜子的书籍，一台电脑。墙上有策划服务项目，小到起名取字，大到升官发财，价格都是面议。大家都笑称他“胡策划”。啥是策划？就是出歪主意呗。出歪主意的主儿还姓胡，胡出主意还能有好啊？信屎才找他策划呢！

有人好热闹，就去店里看看。胡策划很是热情，端茶递烟。

开绸缎铺的王老吉品着茶，问：“你这生意，能中？”胡策划很是自信：“我这生意也不敢天天有，半月不开张，开张吃半月。”王老吉说：“那你这是逮点啊。咱老街可不能做坑人的买卖。”胡策划笑了，说：“策划这活儿可是要智慧要综合知识的。简单说吧，你王老板的儿子要结婚，我就可以策划出一场不同寻常、独一无二的婚礼，空中婚礼、水下婚礼，等等。”王老吉摆摆手：“得得得，我儿子已经结婚了，孩子都快有了。对了，如果给我添个孙子，你给策划个名字看看。”胡策划捏着指头算算，又在电脑上敲打了一通，说：“你的孙子名字最好叫‘王子’”。噗——王老吉把嘴巴里的茶水给喷了出来，说：“就这？这就是你策划的啊？哈哈哈……”王老吉走在街上还止不住地笑，见到杜老板说：“他那策划我都会了，杜老板，你要是有了孙子，就叫‘肚子’，呵呵。”

胡策划的第一笔生意还真是王老吉的儿子王毛毛找上门的。王毛毛在区里办了个广告公司，在繁华的新市区制作了二十多块灯箱广告牌，可是一个多月了一块也没有租出去。借了区里的钱，人家跟着屁股后面要债，王毛毛急得头上的毛毛都变稀了。没办法，找到了胡策划。胡策划跟着王毛毛实地看了看灯箱广告位置，说没有问题，一个月之内就可以全部租出。胡策划先在甲银行门口的广告牌上张贴乙银行的业务宣传广告，甲银行发现后立即找到胡策划，出了高价钱买下了广告位置。胡策划又在乙银行的门前如法炮制，局面很快就打开了。只有一家饭店前的广告无人问津，胡策划也不急，对王毛毛说："你就做个公益广告，为大家指示厕所位置。"于是广告牌子上就画了一只大手：不要随地大小便，厕所在此。箭头指向前方。游客看不明白就纷纷跑到饭店咨询，搞得饭店老板心里冒火，就把广告牌租下来换成了招牌菜。

王毛毛对胡策划佩服得五体投地，在狮子楼请胡策划吃水席。王毛毛的孩子生下来还真的就起名叫王子。说孔子老子孟子都是圣人，咱王子没准将来也是一大圣人。王毛毛没有多久就到区里当了个科长。

王毛毛那个科有些乱，七八个人谁也不是瓤茬，一个比一个有能耐，谁也不服谁。王毛毛又找到胡策划出主意。胡策划眼镜后面的小眼睛滴溜转转，给王毛毛策划了上任第一枪。王毛毛上任后，不开会，不找人谈话。每天上班就在屋子里看书。一连几天，科里人开始还不在乎，渐渐地就觉得如临深渊，注意起自己的言行，上班也准时到岗。有人去汇报工作，留心观察了一下，王毛毛看的都是四书五经。展开的书页上画着红道道蓝道道的，还记有批注。天啊，了得。有人来反映些鸡毛蒜皮，王毛毛就会说："孔子曰，君子坦荡荡，小人长戚戚。"弄得反映情况的人一头雾水，互相吐吐舌头，"咱科长，水深着呢"。王毛毛不开口则已，一开口就是这个斯基，那个洛夫的名言名句，把科里的人忽悠得一愣一愣。科里的办事效率果然有所转变。王毛毛也受到了上司的器重。只是王毛毛拖欠着胡策划的策划费迟迟不给，而且，王毛毛的行政职责挨边不挨边地还管着点胡策划，胡策划也没有再计较。

那天，王毛毛刚走出胡策划的店门，牛虻就进了胡策划的店。牛虻和王毛毛的目的一样，都是为了竞争副区长的位置来找胡策划出主意的。胡策划说：“我刚刚为王毛毛科长策划了几个方案，你牛虻的方案就是按兵不动，看王毛毛的动静，坐享其成。”牛虻将信将疑，说：“中，如果能成，我一定再重谢。”

王毛毛按照策划方案，在上司组成的考察班子来考察时，吃了泻药。拖着虚弱的身体坚持工作。中午连饭也顾不上吃，差点晕倒在厕所里。下午，王毛毛的老婆抱着孩子找到单位，哭哭啼啼说孩子不舒服，王毛毛也顾不上照应，工作敬业也不能不要家不要孩子吧。科里的几个女人也同情加感动地陪着落泪，情景宣泄得恰到好处。

考察组最后上报的人选不是王毛毛，而是牛虻。原因是王毛毛身体健康情况欠佳，而且家庭不和。这样的情况不适合担任区里的领导干部。

牛虻请胡策划狮子楼吃水席，胡策划接过红包，淡淡地说：“谁给的钱多我给谁服务，我是个生意人。”说这话时，胡策划脸上没有一点儿表情。

吴二赖

老街蜿蜒十里之长，宽三丈有余，有着上千家店铺，是豫西最为热闹繁华的商贾之地。老街各行各业的营生，滋养着靠营生活着的众生。

今天说说老街痞子。老街痞子分为两种：武痞子和文痞子。

武痞子是跟着武师练过拳脚，有些功夫在身，在老街为生意上的各类纠纷摆平事态。凭的啥？额头敢拍板砖，胸前能碎青石，手掌切断钢板，肚皮撑得刀剑。靠硬功夫吃饭，没有两把刷也不敢在老街混。

文痞子就是靠着一张巧舌，口吐莲花左右逢源，上知天文下晓地理，熟四书五经通易经八卦，唾沫星子四溅，说得纠纷双方礼让下架，和气生财。

老街的武痞子文痞子，都是被当事的店家主动请来摆平纠纷的。当然，不管是武痞子还是文痞子，为你摆平了麻缠事，你要给些酬劳。

老街还出现过个臭痞子，专指西关的无赖吴二赖。

吴二赖，姓吴是真的，排行老二也属实，“赖”字是老街人送他的。

吴二赖就是个滚刀肉，游手好闲，在老街西关一带吃喝嫖赌坑蒙拐骗死牙臭嘴撒泼耍赖。

吴二赖在老街西关祸害人，老街有句话：宁过阎王殿，不开西关店。许多商户都是被他给祸害走的。

西关开寿衣坊的温老板，和人闲聊时说手中的小把件曾经是和珅府上的，和坤被抄家后小把件流落到了民间，自己也是用一幅郑板桥的画兑换来的。

吴二赖听说了，去装裱店强要了幅郑板桥的画，找温老板讨换手把件。

温老板说：“我那画是板桥的真迹啊，你这赝品还不值我这一个花圈钱。”

吴二赖不管，跟在温老板屁股后面黏糊三天都赶不走。

一天清晨，温老板的铺子门口被倒了两罐子茅粪，臭气熏天。吴二赖说担茅粪时不小心，摔倒在了铺子门口。

他拿个唢呐叽叽哇哇地吹，喜庆得不得了，家有丧事的客户也不愿登门。

温老板被折腾得精疲力尽，只得将手把件给了吴二赖，气得三天没起床。

这还没完，有人看中了温老板家的闺女，吴二赖拍着胸脯去给人家保媒，被温老板一口拒绝。

吴二赖就死缠烂打盯着温家闺女，爬墙头看到闺女进了茅房，他居然翻墙进院，把温家闺女给糟蹋了。

温老板告到官府，吴二赖被保安队带走了，过不了几天就放回去了，说是证据不足。

保安大队的队长任饶是吴二赖的拜把兄弟，两个人沆瀣一气祸害四邻，老街人提起吴二赖和任饶恨得牙根子痒痒。

三伏天，吴二赖去找任饶喝酒，任饶不在家，只有任饶媳妇抱着还吃奶的孩子。吴二赖就自斟自饮，任饶的媳妇给孩子喂奶，吴二赖眼就直了，趁着酒兴强行把任饶媳妇按到床上。

兔子不吃窝边草，朋友之妻不可欺。任饶带着人去抓吴二赖，吴二赖早知大事不妙，脚底抹油——溜了。任饶气得大喊大叫，冲着吴二赖的床开枪，扒了吴二赖的上房和院墙。

日本人败退，撤出了老街，伪队长任尧成了要被镇压的汉奸对象。

任尧逃了。他隐姓埋名，几经辗转，逃至西安，凭着肚里的墨水，谋了个账房先生的差事，暂时安顿下来。

任尧外出办事，戴好礼帽，裹紧棉袍，从住处附近的一条小巷穿过。

迎面过来一人，毡帽耷拉着，缩着脖子。擦肩而过，目光彼此扫过的瞬间，猝不及防，两人都是一惊。

任饶？吴二赖？冤家路窄，那几秒，空气凛冽如冰。两人忽然伸手死死攥住了对方，扭打在一起。当地治安队把两人带回了局里，审问详情后，把两人押送回老街。

吴二赖、任饶被关在牢房里，两人都没了脾气。

任饶：“我有好几条人命在身，又是老街的头号汉奸，挨枪子是跑不了的了。好赖咱俩也曾兄弟一场，我给你个法子，保你可以出去。只是出去以后，你要照顾好我儿子，否则我就是变成死鬼也不放过你。”

吴二赖看任饶说得真诚，拍着胸脯发誓，问：“有啥法子？”

任饶说：“我肯定是要被枪毙的，临刑那天，你要求去陪跪，让政府和老街人都看到你有悔过重新做人的决心，定可从轻发落。”

吴二赖觉得在理，对负责处理案子的西关农工会徐主任说要陪跪，要痛改前非，重新做人。

徐主任也觉得吴二赖民愤大，枪毙任饶叫吴二赖陪着也可以让老街人出出恶气，于是他骂骂咧咧地应允了。

刑场设在洛河滩野外荒僻的土崖下。任尧、吴二赖被五花大绑，脚下，是尚未融化的雪野。

五米开外，五个民兵持枪而立。

任饶扭头看看一旁跪着的吴二赖，嘴角咧了咧。

一声令下，五枪齐发，任尧、吴二赖应声而倒。

徐主任骂道：“吴二赖，真是孬种，平时那么横，叫你陪陪。”

有人跑去验看，喊道：“徐主任，吴二赖也死了，脑后中了一枪。”

围观的人群听说吴二赖也死了，爆发出欢呼声。

徐主任又骂道：“死了？谁开的枪？眼长屁股上了？”

老街人都说，那一枪，是老天放的。

老街有了新谚语：吴二赖陪跪——死路一条啊！

| 第六辑 |

老街本事

LAO JIE BEN SHI

儒　雅

沙先生身材修长，面相白净，鼻梁上架着一副老式的黑框眼镜，手里拿着一把长两尺的绸面扇子，扇子一面是《朱子家训》，另一面是《增广贤文》，小楷行书，如他本人一般飘逸清静。扇子一年四季都在沙先生手中把玩着，即便是数九寒冬，沙先生与人谈话时，也要偶尔地摊开扇面，摇上一摇，随即收起。

老街的人都挺羡慕沙先生，走起路来四平八稳，不急不火，说起话来不紧不慢，温文尔雅。老街的女人们更是夸赞，说在老街一起住了十几年了，就从来没有见过沙先生发过脾气红过脸。

沙先生有个好脾气。夏天，雨水来得急，轰隆隆一串雷，劈头盖脸就是一场雨。老街热闹的景象便被这突如其来的雨水浇得无影无踪，做生意的忙着收货关窗，行人都躲在房檐下或门店里望着街上的雨帘。沙先生雨雾中依旧是不紧不慢在石板路上往家里走，只是把手中的扇子藏进袖筒。

有人吆喝："沙先生，快跑几步吧。"

沙先生面部微微一笑，照样我行我素。

沙先生的媳妇给他换衣服，揩身上的雨水，埋怨他。

沙先生说：“跑什么，都在下嘛。有人做过实验，说在雨中跑的人，身上所淋的雨水要比走的人多百分之二十呢。”

媳妇才不管什么百分之几十，唠叨着去涮衣服择菜做饭，沙先生就搬个竹椅坐在门厅下，捧着不是四书就是五经之类的线装本有滋有味地读起来。

夫人把浆面条端到沙先生的脸前说：“吃吧。”沙先生两眼放光，接过碗坐在门口的石凳上，先慢慢地把面搅一搅，深深地吸一口气，浆香扑鼻直浸肺腑。轻轻地嘬一口，细嚼慢咽，满口馨香，心旷神怡。沙先生爱吃面，尤其喜好浆面条。

老街的浆面条可谓是中原一绝。沙先生的夫人做浆面条的手艺在老街也是赫赫有名。浆面条的主要材料是浆汁，浆又分绿豆浆和黑豆浆两种。据说，沙夫人做浆面条的手艺，得到过西街三代王氏浆坊的秘传。浆面条的关键是制浆。做浆时，先把绿豆或豌豆用水浸泡，膨胀后放在石磨上磨成粗浆，再用纱布过滤去渣，最后放在盆中或罐里。一两天后，浆水发酵变酸。把酸浆倒在锅里煮，浆水的表层泛起一层白沫。这时，要用勺子轻轻打浆，浆沫消失后，浆体就变得细腻光滑，再放入香油、五香粉等调料。浆水煮沸时，把面条下锅，勾入面糊，再放入盐、葱、姜、花生、芝麻、黄豆、芹菜、辣椒等调料，浆面条就做成了。老街有民谚：“浆饭热三遍，拿肉都不换。”

沙先生有滋有味地呼噜着浆面条，忽然一盆污水又是劈头盖脸从天而降，不仅把沙先生刚换的衣服弄湿了，喝了半碗的浆面条也被注水溢出了碗沿。

从二楼的窗户探出一张结实的脸："哎呀，沙先生，对不起对不起啊，我以为下面没人呢。"

沙先生住的是个二层小楼，灰砖青瓦。楼上租给了个叫雷子的小伙子。沙先生认识雷子的过程还颇有些意思。端午节刚过，整条老街还飘着粽艾的余香，沙先生摇着扇子在一家新开张的门店前看楹联。

个头不高，长得敦敦实实的雷子走到跟前问："这位师傅，请问附近哪有厕所？"

沙先生看着雷子脸上焦急的神态，说："莫着急。我带你去。"

沙先生漫步走着，雷子火急火燎在他身边转着。走到个街口，沙先生把手中的扇子一收，往前一指，"这里"。雷子急匆匆就跑了过去。

沙先生摊开扇子轻轻摇摇头，安静地等在原地。

雷子又急火火地返回来了，说："里面没有厕所啊？"

沙先生扇子又一收，这里以前是有个公厕的，后来也改建成门店了。

雷子那个火啊，横着脖子想发怒。沙先生又指着另一侧说："这里是我的住处，到家里方便吧。老街最难找的就是公厕。寸土寸金，谁舍得啊！”

沙先生知道雷子是来老街找住处的，自己的二楼正好闲着，就租给了雷子。雷子在一家快递公司打工，每天都是骑着那辆突突得半条街都听得到的破摩托车进出。有时半夜回来，车震得屋子都颤悠。雷子给一个女孩儿送快递时，与女孩儿擦出了火花，两人好得如胶似漆。雷子经常把女孩儿带到住处玩儿，女孩儿长得小巧玲珑，说话的声音甜甜的。有时半夜，楼上就传出雷子和女孩儿激情的欢愉声，搅得沙夫人睡不着。就让沙先生去提醒提醒雷子。沙先生吁口气，说：“有缘的人做快乐的事情，莫扰。”

雷子擦着湿漉漉的头发，跑下楼，给沙先生赔着不是。

沙先生摆摆手说：“罢了罢了。只是可惜这碗美味的浆面条了。雷子，你吃了没有？来吧，坐下一块儿吃。”

一日，沙先生去西城看朋友，见许多人围在一个高层建筑下看热闹。说是一个小青年被女友甩了，想不开，要跳楼寻短见。警察都来了，怎么也劝不下。沙先生用扇子遮挡着往上看了一眼，这一看吓了沙先生一跳，那个站在楼顶上的人竟然是雷子。

沙先生把扇子一收，朝雷子大声骂道：“雷子，你这个孬种混蛋。你还是个男人吗？为一个负情的女人你至于吗？混蛋，要死你就跳，你别脸朝下，否则摔得你没脸没皮，家里人都不敢看。要摔你就摔死，别摔个半死瘫痪，一辈子吃喝拉撒都在床上。雷子，你个混蛋，你要是个男人就下来跟我回家！”

沙先生说完背着手就走，走得依然是不紧不慢。手中的扇子一摇一摇如同展翅的大蝴蝶。

众人正惊诧着哪，却见雷子一步一步地退下去了，抹着眼泪垂着头跟在沙先生的屁股后。

后来有人问雷子："怎么就被沙先生给骂下去了？"

雷子说："沙先生那么儒雅的人都被我气得骂人了，那肯定是我做错了。"

老街就又有一个民谚：沙先生发怒——肯定你错了。

大印象

老街把给人画像的营生称作“印象”。

老街，能把画像这门手艺做得精绝的是八角楼下的大印象店。遇到个急事，有人会拿着照片，找到店里，说给印象一张。大印象便按照顾客的要求，把照片上的人像放大绘画到纸板上，装裱好，保证和照片上的人物表情一模一样。

去老街找大印象，老街人都会告诉你，大印象啊，好找。去八角楼，宽脸，短眉，眼睛不大，特有精神……

大印象不只是活儿做得好，为人也正直实诚。

大石桥段家老爷子意外去世，家人没有找到老人留下的生前遗照，便找到大印象，央求去家里给老爷子画像。

做印象这门生意的，极少上门给人画像的。用照片印象，是要借助一些技术工具的，而登门画像却全凭手上功夫，况且是给故去的人画像，也不吉利，晦气生意。

大印象是二话没说，收拾起家什就到了段家。

大印象对躺在棺木中的段老爷子鞠了三个躬，支起画板开始下笔。

正是三伏天，屋内闷热，出于对死者的尊重，大印象连续八个小时不吃不喝，在灵棚搭建起前，画完了肖像。大印象谢绝了段家人的优厚酬金，说："我能给老爷子画像也是有缘啊，算我送了老爷子一程。"

老街有个清扫街道的环卫工，大家都称他韦老头。他每天推着架子车，沿街清理垃圾。韦老头闲的时候，就爱坐在大印象的店前，吸着烟，看大印象画像，拉扯些家长里短。

韦老头吧嗒吧嗒有滋有味地吐着烟雾，也不管埋头做着活计的大印象听没听，自己只管说。说他和老婆的恩恩怨怨，说他老婆子因为他没有照顾好妮子，十二岁的妮子溺水死了，老婆子也离家走了。"我那妮子啊，长得可带劲儿了，瓜子脸，大眼睛，双眼皮，长睫毛，笑起来俩酒窝儿，学习好着哩……都怨我，都怨我啊。"

韦老头过足了烟瘾，也叨叨够了，拿起扫把仔细地将店铺前清理干净，推着车子走了。

韦老头退休那一天早晨，去找大印象道别，大印象的店铺没开门，门上挂着一幅画像，是个女孩儿的画像，瓜子脸，大眼睛，双眼皮，长睫毛，"天啊，这是我妮子，是我妮子啊"。韦老头把画像搂在怀里，老泪如珠，对着大印象的店铺拜了又拜。

大印象生意清闲的时候，端着一杯茶，眯缝着一双小眼看来来往往的行人。

有人说大印象的本事是过目不忘。曾经有人打赌，带着四个男女在大印象眼前过了一趟，让大印象把这四个男女画下来。大印象眯缝着眼，一杯茶的工夫，四张画像就出来了，四个男女瞪着惊讶的眼睛，各自拿着画像离去。

老街关于大印象的传说不少，是真是假没人去考证。不过，大印象协助警察抓窃贼的事情却是老街人亲眼所见。

那年冬天，流窜作案的盗窃团伙到了老街一带，派出所警察通知商家注意防范。

没过几天，老街的一家珠宝店失窃。

警察在走访时，大印象拿出了几张画像，说这几个人在老街转悠几天了。

警察按图索骥，果然抓获了三名嫌疑人，只是让团伙的头子逃脱了，老街人把大印象画像擒贼的事都传神乎了。

原想这件事情就算过去了，没承想事件还有后续。

春节前夕，逃跑的盗窃头子不甘心，竟然又潜回了老街。节前商家生意旺，店铺关门也晚。天擦黑，大印象起身要去关门，一个黑衣人裹着寒气闯入店里，反手扣上门。大印象正疑惑，一把冰冷的匕首抵住大印象的咽喉。大印象即刻明白了是怎么一回事，平静地坐到椅子上。黑衣人匕首向上一划，大印象两眼模糊，血如泉涌。

翌日，正在饭馆里喝酒的黑衣人，被警察逮个正着。

黑衣人挣扎着又哭又嚷，说警察冤枉人。黑衣人被带到派出所，吵闹间忽然安静了，他看到案桌上放着一张画像，那画像是用血绘出来的，画像上的人分明就是自己啊。

黑衣人瘫倒在案桌前。

大印象眼睛致伤，不能再给人画像了。有人惋惜地说，大印象画了一辈子像，却没能给自己印象一张。

老街人提起大印象还是那句话：“大印象啊，宽脸，短眉，眼睛不大，特有精神……”

| 生　命 |

他挣扎了几十分钟，觉得只是徒劳，巨大的暗流推着他距岸边越来越远。他索性平静地浮在海面上，随着海浪漂流，岸边渐渐变成了一条线从眼前消失。

天，暗下来，蔚蓝的大海收起绚丽的姿色，一抹沉黑。天空如一张灰色的网，罩着四际，罩着他的心。

这次水下摄影的计划，他筹备了好几天，可是下水后的捕捉却总不能令他满意。他有些焦急，满脑子都是点线面的交错，却不知游离了设定的区域，海浪暗涌将他推向深海。

他开始并不紧张，也不在意。他在海军陆战队当过兵，海上生存训练他总是优秀。他知道，现在最重要的是保存体能，潜水服可以让他保持身体的热量，他尽量减少活动，像一块漂浮在水面的木头。

望着漆黑的夜空，失落失意让他叹了口气。退役后他回到了老街，进了一家广告公司，认识了做文案的姑娘瑶瑶。瑶瑶清新靓丽，开朗活泼，睁着大大的眼睛听着他讲陆战队的故事，新鲜地一惊一乍，咯咯咯笑起来像清脆的风铃，叮叮当当地就敲开了他的心门。

海上起风了，浪大了，气温在下降，阵阵寒意袭来。海浪的咆哮似乎要撕碎他，随时都有可能将他吞噬。他紧张起来，他感受到死亡在向自己逼近。他不断地调整着姿势，调整着呼吸，在骇浪中努力让自己平静下来。

想点愉快的事情吧，这个夜晚很难熬。愉快的事，愉快的事就是瑶瑶过生日。那次在酒吧，他和瑶瑶两个人拼歌，输了就喝一罐啤酒。他满肚子的军歌，瑶瑶哪里是对手，喝得酩酊大醉。送瑶瑶回住处，瑶瑶不让打车，非要他背她回家。瑶瑶的脸贴在他的脖后，呼出的气息暖暖地痒痒地在他脸前漫游。

开心的日子总是很短暂。公司里一个搞摄影的白脸喜欢上了瑶瑶，穷追不舍。白脸有自己的特长，摄影拿过全国的奖，给瑶瑶拍出的照片就是和别人的不一样。白脸带着瑶瑶去采访、采风，在一次采风中，白脸钻进了瑶瑶的帐篷。

他结结实实地赏了白脸一拳，离开了公司。白脸捂住红肿的脸哭着喊："瑶瑶喜欢我，有本事，你也拿一个全国的奖！"

他还真的就背起了相机，他不服气，他当过陆战队员的双眼还能寻找不出最美的画面？

他从浪涌中醒来，天已经亮了，他四周望望，一片浩瀚汪洋。太阳很刺眼，赤热的阳光炙烤着他，没吃没喝，体力消耗得很快。

嘴唇干裂，手也泡得肿胀。他有些绝望，他不知道自己还是否能坚持下去。打起精神，他又环顾四周，海面漂浮的能入口的植物都拿在嘴里咀嚼，包括一条腐鱼。他拿起挂在脖子上的相机，茫然地望着一片天，一片海，身下一片蓝，眼前一片蓝，有几只海鸟在翱翔。

他摄影的技术提高很快，他的摄影作品也大大小小得过几个奖，可就是没有拿到全国的奖。他不服气，为了这次全国的摄影大赛，他选了一个不熟悉的海域下了水。为了自己的那么点自尊，那么个虚荣面子，竟然将自己陷入了命悬一线的窘境。

他的脸上起满了水泡，嘴唇干裂渗着血丝，手背手心的皮肤开始脱落。他处在半昏半醒的状态，觉得自己的灵魂已经游离了他的身体，他开始出现幻觉。落日在海的尽头收回了最后一抹光亮，他又进入了一个黑暗。还好，今晚的夜空中有星星。

“一闪一闪亮晶晶，满天都是小星星。”想起这首歌，想起瑶瑶那晚和他喝酒，也唱过这首歌，他脸上露出笑容。他从来没有觉得夜空中的星星和他这么亲近，他觉得能听到星星密密匝匝的说话声。一颗流星划过天际，传说人死了能化作一颗流星，给观赏星空的人带来一瞬间的惊喜也是美好的结局。名利、地位、金钱、财物算个什么东西，都是身外之物。他觉得死也是个很简单的事情，只要把头埋进海水里，深深地吸一口气，所有的世间凡尘就会随之消失。

他艰难地翻过身，把头扎进水里，憋着气望着黑洞洞的深海，突然，眼前出现了战友，出现了瑶瑶，出现了白脸，他们都在鄙视他，嘲笑他是个胆小鬼。生命是可贵的，怎么能轻易挥霍？生活是美好的，怎么能遇到挫折就放弃追求，有力气活着才是高尚。

他抬起头跃出海面，深深喘口气，对着夜海一声长吼。

他从昏迷中醒来，又是一个早晨，迷茫的眼前是刚刚升出海面的太阳，海面泛着红鲤般的波浪。

忽然，成千上万条不知名的鱼儿跃出海面，迎着朝阳尽情欢舞，那壮观的景象，让他仿佛置身于仙境，置身于蜃景。他本能地举起相机，按下快门。

他在海上漂流的第四天，被过往的船只救起，几乎没有了生命迹象的他竟然顽强地活过来了。

他的摄影作品《生命》获得了全国摄影大赛的金奖。新闻媒体采访请他谈谈获奖感受，他只说了句：“敬畏生命，拥抱大海。”

他把获奖作品赠给了瑶瑶和白脸，瑶瑶刚刚凸起的肚子里正孕育着一个健康可爱的小生命。

剃　家

老街把一些手艺活儿做得精湛的人称为家。你字写得好，写家；你戏唱得好，唱家；你头剃得好，剃家。被称为家，就是最高赞誉了，如果你手艺好，还德行高，那就更了不得了。在老街东关开理发店的老陆就是个剃家。

小说故事里写剃头匠的传奇多了，老陆却是个没有传奇故事的人。论长相，普通得没有任何特点，扔在人堆儿里就找不着了。论身世，从小在老街流浪，十几岁跟着个剃头师傅打杂，师傅过世，他就接了理发店，平平淡淡。非要说出点儿绝活儿，那就是老陆左右手都会用剃刀，使推子能给自己理发，那得有多么好的手感啊。

有一年夏天，老街许多人得了角膜炎，老陆也染上了。生意不能停，但不能传染了客户，客户找上门来也不能怠慢。老陆就用毛巾捂着双眼，凭着经验和感觉给客户做活儿，发茬齐整，与平时手艺没有什么两样，惊得客户啧啧称奇。剃家的名声由此传开。

老陆在老街开着理发铺几十年，童叟无欺，随叫随到。有的客户半夜要外出进货，需要打理，会去敲老陆的门。老陆屋里的灯就会亮起，他一丝不苟地给客户理发刮脸梳洗干净，不多收一分钱。有时客户过意不去，多放下几块钱，老陆也会记在心里，下次来理发就不会收钱。

老街的买卖更新换代快，就连理发剃头的行当，没出几年也都换了门面，大大的霓虹灯映衬着美发厅、发型设计中心、美发会所，门口站立着的都是年轻的孩子，发型古里古怪的还染着各种颜色。

老陆的招牌没换。老街人，尤其是上了些年纪的人还是喜欢来老陆店里理发剃头刮脸。老街人还是愿意听理发推子咔嚓咔嚓的质感声音，还是享受剃刀在脸颊上游龙走蛇的舒坦感觉。

老街人理发爱扎堆儿，越是人多越来凑热闹，在等候当中抽烟喝茶，便把老街近几天发生的奇人怪事数落一遍，评论一番。

有人说："老陆啊，你也招个小姑娘来给撑撑门面啊，洗个头什么的，你没有见几个老主顾都被有妹子的发廊给拉走了吗？那双嫩白的小手在头上抓搓着，比你这老爪子可舒坦多了。"

老陆只会憨憨地笑，说："我可雇不起。要享受，你们也去。"

临近过年，老街热闹起来，大商场小店铺生意也多了。

西大街一家大商场忽然失火了，火光冲天，浓烟滚滚，几十号人逃生不及，在火烟中丧生。老街一下子就冷清了，被巨大的伤痛笼罩住了。

街道处理事故的人找了几家理发店，请去给遇难的几十个人修面整容，打理干净了好让死者家里人来认领。给死人理发梳头，没有一家发廊愿意干，这种晦气的事情会影响生意的。

街道的人找到了老陆。

老陆闷头吧嗒吧嗒地抽烟，烟雾弥漫着老陆没有表情的脸。

街道的人很着急，说："价钱好商量，价钱好商量。"

几个老客户说："老陆啊，你这招牌立起来几十年，能做成剃家可是不容易啊。想好了，接了这趟活儿，你的店就开到头喽。"老街人都讲究个运气，谁还来你这店里找晦气啊？

老陆看看门店的招牌，说："死者为大啊。咱不能让这些不幸的人走了也憋憋屈屈的吧。"

老陆烟抽足，收拾好工具，说："走吧，做活儿。"

老街人后来说，当时夕阳西下，老陆离去的背影很是悲壮呢。

老陆跟随街道的人，走进了一个大仓库，火灾遇难的人并排躺了一地。

老陆就从眼前的第一个人做起，烧热水，洗脸，洗头，修面，理发，一丝也不马虎。老陆把一个又一个逝者抱在怀中，禁不住泪流满面，实在不忍观之，他索性闭着眼睛，用盲剃的技艺给逝去的生命细细打理。一个女孩儿，头发烧焦了，纠结在一起，如果梳理就会掉光了。老陆第一次给女孩儿做起了发型，那发型做得和女孩儿的仪态非常熨帖，街道的人都禁不住打出敬佩的手势。所有的活计做停当了，老街已经迎来了第一缕曙光。老陆收拾好工具，推辞了街道人递给的报酬，踉跄着走出仓库。

老陆的事在老街流传着，人们敬佩老陆，可是却没有人愿意来老陆的店里理发刮脸了。

老陆索性关掉了店铺，摘掉了招牌，去丽京门下看看别人下棋，到茶馆里泡壶茶，听听戏。

老陆每次路过发廊，总是禁不住停下脚步，伸长脖子往店里瞅瞅，看着年轻孩子们在店里忙活，他的手就不由自主地活动着，仿佛手中还拿着理发推子。

春节过后，老陆不见了，老街的巷头街尾再也没人见到过老陆。

后来有人说，在新疆某个牧场见到过老陆，老陆正兴高采烈地剪羊毛呢。

老街再无剃家。

影　子

老街有“三老”，老招牌、老古董、老学究。

老街的门店多，许多都是老招牌。看着不起眼的小店，门口招牌上的字是康熙或乾隆所赐，在老街度过岁月的李白、杜甫、白居易、郑板桥之类的文匠骚客，他们题写的招牌楹联，不经意间就会出现在犄角旮旯的小店中。来老街寻访瞻仰古人墨迹也是一大特色。老街的古物多，古董遍地都是。毕竟十几个朝代曾经建都于此。老街家里打一口井，就能挖透几个朝代。因此，老街是不允许建筑高楼的，居民和门店也多是两层木楼。老街流传个笑话，两个青年打架，一个用铁锨拍人，结果人没有拍到，却拍倒了一段土墙。这个小青年就被逮走了。被他拍倒的是隋朝古城墙，国家重点保护文物。老街以前的私塾多，教书先生也多，有许多还给皇亲国戚做过先生。所以，老街有着尊师重教的传统。尤其是在文阁坊一带，当年是私塾聚集地，遍地走的都是摇头晃脑之乎者也的老夫子。

霍老、乔老、贾老都是老街文化的标志性人物。在老街，只要是有沾点文化色彩的事情，三位老者是必被邀请的。三位老者都是鹤发童颜，神采奕奕，往场合里一站，就觉得文风氤氲，儒气荡漾，场合就显得有了品位，提了档次。

三位老者在老街是一种文化的象征，只要三人聚到一起，便抱拳作揖，称兄道弟，一派和祥。其实，背地里谁也不服气谁，用老街的话说，根本尿不到一个壶里。论年龄，三人同庚，出生月份不同；论资格，都是毕业于北京的名牌大学；论学识，也都出版过自己的文集著作。老街有场合时，请一位还行，如果是三位都到场，如何排座次就是个费死脑筋的问题了。常常因为前后的次序不满意，有的老者就拂袖而去，弄得主家不尴不尬。

天下事没有难得住老街人的。有人就刨根问底儿，看看是谁最先发表过文章。三老提供的资料竟然都是同一年。那就看看谁发表的报刊级别高，居然也都是当年的《人民日报》。那就再看谁发表的文章字数多，三人都含糊着说记不清了，反正是版面挺大的。就有好事的人，去了京城的图书馆，查到了三老当年发表的文章，还复印回来了。结果是霍老的文章八百一十五字，乔老的文章七百七十字，贾老的文章六百零二字，包括标点符号。霍、乔、贾的排序就被默认了。霍老自然就是德高望重的领头羊了。老街的一些脸面上的事务，霍老也就当仁不让地坐在主席台子的中间。

面子上的事情解决了，心理感受还是不舒服的。在有的场合上，有意无意地就会涌出点暗波。霍老若是发了言，乔老随后就会提点不同看法，与之商榷。乔老若是发言了，贾老也要从另一个角度看看问题，把乔老的意见给间接地损一番。大家都知道怎么回事，也都心照不宣，只要能相安无事，得过且过。

贾老心里最不安分，三个人当中，只有他年龄最大，比霍老早来到世上二十五天，比乔老大四十五天。贾老也比那两位早毕业一年，在学校也是一支笔杆子，若不是当年自己把不住滑，犯了点小小的作风问题，早留在京城混出个模样了。在老街混到一把年纪了，还是个“三”，这让贾老很是不爽。排在老三，实际上就是个搭头，有你没你都一样。

老伴儿最能理解贾老的心境，安慰他说：“现在要看谁能熬过谁，坚持到最后的就是赢家。我看那老霍老乔都不如你结实，好好锻炼吧，机会都是留给活得最长的人。”

贾老心中豁然开朗。觉得这文化水平不高，成天就会和邻居叨叨东家长西家短的俗气老婆子还能有这么高远的见识。抱着老伴儿就亲了一口。“你个老不正经。”老伴儿嘟囔一句去厨房烧汤了。

贾老制定了一整套的健身养身计划，把自己的精神状态和身体状态调整到最佳。出席一些场合，他就特别注意观察老霍老乔的状态， 听他俩念叨这个脂肪高那个血糖高的贾老就特别受鼓舞，自己啥都不高，就是心气高。

事情总是在发生着变化，先是霍老中风住院去世，乔老接替了一大堆的名誉头衔；后是乔老心梗，撒手人寰，贾老继承了一大堆名誉头衔。以后，只要有车接，有饭局，还有点儿小意思，贾老都会现身于各种场合。

贾老可以名正言顺地坐在各类场合正中间了。贾老坐在中间的位置上，似乎只是坐着，因为场合上的发言不是官员就是老板经理董事长，轮到贾老该说话时，就到了饥肠辘辘的开宴时分，个个都心不在焉，交头接耳，贾老也就没有了讲话的兴致。

有一次，贾老坐在场合的中间，百无聊赖，忽然觉得自己的灵魂离开了肉身，在场合上空游荡，看到自己那没有灵魂的空壳，就如同影子一样在耗费钟点儿，贾老恍然，其实在场合上，自己就是被用来做影子的。

贾老觉得影子很好玩儿。

担 家

老街的清晨，有两种人最忙碌：挑担卖菜的和担尿赶路的。

老街人嘴刁，吃菜讲究新鲜水灵。卖菜的主直接从菜园里摘得新鲜蔬菜，在潺河边淘洗去泥沙，用稻草绳绑扎结实，新鲜的叶子菜摆放在箩筐里挑起担子沿街叫卖，吆喝声有板有眼，有腔有调。

老街从明末清初磕绊至今，沿街住户还用的是旱厕。有的家用大水缸嵌入地下，有的家砌个池子。每天早上，有专门担尿的人来家里清理茅厕的粪便。起粪时臭味弥漫，为了不影响住户内眷生活，担尿的人都起五更赶大早。老街人厚道，把做担尿营生的人称之为“担家”。

老干就是个担家。可别小看了担家的活计，这可是个体力活，也是个技术活。说体力，担尿用的木桶，有六十公分高，柏木做成。没有把子力气，担一副空桶也累得你脸红脖子粗。老街住户的茅厕都建在后院，从后院到前街也有五十多米距离。如果是二进院或三进院，那就是百十米长的距离，担起尿桶要一鼓作气，举步生风，一路小跑，没有个硬扎的身板儿可不中。说技术，担起木桶的途中不能让桶里的污物溅出来，否则就弄脏了住家的院儿，即便用水冲洗，那气味大半天散不了，很是影响人家的情绪。

老干个高精瘦，皮肤黝黑，脸上总带微笑。老干在老街做担家，走进住家门，总吆喝一声：“来咧——”避免后院茅池有人尴尬；活儿做完了再吆喝一声：“走咧——”告诉住家关好大门。每天清晨，老干担着木桶，在分包的路段上，挨家挨户担尿。老干在茅厕里起尿，舀粪的勺子用得利落，起落之间，不能将污物遗洒在地面上。木桶装至八成，小心移至厕外，再拎进另一只桶。他稳稳挑起担子，匀步小跑，过门槛时前面的木桶稍抬高，跨过门槛，后面的木桶再抬高，脚下的步伐速度不变，木桶里的污物绝不会溅出点滴。老街住家的门槛高低不同，坊传，老干为了练好过门槛的技巧,在自己的小院子里用砖头和竹竿搭成门槛，闲时担着木桶在院子里练活儿。

老街遇到大雨。明晃老两口子犯愁了，院子里的排水管道不畅，积攒的雨水就涌到了后院的茅池，眼瞅着茅池就要被灌满，溢到院里可就恶心了。

“来咧——”老干担着木桶进院了，二话不说就钻进茅池淘粪。老干来回担了五趟，雨水中依然是稳稳地挑起担子，匀步小跑，过门槛时前面的木桶稍抬高，跨过门槛，后面的木桶再抬高，脚下的步伐速度依然不变，木桶里的污物不溅出点滴。老干又帮着把下水管道给拾掇通了，这才挑起担子，说了声“走咧”。

冠家是老街的大户，子女都在南方做营生。冠老先生过世后，冠老太太一人守着个大院子。老干走进后院的茅池做活儿，看到老太太也来到后院，踌躇着像有什么事。原来，老太太在如厕时，衣扣刮掉了手上的戒指。她想让老干帮着找找，又张不开口。如果找到了还好说，可如若找不到，那叫老干怎么把粪便担出这个门？按老街规矩，出了院门，尿桶里就是淘出个金元宝也是归担家所有了。老干看到冠老太太手足无措，心下明白了几分。

老干担着木桶走了，在城外找着了个筛子，把一桶桶的粪便细细地过滤，果然找到了那枚戒指。老干在潺河边，把戒指清洗干净，送到了冠老太太的手里。冠老太太的泪下来了，她说：“其实也值不了几个钱，只不过是结婚时先生送的，也是个念想。”老太太执意要给老干付钱，老干两手作揖说：“老太太您抬举我，抬举我了。走咧——”

老干四十好几了还是单身一人，有人就张罗着给老干做媒，问老干有啥要求，他搓着大手，说：“没个啥要求，人家不嫌弃我就中。”有人介绍了西关的佟大脚，也是快四十了还没找到婆家，老干就按人家约好的时间去见见面。

老干就在去相亲的路上出事了。老干路过潺河，被几个孩童的哭声喊住了。有个儿童在潺河边捉鱼虾，不慎滑入了河中。老干不会凫水，他大步流星奔到河边，毫不犹豫地纵身跳了下去。他在湍急的河水里扑腾，大喊一声：“走咧——”奋力把孩子推向浅水，自己却没能再上来。

老干无家无后，老街人给他办了最隆重的葬礼。老街的贤人雅士自愿为老干扶柩，街道的孩童都披麻戴孝，送葬的人群把老街堵得水泄不通。

老干的棺木前，一条白绸挽幛冲天而起，上书八个大字：来咧走咧—— 一生干净。

许多老街人这才知道，原来老干有个很雅的名讳：干净。

工 匠

厂子派人急匆匆四处寻找闷子，闷子正在老街的潺河边上悠闲地钓鱼。

工厂改制重组，闷子和一批工友被遣散回家。正是年轻力壮的年纪，也是上有老下有小的拮据时期，工友各寻门路再就业了，只有闷子见天儿扛着鱼竿在潺河边上钓鱼，一坐就是一整天，面壁打坐一般，工友说闷子憨了。

每天清晨见到闷子扛着鱼竿沿着青石板路晃晃悠悠地走去，傍晚又见到闷子扛着鱼竿慢慢悠悠地回来，从来没有见到他手里有过一条鱼。有孩子看到说，闷子钓鱼，鱼钩上不是装鱼饵，是挂着一只小秤砣。

闷子的鱼钩上确实是挂了一只小秤砣，闷子伸出鱼竿，小秤砣紧挨着水面，一只手擎着鱼竿一两个小时也不换手，有时有节奏地弹起小秤砣，蜻蜓点水般地在水面上跳动，荡起的涟漪一圈一圈扩散开去。

“蛇，蛇！”

河边玩耍的几个孩子惊叫起来，吐着红信子的蛇在一个女孩儿的脚边嘶嘶作响。闷子扭过头，手中的鱼竿一甩，鱼钩上的秤砣不偏不倚砸在蛇的七寸位置上。

厂子的人在河边找到了闷子，说：“闷子，快，车间急事，叫你去。”

闷子收起鱼竿说：“回家，换衣服。”

来人说：“车间有的是新工服，随你挑，车子等着呢。”

闷子固执地说：“回家，换衣服。”

闷子扛着鱼竿，晃回到青石板路上，厂子的人和车慢慢地跟在闷子的身后。闷子得意地跟熟人打着招呼：“厂里派车来请我去接活儿呢。”

闷子路过社区医院，见到了工友大康的媳妇：“嫂子，急乎乎地干吗？”

大康媳妇举着手里的针头说：“老爷子又住院了，治疗得用二百毫米长的针头，可是医院的注射针头最长才七十毫米，买都没有地方去。”

闷子说：“嫂子，别着急，我看看。”

闷子接过针头眯起眼细细看过说：“嫂子，你去多拿几个针头来，我来焊几个试试。”

大康媳妇说：“闷子，这么细的针头也能焊接啊，你行吗？”

闷子把几个针头拿回家里，琢磨了一会儿，就用电焊枪把三个七十毫米长的细细针头焊接在了一起。

大康媳妇赞叹地说：“闷子，你可真了不起啊。”

闷子媳妇说：“他天天去河边哪里是钓鱼啊，他那是在练手感，练眼力。回到家啊还要穿一百根针，这么好的功夫，多少家企业来请，他就是不去。也不知道他是咋想的。”

闷子不答话，从屋里拿出个衣架，塑料布下罩着件油腻腻的工作服。

妻子说：“他下岗回来就不让洗这身衣服。”

闷子穿上工作服，人立马就精神起来。

厂子有事，走了。闷子潇洒地一挥手，上车。

车间一片忙碌。厂长十分焦急，这套进口设备在安装中遇到了难题。SW 系列轮子需要加工的幅板间距小。公司目前的工装设备只能加工一米以上的工件，找了本市的好几个合作厂，都无法解决。如果到外地再购设备，少说也得一周，工期得延后不说，每天的损失就要几十万美金啊。

一位老工人说：“厂长，找闷子来试试。”

厂长噘着起泡的嘴：“闷子？闷子是什么人？”

“原来五分厂的，焊工。”

“焊工？你们不都是焊工吗？你们都解决不了，他行？”

闷子到达现场正是中午时分，整个车间都静下来了，百十双眼睛注视着一身油腻腻，脸上淌着汗水，黑乎乎瘦高高的闷子，一步一步朝工地走来。

闷子脸上没有任何表情，只是走到部件前仔细地观察，翻看着连技术员都有些弄不明白的图纸。闷子把几个老师傅叫到一起，把自己的想法说了一遍，又和几个人演示了一番。

项目总指挥听了闷子的建议，说可行是可行，但是在不足一米的管道内焊接，别说技术难度大，就是里面的温度也会把人烘烤干的。

闷子说："只要同意我们的方案，焊接的活儿，我来。"

连续五个小时，闷子除了喝了几瓶水，一直卧在工件上。最后是师傅把他拖出来的。

闷子脸上挂着自信，说："解决了。"

一片欢呼。

厂长握着闷子的手，说："我要请你回来，高薪请你回来。"

闷子说："我不回来了，我来就是想告诉你们，当初撵我离厂，是你们错了！"

闷子走出车间大门的一刻很是壮观，夕阳下，他的影子拉得很长。

绝　宝

老街人玩儿收藏。在老街谁家要是没有几个老物件，那是很没有面子的。有人说老街上下都是宝，这话一点都不过。你在老街上走，脚下的青石板，明朝的；手扶一段土墙，隋朝的；你坐下的门前石墩，宋朝的；打一眼井，挖出好几个朝代；店门上题的匾，板桥的、张铎的、大千的、乾隆的，看得你一惊一乍。

老街人爱显摆，家有个好物件，会招呼四邻去观赏，还好茶好烟招待着，只要给主家几句赞美的话。就连从外地慕名而来的人，老街人也不推辞，照样请进家观赏，赶上饭点还非留你吃碗浆面条，尝尝烩杂肝。老街人的收藏从不去贩卖，看中你喜欢的，可以拿物件来交换，谈钱是不行的，买卖老祖宗的东西，那是不忠不孝不仁不义的事，是要让左邻右舍笑话轻蔑的。

混子孬三是个例外。孬三是地道的老街人，是个赖皮，一个横竖不吃的滚刀肉。孬三总是寻摸着把老街的老物件往外倒腾买卖，老街人对他是又恨又无可奈何。

孬三还是个孩子时手脚就不干净，到邻居家玩儿，顺手就会拿走人家的小物件，不管是吃的用的还是玩儿的。那一日，他在邻居家顺走了一个精巧好玩儿的瓶子，就在八角楼下玩耍，一个长着一脸络腮胡子的外地人见了，就跟孬三套近乎，带着孬三吃馆子，还给了他十元钱，把他手中的小瓶子买走了。孬三揣着钱，心里痒痒的，没想到一个小瓶子竟然能换来吃喝，换来金钱。孬三挨了父亲的痛揍，才知道那玩意儿叫鼻烟壶，说是清朝的一个皇帝用过的。

孬三二十八岁那年，父母病故，人们都说是被孬三这不争气的孩子给气死的。孬三对父母的离世没有多大痛苦，反而觉得无拘无束，更自由了。虽然有叔叔照应着，可是他几乎就不着家，整天和几个混混儿一起，有人来找他叔叔，那一定是孬三又惹是生非了，叔叔就得给他圆场子擦屁股。

老街人如同躲瘟疫一样提防着孬三，谁也不会把他往家里让，家里的老物件也都收了起来，不怕贼偷就怕贼惦记啊。孬三是拿不到屋里的就拿屋外的，听说东家门口那小兽石是明朝的，第二天那兽石的头就不见了，用泥巴糊了个狗不狗猪不猪的东西粘在上边。听说西家铺子门前那风铃是前清的，过不了几日，风铃就不见了，上面给吊了个蝈蝈笼子。

不久，街上流传，说青龙潭里有个宝贝，是纯金做成的盆子，每到下午就能看到宝物在水下闪闪发光。由于青龙潭水深湍急，几个好水性的人都潜不到底，孬三听说此事吃惊又暗喜。年初，孬三叔叔的一个好朋友，在狮子楼吃水席，酒喝大发了，把孬三叔叔家藏有一宝贝金盆的秘密给说出来了。据说是康熙年间老街青龙山一带的大土匪头子山鹰被朝廷招安，山鹰用十斤纯金打造了一个盆子，金盆洗手，效忠朝廷。不久，山鹰就被毒酒赐死，手下鸟兽散，金盆也不知道哪里去了。金盆如何落入孬三叔叔手里的，谁也不知道。

孬三趁叔叔外出，把家里翻了个遍也没有找到金盆。孬三哄着婶婶说："叔叔被歹徒绑票，说是要拿咱家什么盆去赎，不然就撕票了。"婶婶着急，抱起家里洗衣服用的那只笨拙的木盆，跟随着孬三往青龙山赶。进山天已经擦黑儿，婶婶有些怀疑了，抱着木盆不肯再走。孬三便上去抢夺，婶婶死死抱住木盆不松手，孬三兴起，踹了婶婶一脚，婶婶坠入山崖，孬三手里只抢到木盆底，原来木盆是两层，婶婶抱着金盆跌入了山涧。悬崖峭壁，孬三寻了几次也没见到金盆踪影。

莫非金盆随着山涧溪水冲进了青龙潭？

孬三仗着自己水性好，在月夜悄悄来到青龙潭，一个猛子扎进水中，深水处果然有个光亮的影子，孬三大喜，又往水深处潜，却觉得那亮影子影影绰绰像是婶婶狰狞的脸。孬三大吃一惊，气就觉得不够用，急忙上浮，头顶上却有个木盆罩着，压得他怎么扑腾都露不出水面，不一会儿就不再折腾，沉入了潭底。

孬三为了捞金盆溺死在青龙潭的消息，让老街人欢欣。

有人说看见孬三婶婶的墓前，有一只笨拙的木盆。

老街大脚

大脚的脚有多大？哈，没有你想象得那么大。

老街正值酷暑的午后，太阳很毒，阳光下站立两分钟，头皮都被燎得发烫。往日拥挤嘈杂的街道，被热浪清洗得稀疏安静，只有树上的蝉不知好歹地聒噪着，倒把街道衬托得越发幽静。此时的老街人大都在歇晌，门面生意只留个看店的伙计招呼，看店的伙计也是有一搭没一搭地垂着头犯瞌睡。

几个生意人走进了霍家的门店。店面里没有见到人，只看到了柜台上跷着一双大脚。客人也是好开玩笑，就脱下自己的鞋子，往柜台上的脚丫子上套，居然套不上。

“干吗？”脚丫子收回去，露出一个女孩子睡眼惺忪的圆脸。

“娘，有生意了。”女孩儿叫了一声，光着脚丫子跑进后院。

几个客人惊呼道：“好一双大脚啊。”

客人沿街一说道，霍大脚就出了名。

霍大脚不仅是脚大，还一年四季总是光着脚丫在老街跑，天寒地冻三九天，也是被大人逼着穿一双布单鞋，都说霍大脚这孩子火气盛，抗冻。

霍大脚到了上学的年龄，家人把她送进了学校。

大脚上课很是认真，背着手，腰板直挺挺的，一双大眼睛眨都不眨地盯着老师看，看得老师心里都发毛。可是，大脚虽认真却什么都学不会。

大脚说："我听老师讲了，我都听了，就是听不懂啊。"

于是，大脚的座位就一次一次往后挪，挪到了最后一排。

坐在最后一排的大脚，上课依旧很是认真，背着手，腰板直挺挺的，一双大眼睛眨都不眨地盯着老师看。

有同学说："你啥都不会，上课还装样子啊？"

大脚说："我做到了认真听讲啊。"

大脚学习不好，也不招同学们待见，下课了愿意和她一起玩儿的同学也不多。

大脚最风光的时候就是学校开运动会，只要有跑的项目，大脚都是光着脚丫子一路领先。班里的同学齐声为她呐喊，大脚第一个冲过终点线，同学围着她又喊又跳，给她擦汗送水，大脚觉得自己也就和公主差不多了。有的同学写周记，还形容说大脚在操场上那两只大脚片子，忽闪忽闪地像白蝴蝶在飞舞，大脚乐得满脸生花。

学校运动会热闹两天之后，大脚又进入认真盯着老师啥也听不进去的状态。大脚把日子熬到初中毕业，对家里人说："我也别去学校折磨老师了，在家里帮着你们看店吧。”

大脚不去学校了，心里还是惦记着学校。每到放学的点儿，她就会站在店门口，招呼以前的同班同学来店里玩儿，把店里好吃的东西拿给同学吃，听他们讲学校里的事情。有时同学说，学校又开运动会了，大家可怀念大脚在运动场上的飒爽风采了。大脚就开心地乐，两只大脚丫子左右摇摆，像舞动的蝴蝶。

大脚二十岁那年，情窦初开，她看上了开水果店的湘子。

恋爱的大脚也穿鞋了，有事没事大脚就往水果店钻，帮着人家搬运货物，招呼生意。

湘子对大脚没意见，有力气能干活儿就中。湘子的妈妈不愿意，咋说湘子也是个大专毕业，有文化的人。那大脚高中都没有上，配不上湘子。

大脚不看湘子妈妈的脸色，只要湘子愿意，大脚有空就去找湘子腻歪。

八月十五中秋节，天很净，月很圆。在湘子家的小院里，两人依偎在月光下浪漫着。湘子妈妈在屋里哎哟哎哟地呻吟，她的心口疼病犯了。

湘子慌了，打电话叫 120。

大脚说：“老街街道恁窄，街上都是逛街看月亮的人，救护车咋能开过来？”

湘子急得转圈：“那咋办，那咋办啊？”

大脚左右鞋跟儿一踩，布鞋甩到一边，说：“背啊！”

大脚背起湘子妈妈，在老街的青石板路上疾走，嘴里还呼唤着路人："借光借光啊，让让，让让！"

大脚把湘子妈妈送到医院，医生说，送得及时。

湘子妈妈拉着大脚的手说："我伏在大脚宽厚的背上，听着她踩在石板路上的脚步声，我就知道了，我家湘子遇到了个好姑娘，好媳妇啊。"

老街居委会设了个联防治安巡逻组，大脚是第一个治安员。

大脚可神气了，戴着个红袖箍，走家串巷从早到晚就不时闲儿，晚上到家给婆婆烧水洗脚按肩揉腿。婆婆说："大脚啊，你见天儿地忙乎，不知道累啊？"

大脚笑着说："娘，力气用不完啊。整天这样忙乎着，我心里可得劲儿了。"

老街牡丹盛开的时节，各地来老街游玩的人也多了。那日晌午，随着一阵惊呼，一个得手的窃贼起身逃窜。大脚发现了，起身拦截，盗贼冲开大脚的双臂，沿街飞奔。

大脚左右鞋跟一踩，把布鞋甩到一边，说："跑不了你！"抬腿就追。

无论窃贼怎么跑，身后总是有大脚啪嗒啪嗒的脚步声，直追得窃贼怀疑人生。

窃贼也跑不动了，索性钻进了街边的男厕所。

大脚脚步不停，也跟进了男厕所，一把攥住了喘着粗气翻着白眼的窃贼。

厕所里方便的男人见进来个女人，都慌乱地惊叫提裤子。

大脚一手抓着贼，一手朝男人摆着，“你们忙你们的啊”。

老街就有了一句俗语：大脚抓贼——各忙各的。

茂盛

茂盛说他的名字之所以叫茂盛与他的头发有关联。

茂盛说茂盛妈怀上茂盛后，嘴刁，就馋黑芝麻。每天早上睁开眼到晚上睡觉前，一张大嘴就不识闲儿，咯吱咯吱地嚼黑芝麻，常常满嘴都是黑芝麻糊子。

当时的年月黑芝麻可是稀罕物，茂盛爸为了给茂盛妈兑换黑芝麻，跑遍了县城的乡乡村村，大人小孩都知道城里有个换黑芝麻的人。

茂盛爸白天上班，下了班就蹬着那辆除了铃不响剩下哪都响的自行车，走街串巷进村转山去兑换黑芝麻。遇上刮风下雨，茂盛爸回到家就像个土猴，怀里装着淘来的小捧黑芝麻，脸上笑得跟屁花子。

同事都说茂盛爸太宠惯茂盛妈了，忌嘴，给根大葱嚼吧嚼吧就得了。还别说是黑芝麻，白芝麻都是金贵得不得了。

茂盛爸可不这样想。当年，茂盛妈也是茂盛爸同班同组的“组花”。嘴大点儿，嘴唇厚点儿，其他浑身上下没毛病。关键是茂盛妈不顾家人的反对，一分钱彩礼都没有要，就敢挤在茂盛爸那张翻个身就吱扭吱扭响的木板床上，硬是从白花花的肚皮里吱扭出个小茂盛来，让茂盛家三代单传有了后，怎能不让茂盛爸天塌地陷娇惯着茂盛妈。别说想吃黑芝麻，就是想吃天上的星星，茂盛爸也得搭着梯子去够。

兴许真是黑芝麻吃得太多的缘故，茂盛妈生下茂盛，接生的人都惊奇，这小家伙从娘肚子里骨碌出来，头发如同戴了顶黑色的毛线帽。医生说，从他手里接生过几千个娃了，从来没有见过头发这么茂盛的，好兆头哇。

茂盛爸茂盛妈就乐滋滋地给娃取名叫茂盛。

茂盛也不辜负爸妈的期望，其他方面没有什么茂盛的，只有头发长得肆意蛮横，密密匝匝，用手扒拉头发都看不到头皮。冬天，同学都戴帽子，捂围巾，茂盛就光着头，从不怕冷。夏天，茂盛就有点受罪，摇着扇子也是满头汗水。茂盛爸把茂盛的头发剃短，过不了十天八天又是满头郁郁葱葱。

茂盛上大学，谈了个女朋友。见过几次面，女孩儿就不赴约了。捎过来的话说：“这么小小的年纪就已经脱发了，成天戴着个假发套。”

茂盛气得找到女孩儿，说：“谈不谈朋友没有关系，但是不能欺侮人。来，你拽拽，到底是真发还是假发？”

女孩儿真就伸手抓抓，吐吐舌头说了句：“天啊，长这么一头好发做什么？”

是啊，这是茂盛要考虑的问题。一头好发闲置着是浪费啊，每月几次的修理也是一笔不小的开支。

上铺的室友大开给茂盛个建议：“你干脆写诗吧，成为诗人，把头发留起来，扎成个辫子，这叫诗人气质，长了就用剪子自己剪吧剪吧，也省得跑理发店。”

这倒是点醒了茂盛，写诗很容易啊，把自己平日记的感悟分成段落就可以了。茂盛申请加入了学校的诗社，在校报上发表了几首小诗，就有女孩子慕名而来，讨教诗文。

茂盛成了校园诗人，后脑勺扎着根辫子，经常在一些聚会派对上声情并茂地吟诵自己的诗文，结束的一句都要摆头甩一下脑后的小辫子。那，叫气质。

茂盛大学毕业分配到老街一个基层文化部门。虽然说没有能达到茂盛心中向往的机关，但他还是能保持“纵有疾风起，人生不言弃”的心境。除组织组织广场舞，涂抹些标语口号外，茂盛就冥思苦想地为赋新诗强作愁，不出几年，茂盛的诗集《荒芜的茂盛》出版，引起了不小的轰动，茂盛成为老街新诗派的代表人物，茂盛还组织了荒芜诗社，一群人张张扬扬到处去采风，激扬文字。

男人到了中年，各项生理指标都大幅减退，最显而易见的就是“上层建筑”开始谢顶。诗协开会，主席台上坐了一串风云人物，个个头顶都是“地方包围中央”，只有茂盛厚发如林，显得比同龄人年轻二十岁。

中秋节，茂盛和老街的几位知名人士去邻市参加一个诗友的新书首发式，书店里熙熙攘攘挤满了人。

主持人拿着麦克喊着："现在介绍几位刚刚从老街赶来参会的几位大咖朋友。"主持人每介绍一位的头衔和背景，就会引来现场的一阵惊喜尖叫。

茂盛矜持地笑着，他知道，当现场的人知道他的来历时，欢呼和惊叫声会达到高潮。

不知道是看着茂盛面相年轻，不像是个大咖，还是人多喧闹有了疏忽，主持人居然没有介绍茂盛，人群呼啦就围住了几位大咖，手里拿着书，拿着本子让签名题词。

人多拥挤，茂盛被挤到了墙角。

活动结束，吃饱喝足又带着礼品，一车人谈笑风生，春风得意。

只有茂盛闷头不语。他后悔来这一趟，他抱怨主办单位水平太差，主持人有眼无珠，他嘟囔临市的诗友只顾自己的新书发售，他骂一同来的几个人啥也不是，有个显摆的地方就得意忘形，他还没事找事地训了司机几句，开车磨磨唧唧不安稳。

回到家，茂盛觉得头皮发痒。端来一盆水，头往水里一泡，水面漂起了一层头发。茂盛吃了一惊，对着镜子照照，头皮中央竟然秃了。

茂盛姓白，叫白茂盛。

文　砸

老街似一条被人随意丢弃的麻绳，弯弯曲曲又错落有致地卧在洛河岸边。

老街兴于何时已无人记得。老街不宽，三丈有余，却蜿蜒十里。街道上人群拥挤，店铺挨着店铺。远远望去，整条街就如同扭动的蛇。

老街做营生以开铺子为主。要是想在老街开个铺子可不是容易的事情，老街地面金贵，没有资金撑腰拿不下铺面。老街人认熟欺生，爱逛老店铺，不太凑新店铺的热闹。老街新店铺开张，先前就有砸场子的习俗。

老街砸场子分两类：一是武砸，做武砸的人是欺行霸市的地痞混混儿，收取所谓的“安商费”，即保证你安心经商的打点，这类人是明火打劫，冲着钱财来的，开店若没有个硬根子后腰支撑，只能花钱买平安；二是文砸，同行业界既有联手扶持，也有暗中设套，尤其是新开店铺稍有不慎就会被砸出戏码，给你编排得沸沸扬扬，生意在老街做不下去。

武砸，可以用钱摆平；文砸，暗流涌动，砸晕了你都不知道浪来自何处。

老街砸店的道行如秋季的洛河，水急漩涡深。

正午时分，老街南关热闹之地，鼓乐齐鸣，又有商铺开张，“客家茶楼”。

老街做茶叶生意的商铺不算少，经营客家茶却是第一个。这家茶铺还敢开在老街最繁华最金贵的地界，可见来头不小。

茶楼掌柜建安，五十开外，中等身材，脸阔眉浓，笑容可掬。

茶楼内已经是宾客满座，谈笑风生。老街名士贤达文人墨客来新开的店铺捧场，多半是来文砸的。

“哟，这主家茶楼开张，待客的却是白开水啊。莫非主家的茶叶还没有到货，还是吝啬拮据啊？要不要先送你一担我清香茶楼雨前毛尖啊？”

在座的果然发现，每人桌前的茶杯里都是白开水。

“在这老街也经营了几代茶叶生意了，还没有听说‘客家茶’，客家跟老街有啥牵扯啊，不会是赚眼球搞噱头吧？”

有人开始发难了。

老板建安起身，拱拱手：“建安诚谢各位同行贤达亲临赏光。说到河洛老街，这可是客家人的根啊。据考，从永嘉之乱到拓跋焘攻宋，北方人口南迁将近百万。其后，唐朝的安史之乱和北宋末年的靖康之乱，河洛地区也惨遭打击，原来的土著居民纷纷逃亡江南，衣冠人物，萃于东南。南迁的客家人保持着中原人的血统和生活习惯、文化习俗。通常说，客家人根在河洛。鄙人在老街开设客家茶楼，也算是落叶归根吧。”

“可你这待客之道也是君子之交淡如水啊。茶楼开张，白开水待客，这也是老街头一份啊。”

“是啊，刚开张就这么小气吝啬，茶楼的生意也是兴旺不到哪去。来也匆匆，去也匆匆吧，哈哈哈。”

老板建安依然满面笑容，不搭话，来客议论纷纷。

“好茶！”老街颇有威望的顾老爷子，忽然大喝一声，屋里的嘈杂顿时安静下来。

大家面面相觑，不解地望着眼前的茶杯。

顾老爷子慢慢起身，捋着长须，眯着眼睛，喃喃说道：“馥郁幽香，不张不扬，如漫步雨后柚园，清雅而天润。诸位没有闻到吗？”

大家这才细细品味，果然有清爽茶香在鼻腔间游弋。

“‘转轴拨弦三两声，未成曲调先有情。’建安老板，你这是欲擒故纵啊。千呼万唤始出来，快让我们见见庐山真面目吧。”

建安拱拱手：“怠慢各位了。眼前的白开水，只是想让各位先清清口，漱去口中早餐沉杂，再品尝客家手工花单丛茶。”

一扇门打开，几位客家衣着打扮的侍茶师，端出茶香氤氲的青花瓷杯。

众人端杯品咂，赞不绝口。

建安说道："诸位品尝的花单丛茶滋味顺滑爽口，回味甘甜。诸位如果有兴趣，不妨试试，晚饮此茶，第二天清晨口香如甘。"

客家茶楼开业，"文砸"没有砸出名堂，反而砸出来客家茶楼的名声。

翌日，客家茶楼邻铺的马老板因为资金手急，与供货商争吵起来，两人越吵越急，差点儿动起粗来，推推搡搡就到了茶楼的门口。

围观的人越来越多，就有人找建安老板出面说和说和。

建安客气地将二人请进了茶楼，一壶花单丛茶散着清香。

建安也不说话，只管给气呼呼的二人沏茶。

茶过三泡，二人火气渐消，互道抱歉。

建安把钱袋子放在马老板手上，先拿去周转救急。

马老板吃惊："这怎么可以？咱俩平日也无交集友情啊！"

建安憨实微笑："能同饮一壶茶的人就是值得交往的好朋友。"

顾老爷子说："大家经营的都是茶叶，你们经营的是茶叶的价值，建安经营的是茶叶的品质。你们哪，文砸的把戏就此收手吧。"

建安这才知道，邻铺的债务纠纷也是同行文砸设的局。

建安惊出满脑门子细汗。

写　家

老街把手艺活儿做得精湛的人称之为“家”。

在老街，你字写得好，就是写家。高德位就是老街的写家。

高德位自幼酷好书法，三岁跟着爷爷练习书写，八岁便“正草隶篆”四体皆能，年方二十就已经在老街成名。

时年，老街人众筹资金，重修千年古寺清凉寺。耗时两年，清凉寺修葺一新。

寺庙征集“清凉寺”题字，便在寺门口处，立有巨型空白石碑，备足笔墨。

但凡写家皆可来题字，只要题写的寺名，满月无人擦去重写，即可入选。

每日，文人墨客乡绅贤达都会聚于寺庙碑前，对碑上的题字评头论足。

碑上写家所题之字，大都过不了两天就被替换。

有人请出“李半街”。

李半街在老街可是大名鼎鼎，老街有半条街的商铺牌匾，都出自他的手。

李半街提笔写下“清凉寺”后，便无人再来抹碑上的题字，转眼半月过去。

五月十五，高德位陪同母亲来寺庙烧香拜佛。高德位看到石碑前围了许多人，问清了缘由，也凑近了看字。他边看边自语：“字是磅礴，少些隽永。”

毛头小子竟然敢对李半街的字评头论足，有人揶揄地说：“别光说不练啊，有本事也来两笔。”

高德位年轻气盛，挽起袖子，说：“也不是不可啊。”

他拿起抹布，在众人惊呼声中，擦净石碑，提起毛笔，饱蘸墨汁，略微思索，笔走龙蛇，写下“清凉寺”三个字，之后便扶着母亲离去。

有人把高德位胡闹清凉寺的事传给了李半街。他也很是诧异，来到寺庙石碑前，端详着石碑上的字，足足有半个时辰，留下了四个字：后生可畏。

高德位题写的“清凉寺”被寺庙制成金匾，悬挂在山门殿上。

老街人把写家戏分成三个阶段：初级阶段的写家，书法作品是没有人要也给写。刚琢磨出些门道，迫不及待要显摆，见到熟人就主动给人家写字，先混个脸熟也很重要啊；中级阶段的写家，书法是有人要了才给，好歹混得小有名声，写了不能白写，可以有润格贴补家用了；高级阶段的写家，书法是要了也不给写。

书法作品金贵了，不会轻易出手，也颇为爱惜名声。

高德位的书法在老街是哪个阶段还真不好定性。

他家境并不富裕，少年练习书法，纸墨笔砚是供给不及的。幼年练书法只能是蘸着水在石板上写字。

上了中学，他将木炭磨碎，过细箩，兑水调制墨汁。他去收集包装纸、香烟盒、旧报纸，装订成练习册。即便在老街已经成名，依然节俭。

老街人厚道，不会当面送他文房之物。他早上打开大门，门墩上经常有街坊四邻送来的笔墨砚台，从不留姓名。

高德位出名后，每年过春节，他都要在大门外支起个书桌，义务为老街人写对联，从不间断。

老街不少的写家就是靠过节写对联，赚俩钱贴补家用。

高德位的行为，自然遭到不少写家的议论。你高德位也是老街名家了，支摊写对联与你身份不符，还不收费，这不是摆治惹同行吗？

高德位笑笑说："老街人待我厚道，我便逢年过节给街坊写个对联，添点福气增加点喜气。我也就写写字这点儿能耐，计较啥啊？"

你说高德位不计较？他还真是计较。

毕伍是洛城一军政要员的儿子。他有几位富家子弟的朋友，听说高德位是老街出名的写家，便携礼来到老街，上门求字。毕伍见高家门第破落，高德位衣衫褴褛，面色饥黄，便言行骄横轻慢。

高德位也不言语，将要员儿子所送礼品掷至门外，转身进了里屋，不再搭理。

毕伍没求到字，灰溜溜返回洛城，他向父亲告状。

他父亲说："早就听说高德位为人耿直，他给乡邻所书，历来分文不取，必是你造次骄横。"

毕伍低头不再言语。

高德位六十七岁病逝。

那年，他的身体状况已经很差。年三十儿，还是摆出桌子，拿出笔墨为街坊四邻写对联，他从白天写到黄昏。

风冷天寒，排在后面等待写春联的乡邻，看他身体虚弱，不忍打扰，便散了回家，他们把空白对联贴在大门上。

老街把空白对联叫贴"甜对子"，这个"甜"不是蜜糖的意思，而是清淡无味的意思。写了字的对联叫"咸对子"，意思是有了滋味。

暮色四合，天空飘下片片雪花。高德位喝了点热汤，就让儿子搀扶着，打着油布伞，挨门挨户去寻找贴了"甜对子"的人家。他一手掌灯，一手挥毫，认真地把一家一家的"甜对子"写成"咸对子"。

大年初一，看到自己家大门对子由"甜"变"咸"的乡邻，心有感激，相约来到高家府上，给高德位拜年。

高德位已经在睡梦中仙逝。

老街大雪皑皑。

后　记

让生活充满阳光

我四十年前就开始从事小小说创作，当初所写文字几乎都是讽刺挖苦针砭时弊之类的文字，我常常为此自鸣得意——我有了一个可以发泄不满的手段。直到有一天，我上初中的女儿看了我的一些文字，奇怪地问我："社会这么复杂啊？人都这么阴暗吗？我干吗要长大？"她对未来将要走入的社会产生了恐惧。

一个雪天，我回县城看望年迈的父母。在一个街口，有个六七岁的孩子拦住了我。他天真地请求我帮他把院子前的雪扫一扫，院子里的雪埋住了他家的半个窗户。虽然我带着大包小包，但看着孩子渴望的眼神，我还是欣然地卸下行李，接过了孩子手中的扫把。当我把窗前的积雪挪开，才发现屋里的窗前坐着一位老人。孩子告诉我，他奶奶又聋又哑还瘫痪了，奶奶就爱坐在窗前看院子里的风景。这件事感动了我很长一段时间，直到我把它写成了一篇文学作品，这篇作品也感动了许多读者。

我在反思，我们的作品究竟应该传达给读者些什么？现实生活固然有许多不如意不尽心的事情，社会上也难免有令人厌恶的丑恶现象，但那绝不是生活的主流，也不应该成为文学创作题材的集散地。我们的生活需要阳光，我们的创作需要阳光，我们的作品需要阳光。

近些年我有意识地尝试创作被称为主旋律的小小说。这样的作品不好写，它不能承载太多的时政内容，还容易概念化，出力不讨好。但是我无怨无悔，还乐此不疲。我觉得自己的小小说应该给人带来欢乐，带来鼓舞，带来希望，唤起人们对美好生活的信心、向往和追求。好在我的努力终有所获，受到了读者的喜爱和专家的认可。二〇〇四年，我获得“第二届中国小小说金麻雀奖”，著名评论家丁临一先生在评论中说：“刘建超的作品代表了中国当代小小说创作的主要方向之一，无论从朴素的大众审美需求角度还是从理性的文学价值观角度看，这类作品的意义与作用都是不可低估的。”

常常和朋友雅集，在茗茶或咖啡的馨香氤氲中谈论创作感悟。朋友常问，如何把小小说写得出彩？我的结论是与作品中的人物同行。

在小小说创作的初始，作者大都注重的是事件，精心的是故事和情节。早期接触到的欧·亨利、希区柯克、星新一等国外作家的小小说作品，都被他们营造的惊险出奇的故事情节所吸引。这些早期作品潜移默化地影响着我们小小说创作的走向，在创作小小说时都是从设计情节开始的，忽略了人物形象的塑造。

当我们阅读的作品多了，尤其是小小说创作得多了，作品发表得多了以后，会渐渐地体悟到，只专注故事情节其实是个很粗浅的打理，欧·亨利式的结尾也越来越有局限性，我们越发感觉到小小说中人物塑造的重要性。

一篇好的小小说，里面都是有人物在支撑的。在所熟悉的或者所喜欢的经典篇目中，都有一个人物在你脑海里浮现。如汪曾祺的《陈小手》、贾大山的《莲池老人》、孙方友的《女匪》，等等。小时候看《林海雪原》，讲述的是解放军一个小分队进山剿匪的故事。读小说，记住的是杨子荣和座山雕，忽略了主人物少剑波；看京剧《沙家浜》，想到的是阿庆嫂，胡传魁和刁德一，忽略了主角郭建光。那是因为杨子荣与座山雕的诡异周旋，阿庆嫂、胡传魁、刁德一彼此的斗智斗勇写得太出色了。戏剧和小说一样，人物的鲜明是最容易让人记住的。

人物形象在小说里尤其重要，人物是小说中的灵魂，故事情节只是供人物行走的铺路石。

一篇小小说因为他的篇幅限制，我们所说的塑造人物是有局限性的。常听人说，某篇小小说人物丰满。怎么可能？千把字的作品怎么可能把人物形象塑造丰满？人物形象丰满，那是中篇小说或者是长篇小说的任务。一个人的形象丰满是要全方位反映的，同时还有社会、家庭、血脉、宗族等，这是要花费很多笔墨也不见得能完成好的事情。所以，小小说里的人物不是丰满的，小小说里的人物只能是个性特征明显，也就是抓住他的一个特征追根问底，不顾其他。抓住他和别人不一样的地方把文章做足，把他的个性特征展开说、铺开写，个性突出，人物就能站立起来。

作家老舍先生在《我怎样写小说》中说：“小小说是小说，不是随感或报道。它短小，可是还有人物。这可就不简单了。写这种小说，作者需要极其深入地了解问题与人物，并能够极其概括地叙述事实，用三言两语便刻画出人物。这是很高的本领。作者学会这个本领，将终生享受不尽。”故事简单，人物自然不会很多，把一两个人物写好，当然是比写二三十个人而没有一个成功的强多了。写一篇小说，假如写者不善描写风景，就满可以不写风景，不长于写对话，就满可以少写对话；可是人物是必不可缺少的，没有人便没有事，也就没有了小说。

创造人物是小说家的第一项任务。把一件复杂热闹的事写得很清楚，而没有创造出人物来，那至多也不过是一篇优秀的报告，并不能成为小说。世界上要数英国狄更斯的小说的穿插最复杂了吧，可是有谁读过之后能记得那些钩心斗角的故事呢？狄更斯到今天还有很多的读者，还被推崇为伟大的作家，难道是因为他的故事复杂吗？不，是因为他创造出的许多人物！他的人物正如同我们的李逵、武松、黛玉、宝钗，都成为永远不朽的了。

不要小看了这人物塑造，一个出色的小小说作家，他的作品一定有个人物与它相对应，提起这个作家，你就会找到跟他相对应的作品中的一个人物。一个小小说作者，创作了上千篇作品，你能不能记住他的一篇作品？你能不能记住他一篇作品中的人物？读者往往是通过作品中的人物记住了作品，通过作品记住了作家。如果一个作者洋洋洒洒写了一堆东西，却没有一篇人物能在读者的记忆里留存，那是多么悲哀的事情啊。

我四十多年致力于小小说创作，越来越深地体会到，小小说创作要随意不要刻意。小小说写作看似简单，其实操作起来却十分艰难，其对技术含量和智慧含量的要求非常高。为什么每年全国报刊发表上万篇小小说，优秀作品却寥寥无几？为什么年选的版本越来越多，成为经典的却凤毛麟角？为什么赛事越来越多，获奖的作品越来越多，流传下来的佳作却了无踪影？原因当然很多，从小小说创作的角度来说，是不是我们在小小说的创作过程中太过刻意，太急功近利了？

刻意的创作是用尽心思、挖空心机强迫自己制造，这样的作品往往显得呆板、做作，不鲜活，缺少生命力，吸引人的眼球也仅仅是昙花一现。许多的小小说作品在刻意编织结尾，让整篇作品生拉硬扯地去为结尾服务，读后如同吃了夹生饭。过多的小小说作品在刻意制造深刻，非要把千把字的小说赋予万把斤的沉重，好像只要读了他的小说，社会就进步了，党风就好转了，腐败就消失了。背上包袱的短跑，观众就会感到疲惫。不少作者把小小说写作视为文字游戏，刻意地追求所谓的语言环境，把小说语言装饰得花里胡哨，犹如花街柳巷里梳妆打扮的春女，孤芳自赏自鸣得意，胭脂气浓厚而真挚质感欠缺。

刻意为之的作品，可以写得精细、精致，却成不了经典。我个人以为，经典的小小说是在随意中才能诞生的。随意是个让人很舒服的状态。小小说写作的随意，不仅仅是创作的舒服状态，小小说创作的随意是一种境界。有句话说，一个人境界的高低，可以衡量出其作品质量的高低。随意是一种洒脱，是凭借自己的遐想信手拈来的灵丹妙药，是在自由的王国里没有羁绊没有拘束的裸体散步。“乘骐骥以驰骋兮，来吾道夫先路。”随意是驾驭文字的天马行空，无论是小桥流水、老树昏鸦，还是大江东去，千古风流，都是顺其自然，超凡脱俗。随意可以出经典。

我在努力地让自己进入随意的写作状态。

写完这些文字，阳光透过窗棂洒在我的案头。

有阳光的日子，真好。

刘建超

2022 年秋